DRACHENBEGIERDE

DIE GEFÄHRTEN DER DRACHENWANDLERIN

#3

EVA CHASE

INK SPARK PRESS

1

Ren

Manchmal erlebt man Momente, die so himmlisch sind, dass man kaum glauben kann, dass sie tatsächlich real sind. In meinem Fall ist einer dieser Momente zwischen vier wahnsinnig heißen Alpha-Gestaltwandlern einzuschlafen, die dazu bestimmt sind, meine Gefährten zu sein.

Vor ein paar Wochen hatte ich noch nie einen festen Freund gehabt. Ich war gerade erst in meine erste richtige Wohnung gezogen. Und jetzt war ich in schützende Zuneigung gehüllt und lag im größten, weichsten Bett, das ich je gesehen hatte, in einem Anwesen, das so beeindruckend war, dass es mir den Atem raubte. Okay, in den letzten Tagen hatten mehrere Leute versucht, mich umzubringen, doch als ich einschlief, hatte ich das Gefühl, dass ich im Großen und Ganzen die Oberhand behalten hatte.

Allerdings währten diese himmlischen Momente nie lange. Irgendetwas machte sie immer kaputt. Und diesmal? Diesmal war es ein Klopfen an der Tür mitten in der Nacht und eine zitternde Stimme, die verkündete: „Es hat einen Angriff auf das Anwesen des Bären-Alphas gegeben."

West, der die Tür geöffnet hatte, schaltete das Licht im Wohnzimmer ein. Die Stimme des Wolfswandlers klang angespannt. „Ich glaube, du solltest besser hereinkommen."

Wir anderen waren bereits dabei, aus dem Bett zu steigen. Ich war am Abend so erschöpft gewesen, dass ich mir nicht die Mühe gemacht hatte, mich umzuziehen. Mein Kleid, das ich auf der Abschiedsparty der Vogelwandler getragen hatte, war völlig verknittert. Ich zupfte kurz an dem weichen Stoff und rieb mir die Augen, während ich zur Tür eilte.

Aaron, der Alpha der Vogelwandler und derzeitiger Hausherr dieses Anwesens, schritt vor mir her. Sein goldenes Haar schimmerte, wie sein Gefieder im Sonnenlicht, wenn er seine majestätische Adlergestalt annahm. Ich hatte ihn immer als meinen Disney-Prinzen betrachtet, doch jetzt waren seine blauen Augen scharf und sein markanter Kiefer angespannt. Er sah eher aus wie ein Krieger als ein Prinz.

„Was genau ist passiert?", fragte er den Diener, der die Nachricht überbracht hatte.

Nate, mein kräftiger Bärenwandler, stellte sich neben Aaron. Seine übliche Sanftmut war verschwunden, stattdessen strahlte eine aggressive Spannung von seinem muskulösen Körper aus. „Ist jemand verletzt?", fragte er mit seinem tiefen Bariton. „Wer hat meine Sippe angegriffen?"

West lehnte an der Wand neben der Tür, die Arme vor seiner schlanken Brust verschränkt und die grünen Augen zusammengekniffen. Marco, der Jaguarwandler und Alpha der Katzenwandler, blieb neben mir stehen und legte mir zaghaft die Hand auf die Schulter. Er und ich hatten uns in den letzten Tagen nicht besonders gut verstanden, was seine Schuld war, weil er vor seiner Sippe große Töne gespuckt und über mich gesprochen hatte, als wäre ich ein Preis, um den er wetteifern musste. Jetzt hatten wir jedoch eindeutig wichtigere Sorgen.

Der Diener zog den Kopf ein, die Hände vor seinem Körper gefaltet. „Ich weiß nur, dass wir einen dringenden Anruf erhalten haben. Das Personal auf dem Anwesen hofft, dass ihr Alpha so schnell wie möglich zurückkehren kann. Anscheinend ist es einer Gruppe von abtrünnigen Gestaltwandlern gelungen, in das Anwesen einzudringen, und einen Überraschungsangriff auf einige der Berater und ihre Familien zu verüben."

Ein grollendes Knurren drang aus Nates Brust. „Ich werde sofort aufbrechen."

„Wir werden alle gehen", sagte ich. „Wir wollten sowieso als Nächstes dorthin. Wahrscheinlich haben sie sich deshalb dein Anwesen für den Angriff ausgesucht."

Wir alle wussten, dass es bei dem Angriff vermutlich mehr um mich ging als um einen meiner Alphas oder seine Sippe. Als letzte lebende Drachenwandlerin war es meine Aufgabe, nicht nur alle vier Alphas zu meinen

Gefährten zu machen, sondern auch die gesamte Gestaltwandler-Gemeinschaft zu vereinen. Da ich bis vor ein paar Wochen nicht einmal gewusst hatte, dass es Gestaltwandler gab, geschweige denn, dass ich eine Drachenwandlerin war, hatte ich eine Menge Arbeit vor mir.

Doch ich würde nicht klein beigeben. Schon gar nicht, wenn es um die Mistkerle ging, die meine Väter und Schwestern umgebracht hatten.

Nate, der bereits aus der Tür eilte, nickte mir kurz zu. Für einen so großen Kerl konnte er sich verdammt schnell bewegen, wenn es sein musste. Der Rest von uns folgte ihm.

„Hol den Piloten, der am meisten geschlafen hat", wies Aaron den Diener an. „Wir nehmen den Jet."

„Den Jet?", wiederholte ich. Dieser Teil des Anwesens war mir anscheinend entgangen.

„Jedes Anwesen hat ein paar Privatjets, die uns und unseren Beratern zur Verfügung stehen, falls wir schnell irgendwohin müssen", erklärte er, während wir durch den Flur mit den weißen Wänden eilten. „Das ist viel zuverlässiger, als sich auf von Menschen organisierte Flüge zu verlassen."

„Es kommt mir nur ein wenig seltsam vor. Jedenfalls hier. Ich meine, ihr könnt doch alle fliegen."

Seine Mundwinkel verzogen sich zu einem angespannten Lächeln. „Nicht halb so schnell wie ein Flugzeug, selbst an meinen besten Tagen."

Gutes Argument. Ich war mir nicht sicher, ob ich es in meiner Drachengestalt mit einem Jet aufnehmen könnte. Außerdem konnte ich meine Drachengestalt nicht länger als fünfzehn Minuten halten, also war das sowieso hinfällig.

Kaum waren wir durch eine Seitentür in die laue Sommernacht gestürmt, ertönten hinter uns Schritte. Alice, Aarons jüngere Schwester und selbst ernannte Leibwächterin, eilte auf uns zu. Ihr goldblondes Haar war zu einem glatten Pferdeschwanz zurückgebunden, und ihre Augen waren hellwach. Schlief dieses Mädchen überhaupt jemals?

„Ich habe gehört, was passiert ist", sagte sie. „Diesmal komme ich mit."

„Alice", begann Aaron.

Sie wedelte mit dem Finger vor seinem Gesicht herum. „Nein. Keine Diskussion. Als du letztes Mal einen kleinen Ausflug machen wolltest, um eine vermisste Drachenwandlerin zu finden, hat es in einem Kampf gegen die Abtrünnigen geendet und damit, dass du fast von Feen vergiftet wurdest. Dieses Mal *wissen* wir, dass dort, wo du hingehst, jemand ist, der dich tot sehen will. Wer weiß, in welche Schwierigkeiten ihr geraten werdet?"

Aaron sah nicht überzeugt aus, doch ihm schien die Energie für eine Diskussion zu fehlen. Draußen war es noch stockdunkel. Wir konnten nicht länger als ein paar Stunden geschlafen haben. Und gestern war ein sehr langer Tag gewesen.

„Ich möchte, dass Alice mitkommt", meldete ich mich zu Wort, um Ihm die Zustimmung zu erleichtern. „Ich fände eine kleine Pause von all dem Testosteron ganz angenehm."

West murmelte etwas vor sich hin, und Marco gluckste. Ein Anflug von Schuldgefühlen durchzuckte mich. Eigentlich sollte mir meine beste Freundin Kylie für Frauengespräche zur Seite stehen. Sie erholte sich allerdings gerade in Brooklyn von einem Angriff der Abtrünnigen. Unsere Freundschaft war mit jeder seltsamen und beängstigenden Enthüllung, mit der ich konfrontiert worden war, ein wenig komplizierter geworden.

Alice nahm meine Hand und drückte sie zum Dank. Und, um mich zu beruhigen, wie ich vermutete, denn sie beugte sich vor und sagte: „Es wird schon gut gehen. Wir haben schon Schlimmeres erlebt."

Ich war mir nicht sicher, ob ich mich dadurch wirklich besser fühlte. Die Gestaltwandler-Gemeinschaft hatte in den Jahren, in denen es keine Drachenwandlerin gegeben hatte, viel durchgemacht. Obwohl es nicht meine Schuld war, dass meine Mutter geflohen war und meine Erinnerungen an das, was ich war, unterdrückt hatte, fühlte ich mich dennoch ein wenig verantwortlich für das Chaos, das sie hinterlassen hatte. Ich war die Einzige, die die Scherben wieder zusammensetzen konnte.

Die salzige Brise des Pazifiks umwehte uns, als wir einen Pfad entlanggingen, der durch ein kleines Waldstück führte. Auf der anderen Seite stand ein kleines Flugzeug auf einer grasbewachsenen Landebahn. Wir stiegen die Stufen zur Kabine hinauf.

Der Innenraum war größer, als ich es von außen erwartet hätte. Die Decke war so hoch, dass nicht einmal Nate sich bücken brauchte. Auf einer Seite befanden sich fünf Paar ledergepolsterte Sitze. Marco ließ sich auf einen davon fallen und fuhr sich mit der Hand durch sein zerzaustes schwarzes Haar. Aaron ging auf den Piloten zu, der herbeigeeilt war.

Es war gut, dass die Decke Platz für Nate bot, denn er lief im Gang auf und ab. Sein Kiefer bewegte sich und seine Hände waren zu Fäusten geballt. „Wenn ich die in die Finger bekomme", sagte er. „Wenn ich die Abtrünnigen finde, die das getan haben…"

„Hey." Ich fasste ihn am Arm, und er blieb stehen und drehte sich zu mir um. Ich sah zu ihm auf und strich mit einer Hand über seine Wange. „Wir *werden* sie finden und dafür sorgen, dass sie bereuen, was sie getan haben. Und zwar so schnell wie möglich."

„Ich weiß. Ich habe nur–". Er schüttelte den Kopf, fuhr mit seinen Fingern durch mein Haar und beugte sich vor, um mich zu küssen. Der zärtliche Druck seiner Lippen löste bei mir denselben freudigen Schauer wie immer aus, doch ich konnte nach wie vor die Verzweiflung spüren, die in seinem Körper tobte. Er würde sich nicht entspannen können, bis wir auf seinem Anwesen ankamen.

„Das könnte helfen", sagte Aaron, der wieder zurückkam. Er warf Nate ein Handy zu und reichte zwei andere an West und Marco weiter. „Einer meiner Assistenten hat sie aus euren Zimmern geholt. Der Pilot checkt gerade die Systeme. Wir sollten in einer Minute startklar sein."

Nate stieß einen erleichterten Atemzug aus, als er das Handy nahm und eine Nummer wählte. Das Handy an sein Ohr gedrückt, begann er, wieder auf und ab zu gehen. Ich schwankte auf meinen Füßen, unsicher, was ich jetzt tun sollte. *Konnte* ich überhaupt etwas tun? Ich hasste es, mich so nutzlos zu fühlen.

Der Motor des Jets erwachte dröhnend zum Leben. Eine Hand legte sich um mein Handgelenk. „Ich glaube nicht, dass du stehen solltest, wenn wir abheben, Flamme", sagte West in seinem gewohnt schroffen Ton. Er zog mich auf den Sitz neben sich. „Das wäre selbst für dich etwas zu viel."

Ich verdrehte die Augen. „Danke für deine Sorge." Doch ich blieb sitzen. Die Beziehung zwischen West und mir war derzeit … sehr kompliziert. Er behauptete, dass er sich immer noch nicht sicher war, ob ich für die Rolle der Drachenwandlerin geeignet war – oder für die Rolle seiner Gefährtin. Andererseits schien er alles andere als abgeneigt von mir gewesen zu sein, als wir uns letzte Nacht nähergekommen waren. Der Geruch von Erde und Kiefernholz, den er neben mir verströmte, reichte aus, um eine Wärme zwischen meinen Beinen aufflammen zu lassen, als ich mich an diesen Moment erinnerte.

Als wir uns das letzte Mal unterhalten hatten, hatte er wenigstens zugegeben, dass es größtenteils an ihm lag und nicht an mir. Und hin und wieder erhaschte ich einen Blick auf seine sanftere Seite. Er hatte sich für mich eingesetzt, als ich es brauchte. Er hatte sich mehr als einmal in die Schlacht gestürzt, um mich zu beschützen. Alles andere, so nahm ich an, würden wir einfach auf uns zukommen lassen.

Sogar Nate hatte sich jetzt endlich hingesetzt, auch wenn er noch immer eindringlich in sein Handy sprach. Das Dröhnen des Motors wurde lauter, als sich der Jet in Bewegung setzte. Er raste mit zunehmender

Geschwindigkeit dahin und hob mit einem Ruck vom Boden hab.

Mein Magen kribbelte, was, wie ich wusste, nicht nur an der Beschleunigung lag. Die Abtrünnigen hatten schon genug Schmerz in meinem Leben verursacht. Das Letzte, was ich wollte, war die Zerstörung zu sehen, die sie auf Nates Anwesen angerichtet hatten.

2

Ren

Das Flugzeug wackelte, und ich riss die Augen auf. Ich hatte gar nicht bemerkt, dass ich sie geschlossen hatte, doch sie waren so schwer, dass ich offensichtlich schon eine Weile geschlafen hatte. Mein Nacken war steif, weil mein Kopf zur Seite gekippt war.

Auf … die muskulöse Schulter von jemandem. Eine Schulter, die den schwachen Duft von erdigem Kiefernholz verströmte.

Mist! Ich zuckte in meinem Sitz zurück und mein Herz machte einen Sprung. Ich war von unserer langen und unterbrochenen Nacht so müde gewesen, dass ich auf der Schulter meines Sitznachbarn eingeschlafen war. Bei dem es sich zufällig um West handelte.

Er beobachtete mich mit einem unergründlichen Blick.

„Ähm, tut mir leid", sagte ich. „Das war keine Absicht,

versprochen. Ich würde dich nie mit einem Kissen verwechseln."

Wenn das mal nicht die dümmste Entschuldigung aller Zeiten war. Jetzt konnte ich den Gesichtsausdruck des Wolfswandlers definitiv lesen: Das, Leute, war ein Schmunzeln.

„Scheinbar hat es dich nicht davon abgehalten, mich trotzdem als eines zu benutzen", bemerkte er.

„Ja, na ja, du weißt schon, ich war total weg, also kann ich nicht für meine Taten verantwortlich gemacht werden." Ich gestikulierte vage mit meinen Händen.

„Ich hoffe, du hast nicht vor, diese Ausrede öfter zu verwenden."

Ich verdrehte die Augen. Würde es ihn umbringen, mich ab und zu in Ruhe zu lassen? „Wenn es dich so sehr gestört hat, hättest du mich jederzeit wecken können."

Etwas in Wests Blick veränderte sich. Etwas, bei dem ich mich an den Moment im Garten gestern Abend zurückerinnerte, als er mich unter sich auf die Bank gelegt und seinen Mund auf meine Lippen gepresst hatte. Ich könnte schwören, dass die Temperatur zwischen uns in diesem einen Augenblick, als er mir jetzt in die Augen sah, um zehn Grad gestiegen war, aber vielleicht war es nur mein Gefühl.

Er streckte die Hand aus und fuhr mit den Fingern über meine Wange. Er strich mir eine verirrte Haarsträhne aus den Augen. Mein Herz stotterte bei der sanften Berührung. Er war so nah, dass es ein Leichtes gewesen wäre, mit meinen Fingern durch sein silbergesträhntes kastanienbraunes Haar zu fahren und–.

West lehnte sich in seinem Sitz zurück und richtete seinen Blick auf den vorderen Teil des Flugzeugs. Weg von mir. „Wir sind fast da. Mach dich auf was gefasst, Flamme. Deine Aufgabe wird nur noch schwieriger werden."

Im Geiste verpasste ich mir eine Ohrfeige. Selbst wenn West auch nur im Entferntesten für einen Annäherungsversuch empfänglich gewesen wäre, war jetzt nicht der richtige Zeitpunkt, um darüber nachzudenken. Wir mussten uns um den Angriff der Abtrünnigen kümmern. Ich hatte immer noch keine Ahnung, wie ernst der Angriff gewesen war.

Es war einfach schwer, das unaufhörliche Ziehen der Bindung in mir zu ignorieren. Ich war mir sicher, dass der Sog mich mit der Zeit sogar immer stärker zu den beiden Jungs zog, mit denen ich die Bindung noch nicht vollzogen hatte. Offenbar war es *dieser unsichtbaren Kraft* egal, dass ich durchaus gute Gründe hatte, mir mit Marco und West Zeit zu lassen.

Ich lehnte mich über die andere Seite meines Sitzes. Nate, der ein paar Reihen weiter vorne saß, war leicht zu erkennen. Sein dunkelbraunes Haar, dicht wie der Pelz eines Grizzlybären, ragte über die Rückenlehne seines Sitzes hinaus. Er war mindestens ein paar Zentimeter größer als die anderen Jungs, die alles andere als klein waren.

Meine Hand wanderte zu meinem Sicherheitsgurt. Doch, bevor ich zu ihm gehen und fragen konnte, was der Bärenwandler bei seinen Telefonaten herausgefunden hatte, ruckelte das Flugzeug erneut. Eine ruhige Stimme drang aus dem Lautsprecher an der Decke.

„Bleibt die nächsten zehn Minuten alle sitzen. Wir setzen jetzt zur Landung an."

Okay, ich schätze, ich würde erst einmal nirgendwo hingehen. Ich versuchte, mich in meinem Sitz zu entspannen, doch mein Herz pochte jetzt, und das hatte nichts mit West zu tun, der neben mir saß. Durch das Fenster sah ich eine felsige, wüstenartige Landschaft, die im schwachen Licht der Morgendämmerung in einen dichten Wald überging. Nates Anwesen – das Zentrum der Gestaltwandler, die nicht zu den Hunde-, Katzen- oder Vogelwandlern gehörten – lag in einer der wilderen Gegenden Kaliforniens.

Und weil sie gewusst hatten, dass ich dorthin kommen würde, hatten die Abtrünnigen einen Angriff auf seine Berater verübt. Und ihre Familien. Wenn meinetwegen ein Kind verletzt worden wäre …

Meine Brust zog sich zusammen, und meine Finger umklammerten die Armlehnen. Nein, das durfte ich nicht denken. Ich hatte mein Bestes gegeben. Jegliche Gewalttaten gingen auf das Konto der Abtrünnigen. Wenn sie ein so großes Problem mit den Drachenwandlerinnen hatten, hätten sie es auch friedlich zur Sprache bringen können.

Dieses Wissen konnte die Schuldgefühle, die sich um mein Herz gelegt hatten, jedoch nicht lindern.

Meine Ohren knackten durch die Veränderung des Luftdrucks, als mein Handy mit einer eingehenden Nachricht piepte. Ich zog es aus der Tasche meiner Jeans. Das musste Kylie sein. Wenigstens würde das Gespräch mit meiner besten Freundin mich von dem Unglück ablenken, das uns dort unten erwartete, solange ich noch nichts dagegen tun konnte.

Hey, Süße, ich habe gestern nichts von dir gehört und wollte mich nur vergewissern, dass du das große Tohuwabohu von neulich Abend überlebt hast. Und, dass die anderen deinen umwerfenden Anblick in diesem Kleid überlebt haben!!!

Verdammt, hatte ich mich gestern gar nicht bei ihr gemeldet? Zwischen einem Attentatsversuch, der Konfrontation mit der Feenkönigin und der Abschiedsparty hatte ich kaum durchatmen können. Kylie hatte jedoch keine Ahnung, was hier los gewesen war. Sie wusste nicht, ob ich vielleicht wieder in Schwierigkeiten geraten war. Auch wenn ich ihr die schlimmeren Teile meiner Abenteuer nicht erzählt hatte, hatte sie die Gefahr, die mit meiner Rolle einherging, mit eigenen Augen gesehen, bevor ich darauf bestanden hatte, dass sie zurückblieb. Neben dem Angriff der Abtrünnigen, bei dem sie verletzt worden war, hatte sie auch ein Gefecht zwischen meinen Alphas und einer Gruppe Vampire miterlebt.

Jetzt fühlte ich mich doppelt schuldig. Schnell tippte ich eine Antwort. *Entschuldigung! Der Tag war völlig verrückt. Ja, alle haben das Kleid überlebt, inklusive mir selbst. Wir sind gerade auf dem Weg zu Nates Anwesen in Kalifornien.*

Oh, wow, Kalifornien! Du musst mich auf jeden Fall mal einladen, wenn du dich dort eingelebt hast. Da wollte ich schon immer mal hin.

Ich lächelte. *Ja, natürlich. Im Moment … ist allerdings nicht der beste Zeitpunkt.* Ich zögerte und überlegte, wie viel ich ihr erzählen sollte. *Erinnerst du dich noch an die Typen, die uns im Gestaltwandlerdorf angegriffen haben? Ein paar andere Abtrünnige aus ihrer Gruppe sind letzte Nacht in das Anwesen eingebrochen.*

Oh, verdammt. Geht es allen dort gut?

Das weiß ich noch nicht. Aber ich bin auf jeden Fall froh, dass du wieder in Brooklyn bist, weit weg von all dem Chaos.

Kylie schickte ein Kuss-Emoji zurück. *Du weißt, dass du auf mich zählen kannst, egal was, egal wo, Ren. Ein Wort genügt, und ich bin da.*

Ja, das wusste ich. Das war genau der Grund, warum ich ihr nichts davon erzählt hatte, dass jemand vor kurzem einen Mordanschlag auf mich verübt hatte. Es bedeutete mir viel, dass Kylie sich so sehr um mich sorgte. Bis ich meine Alphas kennengelernt hatte, war sie neben meiner Mutter die einzige Person gewesen, die das getan hatte. Ich wollte sie jedoch nicht noch mehr in Gefahr bringen, als ich es ohnehin schon getan hatte.

Als ich gerade zurückschreiben und sie fragen wollte, was sie so trieb, ging das Flugzeug in einen starken Sinkflug. Mein Sitz vibrierte, als die Räder auf der Landebahn aufschlugen. Steine klapperten gegen das Fahrwerk des Jets, der sofort zum Stillstand kam.

Mein Magen verkrampfte sich. Wir waren da.

Tut mir leid, schrieb ich Kylie. *Ich muss los. Gestaltwandler-Angelegenheiten. Ich melde mich später bei dir.*

Mach dir keine Sorgen um mich!, antwortete sie mit einer Reihe von Herzen. Als ob ich imstande wäre, mir keine Sorgen zu machen.

Doch im Moment machte ich mir definitiv mehr Sorgen darüber, was uns in der Siedlung erwartete. Im ganzen Flugzeug öffneten sich die Sicherheitsgurte klickend. Eilig verließen wir unsere Sitze und liefen die Treppe hinunter.

Die trockene, festgedrückte Erde der Landebahn war von hohen Mammutbäumen gesäumt. Ihr süßlicher Geruch stieg mir in die Nase und um uns herum zirpte ein Insektenchor.

Eine Gruppe von Gestaltwandlern, die, wie ich annahm, zu Nates Sippe gehörten, war gekommen, um uns zu empfangen. Es war definitiv ein bunter Haufen. Ein Durcheinander von Gerüchen kitzelte meine Nase, als wir uns der Gruppe näherten. Meine Drachensinne identifizierten sie instinktiv: Schwarzbär, Hermelin, Nerz, Elch, Gürteltier, Seekuh.

Nervosität ging von ihnen aus. Sie legte sich erst, als sie ihren Alpha erblickten. Nate führte unsere Gruppe an, seine Zähne waren zusammengebissen und seine Augen dunkel. Die Blicke seiner Sippe wanderten von ihm zu mir. Meine Haut kribbelte.

Als ich einigen von Wests Hundewandlern in einem ihrer Dörfer begegnet war, und bei meiner Ankunft auf dem Vogelanwesen, waren fast alle Gestaltwandler freundlich gewesen. Nicht nur freundlich, sondern regelrecht ehrfürchtig. Sie hatten mich angehimmelt, mich berühren und mich sprechen hören wollen. Es war überwältigend gewesen.

Auch wenn ich den Druck einer solchen Begrüßung nicht vermisste, war ich mir dieses Mal nicht sicher, ob sich diese Gestaltenwandler überhaupt freuten, dass ich hier war. Sie musterten mich prüfend, als ich neben meinen Gefährten trat. Nate legte mir eine Hand auf den Rücken, doch seine Aufmerksamkeit war voll und ganz auf seine Sippe gerichtet.

„Ihr wart schnell", bemerkte der schwarze Bärenwandler, ein kleinerer, aber stämmiger Mann, der um die vierzig zu sein schien. Sein kurzes schwarzes Haar stand in einem hohen Bürstenschnitt ab. „Gut, dass Ihr hier seid."

„Wir haben uns sofort auf den Weg gemacht, als wir es gehört haben", sagte Nate. „Gibt es Neuigkeiten, Thomas?"

Thomas begann, einen Weg hinunterzugehen, der, wie ich annahm, zum Anwesen führte. Der Rest von uns folgte ihm. Alice ging zwischen Aaron und mir her, als wolle sie uns beide gleichermaßen schützen. Ihre scharfen Augen suchten den Wald ab.

„Neun Schwerverletzte und vier Tote", sagte der schwarze Bärenwandler mit rauer Stimme. „Kratzer und Blutergüsse nicht mitgezählt."

Nate rieb sich den Mund und schnitt eine Grimasse. „Wen haben wir verloren?"

„Die Abtrünnigen hatten es eindeutig auf den Flügel abgesehen, in dem die Berater untergebracht sind. Sie sind zuerst in Yvonnes und Garrets Zimmer eingebrochen, bevor sie überhaupt Gelegenheit hatten, Alarm zu schlagen. Und sie waren bewaffnet – einige mit Pistolen, andere mit Messern ... Wir haben uns so gut wie möglich gewehrt, aber Garret und Yvonnes Gefährten sind gefallen. Ebenso wie zwei der Wachen, die dazwischen gegangen sind."

„Wie sind sie reingekommen?", meldete sich Marco zu Wort. „Ich habe gesehen, dass das ganze Anwesen von Mauern umgeben ist. Und ich nehme an, dass zusätzlich auch einige Wachen postiert waren."

Thomas' Stimme senkte sich zu einem Knurren. Wahrscheinlich konnte er es nicht leiden, von jemandem in Frage gestellt zu werden, der nicht sein Alpha war. „Wir wissen noch nicht, wie sie hereingekommen sind. Wir *patrouillieren* sorgfältig auf dem Gelände, vor allem, nachdem wir von den jüngsten Problemen erfahren haben, aber keiner der Wächter hat die Eindringlinge gesehen, bevor sie ins Herrenhaus kamen."

„Ich bin sicher, dass jeder hier seine Aufgabe mit voller Tatkraft erfüllt hat", sagte Nate. „Die Abtrünnigen greifen zu Tricks, zu denen sich kein Gestaltwandler herablassen sollte. Was ist mit den Angreifern passiert?"

Wir verließen den Weg und traten in einen gefliesten Innenhof. Unsere Schritte trommelten über die polierten Tonplatten. Eine riesige Villa aus Lehmziegeln, von der ich annahm, dass sie das von Thomas erwähnte „Herrenhaus" war, erhob sich an einem Ende des Hofes. Auf den Stufen und im Flur hinter dem offenen, gewölbten Eingang waren überall kniende Gestalten zu sehen.

„Wir haben die meisten von ihnen im Kampf getötet", erklärte Thomas. „Durch die Art und Weise, wie sie auf uns losgegangen sind, ohne Rücksicht auf ihr eigenes Leben, haben sie uns fast dazu gezwungen. Es war eine blutige Nacht, das kann ich Euch sagen."

Als wir die Treppe erreichten, gingen mir seine letzten Worte durch den Kopf, und mir wurde klar, was all die knienden Gestaltwandler taten. Sie schrubbten die Fliesen und die Wände mit Lappen. Sie versuchten, die rötlichen Flecken zu beseitigen, mit denen das Mauerwerk und der hellbraune Lehmboden übersät waren.

Blut. All das Gestaltwandlerblut, das letzte Nacht hier vergossen worden war …

Plötzlich schien mein eigenes Blut mit dem Pochen meines Herzens an meinen Ohren vorbeizurauschen. Meine Sicht trübte sich.

Überall war Blut gewesen – Blut. Blutspritzer an den Wänden, die in einem zarten Gelbton gestrichen waren, den meine Mutter meine Schwestern und mich hatte aussuchen lassen. Blut, das sich unter der zusammengesunkenen Gestalt meines Wolfswandler-Vaters sammelte. Blut, das aus den Schusswunden in der Brust meiner ältesten Schwester strömte. Das Dröhnen weiterer Schüsse hallte durch den Flur. Die Hand meiner Mutter umklammerte meine so fest, dass die Knochen knirschten. Meine Füße trappelten schnell über den Dielenboden.

Der Geruch. Schwer und metallisch hing er in der Luft und vermischte sich mit dem rauen, rauchigen Geruch der Waffen. Er sickerte meinen Hals hinunter und füllte meinen Magen, bis mir übel wurde.

Ich schwankte, beugte mich vornüber und presste die Hände auf meinen Bauch. Mein Puls rasselte schmerzhaft. Die Erinnerungen strömten durch meinen Kopf, der schreckliche Geruch, der sechzehn Jahre zurücklag, erfüllte meine Nase.

Temperance, meine älteste Schwester, die mich immer ermutigt hatte, höher zu klettern und schneller zu rennen, selbst wenn ich ins Straucheln geraten war. Sie hatte mich beiseitegeschoben, als die Abtrünnigen hereingestürmt waren und das Feuer eröffnet hatten. Mom hatte versucht Verity, die nur zwei Jahre älter als ich war, und mich zu packen. In diesem Moment hatte sich mein Vater, ein Adlerwandler, mit Klauen und Flügeln auf den Abtrünnigen mit dem Gewehr gestürzt, um uns zu schützen. Die Kugeln einer Pistole hatten ihn durchbohrt, und sie – und sie–.

„Ren", sagte jemand. „Ren!" Ein starker Arm legte sich um meinen zitternden Rücken.

Ein Schluchzen blieb mir in der Kehle stecken. Nates moschusartiger, pfeffriger Geruch verjagte die Phantomgerüche aus meiner Vergangenheit. Ich griff nach seinem Hemd und klammerte mich an ihn, als wäre er das Einzige, was mich aufrecht hielt. In diesem Moment war er es vielleicht auch.

Ich befand mich nicht auf dem Anwesen der Drachenwandlerinnen. Ich war nicht mehr fünf Jahre alt. Ich betrachtete den Ziegelboden unter meinen Füßen, spürte die warme Brise, hörte das leise Gemurmel um uns herum.

Verdammt. Ich richtete mich auf und wischte mir kurz über die Augen. Nate hielt mich immer noch fest, was wahrscheinlich gut war, denn meine Beine zitterten eine Sekunde lang, bevor ich mein Gleichgewicht wiederfand. Aaron stand an meiner anderen Seite, Alice direkt vor mir. Sie legte eine Hand auf meine Schulter, ihr Tonfall war beruhigend, doch ihr Blick war besorgt.

„Hey. Geht es dir gut?"

„Ja", sagte ich und bemühte mich, meine Stimme

ruhig klingen zu lassen. „Es tut mir leid. Ich hatte nicht erwartet ... Ich habe mich nur an den Angriff auf das Anwesen meiner Mutter erinnert. Als ich noch ein Kind war. Als–“. Plötzlich war meine Kehle wie zugeschnürt. Es war besser, nicht weiter ins Detail zu gehen. Alices Gesichtsausdruck nach zu urteilen, hatte sie verstanden, was ich meinte.

Die Delegation von Nates Sippe, die gekommen war, um uns zu empfangen und die Gestaltwandler, die dabei waren, die Spuren des Angriffs von letzter Nacht zu beseitigen, starrten mich an. Sie alle hatten gesehen, wie ich mich zum Narren gemacht hatte. Wie zur Hölle sollten sie darauf vertrauen, dass ich mit dieser Bedrohung klarkommen konnte, wenn ich schon beim Anblick der Nachwirkungen fast zusammenbrach? Meine Hände verkrampften sich.

„Mir geht es gut“, beteuerte ich mit fester Stimme und straffte die Schultern.

„Deine Erinnerungen wurden lange Zeit unterdrückt. Es ist verständlich, dass du die traumatischen Erinnerungen noch nicht verarbeitet hast“, sagte Aaron. Ich fragte mich, wie viel von seinen beruhigenden Worten für mich und wie viel für die anderen Gestaltwandler bestimmt war.

„Nun, ich werde mich wohl daran gewöhnen müssen“, erwiderte ich. „Im Moment müssen wir uns auf den Angriff konzentrieren, der hier stattgefunden hat, und sicherstellen, dass so etwas nicht noch einmal passiert.“

Thomas gab einen leisen hustenden Laut von sich. Er richtete seinen Blick auf seinen Alpha. „Was das betrifft ... Wie ich bereits sagte, mussten wir die meisten

Abtrünnigen töten. Es ist uns jedoch gelungen, einen gefangen zu nehmen und ihn aufzuhalten, bevor er sein eigenes Leben beenden konnte. Wir mussten ihn betäuben, doch wir können ihn aufwecken, sobald Ihr bereit seid, ihn zu befragen.“

3

West

Zwischen den Sippen gab es zahlreiche Unterschiede. Das ließ sich nicht leugnen. Doch im Kern, in einigen wichtigen Punkten, waren wir gleich. Gestaltwandler-Begräbnisse liefen immer gleich ab, egal ob es sich bei dem Toten um einen Hunde-, Katzen- oder Vogelwandler handelte – oder um etwas ganz anderes, so wie heute.

Alle Gestaltwandler, die auf dem Anwesen lebten, hatten sich um den großen Scheiterhaufen versammelt. Der scharfe Geruch von frischem Pflanzensaft überdeckte fast den Gestank des Todes. Vier Leichen lagen auf dem Boden und warteten darauf, den ewigen Frieden zu finden. Die anderen Sippenmitglieder waren nach vorne getreten, um über das Leben der Gefallenen zu sprechen. Nate ging von einem Körper zum nächsten, zischende Flammen loderten am Ende der Fackel, die er in der Hand hielt. Seine tiefe Baritonstimme schallte über die Lichtung.

„Mein Bruder. Dein Licht ist erloschen, doch nun wirst du noch heller leuchten. Während wir dich gehen lassen, schwören wir, umso stärker für dich aufzustehen."

„Wir schwören, umso stärker aufzustehen", ertönte ein Chor von Stimmen rund um den Scheiterhaufen. Ich stimmte mit ein. Ein paar Körper weiter schreckte Ren auf und schaffte es, bei den letzten Worten mitzusprechen.

Eine weitere Sache, die unsere Drachenwandlerin nicht über ihre eigene Art wusste.

Sie hatte die Beerdigung ihrer Väter und Schwestern verpasst. Die große Beerdigung, zu der Gestaltwandler aus dem ganzen Land angereist waren. Obwohl ich erst elf Jahre alt gewesen war, erinnerte ich mich genau an den Anblick des Alphas vor mir. Der Mann, der mich in den letzten drei Jahren betreut hatte und der dort schlaff und leblos auf einem Haufen Feuerholz gelegen hatte. Das Einschussloch in seiner Haut hatte so unnatürlich ausgesehen, wie eine furchtbare Krankheit und nicht wie eine richtige Kampfwunde.

Die Abtrünnigen verhielten sich auf ganzer Linie verdammt unnatürlich und schlachteten ihresgleichen aus egoistischen Gründen ab. Ich knirschte mit den Zähnen und dachte an den, den Nates Wachen gefangen hatten. Wie gerne würde ich jetzt meine Zähne in ihm versenken. Würden wir die Informationen, die er uns geben konnte, nicht brauchen, würde ich ihm für seine Taten am liebsten die Kehle durchschneiden. Genauso wie für das, was sie damals getan hatten. Für alles.

„Wir schwören, umso stärker aufzustehen", wiederholten wir zum vierten Mal. Nate senkte den Kopf und warf seine Fackel auf den Scheiterhaufen.

Die Flammen knisterten und fegten in einer Welle über den Holzhaufen und die darauf liegenden Leichen. Rauch stieg auf. Er stach mir in die Augen, kroch mir die Kehle hinunter und legte sich um meine Zunge. Die Erinnerung, die dabei in mir aufstieg, war nicht die an meinen Mentor.

Wie viele Leichen hatten wir an dem Tag, an dem ich mich von meiner Mutter verabschiedet hatte, zurück ins Licht geschickt? Acht. Acht loyale Gestaltwandler, die getötet worden waren. Ich hatte meinen Leuten auftragen müssen, zwei Scheiterhaufen zu errichten, um sie alle unterzubringen. Meine Stimme war heiser gewesen, nachdem ich die Runde beendet hatte. Einer meiner Berater hatte mir angeboten, mir zu helfen, da ich mit fünfzehn noch nicht volljährig war, doch ich hatte sein Angebot abgelehnt. Es war mein Kampf gewesen. Die Todesfälle waren auf meine Entscheidungen zurückzuführen.

Mir blieb nichts anderes übrig, als zu glauben, dass es noch mehr Tote gegeben hätte, wenn ich mich anders entschieden hätte.

Dad hatte diese Meinung nicht geteilt. Oder vielleicht war es ihm auch egal gewesen. Die Erinnerung an seinen buckeligen Rücken und seine steifen Schultern hatte im Laufe der Jahre aufgehört zu brennen, auch wenn er seitdem kein Wort mehr mit mir gesprochen hatte. Ich war sein Alpha, doch ich war nicht mehr sein Sohn.

Heute dauerte es lange, bis die Flammen heruntergebrannt waren. Wir standen die ganze Zeit als stumme Zeugen da und ließen den Rauch und den

Geruch auf uns wirken. Während wir unseren Toten die letzte Ehre erwiesen.

Nachdem die letzten Flammen in der Glut erloschen waren, würden wir zusehen, wie die Asche zu ihrer Ruhestätte getragen wurde, und dann wäre es vorbei. Doch als Nate Anstalten machte, nach vorne zu treten, berührte Ren seinen Arm. An seiner Stelle trat sie vor und ging zum Fuß des Scheiterhaufens.

Ihr Gesicht war nach wie vor blasser als sonst, sodass ihre dunklen Augen und ihr Haar in starkem Kontrast dazu schimmerten. Ich bewunderte ihre Stärke, ihre aufrechte Haltung. Welche Erinnerungen sie auch immer erschüttert hatten, als wir heute Morgen angekommen waren, sie hatte sie unter Kontrolle gebracht.

Auch ihre Stimme klang fest, sicher und klar.

„Die Abtrünnigen sind schon zu lange mit zu viel durchgekommen. Ich wünschte, ich hätte früher hier sein können, um meine Rolle als Drachenwandlerin zu erfüllen. Doch jetzt, wo ich hier bin, schwöre ich euch, dass wir für diese Todesfälle Gerechtigkeit üben werden. Und wenn es nach mir geht, werden die Abtrünnigen keinen einzigen Tropfen Gestaltwandler-Blut mehr vergießen.“

Sie hob eine Faust in die Luft, bevor sie sie rasch wieder sinken ließ. Die Stimmung war noch immer bedrückt, allerdings ging ein zustimmendes Raunen durch die Menge. „Kein einziger Tropfen mehr!“

Ich verkniff mir ein Stirnrunzeln. Ich wünschte, ich könnte ebenfalls jubeln, doch leider war unsere Drachenwandlerin nicht in der Lage, in dieser

Angelegenheit Versprechungen zu machen. Ihre Mutter hatte es nicht geschafft, es mit den Schurken aufzunehmen, trotz ihrer jahrelangen Erfahrung als Drachenwandlerin und obwohl sie mit dieser Rolle aufgewachsen war. Die Tatsache, dass Ren überhaupt versuchte, ein solches Versprechen zu machen, zeigte nur, wie viel sie noch zu lernen hatte.

Vielleicht hatten sich die Zeiten wirklich geändert. Vielleicht gab es Dinge, die eine Drachenwandlerin nicht mehr in Ordnung bringen konnte, selbst mit neuen Kräften und uns vieren an ihrer Seite.

Nun, ich hatte mich noch nicht entschieden, so sehr ein Teil von mir das auch wollte. Es war nicht ihre Schuld, dass sie so viel Nachholbedarf hatte. Das bedeutete allerdings nicht, dass ich mich und meine Sippe opfern musste, um ihr zu helfen.

Das sagte ich mir, doch die Entschlossenheit in ihrem Gesicht zerrte an meinem Herzen. Diese verdammte Gefährtenverbindung nagte immer noch an mir und wühlte mich auf. Ich musste meine Gefühle unter Kontrolle bekommen. Wenn eine Berührung von ihr meine ganze Selbstbeherrschung zerstören konnte, wie sollte ich meine Sippe dann zur Priorität machen?

Ren

Der stechende Geruch des Rauches verfolgte mich bis in den Keller von Nates Wohnhaus. Ich rieb mir die nackten

Arme und widerstand dem Drang, mich zu räuspern. Wäre das ein Zeichen von Respektlosigkeit? Es gab so viele Gestaltwandler-Traditionen und Erwartungen, die ich noch nicht kannte.

Und so, wie West mich angesehen hatte, als wir die Grabstätte verlassen hatten, zählte er aufmerksam mit.

Zum Glück suchten meine anderen drei Alphas und Alice nicht nach Ausreden, um mich loszuwerden. Wir mussten einen Abtrünnigen verhören – einen, der hoffentlich mehr wusste als die Vogelfrau, die mich auf Aarons Anwesen angegriffen hatte. Doch während sie zur Kooperation gezwungen worden war, hatte sich dieser freiwillig den Abtrünnigen angeschlossen.

Der Wärter, der uns zu der kurzen Reihe von Arrestzellen geführt hatte, nickte zu einem Raum. Durch das kleine Fenster in der Tür war ein hagerer Mann mit struppigem hellbraunem Haar zu sehen, der zusammengesunken auf einer Bank saß. Seine Hand- und Fußgelenke waren an den gegenüberliegenden Enden festgekettet, damit er uns – oder sich selbst – nicht verletzen konnte. Zumindest nicht, so lange er in seiner menschlichen Gestalt war.

Ich trat vom Fenster zurück. „Woher wissen wir, dass er sich nicht verwandelt, um sich aus den Fesseln zu befreien?"

„Das Beruhigungsmittel, das wir in solchen Situationen verwenden, unterdrückt die Verwandlungsfähigkeit", erklärte Aaron. „Wahrscheinlich haben die Wachen ihm eine geringere Dosis verabreicht, damit er zwar bei Bewusstsein ist, sich allerdings nicht verwandeln kann."

„Er sollte jetzt wach genug sein", sagte der Wachmann und schloss die Tür für uns auf.

Nate ging zuerst hinein, Wut strahlte von ihm aus. Marco trat vor mir hinein. Als ich durch die Tür ging, stieg mir der Geruch des Abtrünnigen in die Nase. Er war ein Hundewandler. Das überraschte mich nicht. Er sah wie ein Straßenköter aus.

West fletschte die Zähne, als er hineinging. Ausnahmsweise galt sein wütender Blick nicht mir, sondern jemand anderem. Dieser Kerl hätte seiner Sippe angehört, wenn der Hundewandler nicht zum Mörder geworden wäre.

Aaron blieb in der Tür stehen, Alice direkt hinter ihm. Sie stand angespannt da, als wäre sie nicht ganz überzeugt, dass die getroffenen Vorsichtsmaßnahmen ausreichen würden, um uns zu schützen.

„Du", knurrte Nate. „Lass uns mit den einfachen Fragen anfangen. Wie ist dein Name?"

Der Blick des Hundewandlers glitt zu Nates Gesicht hinauf, wobei seine dünnen Lippen fest zusammengepresst blieben. Er schwankte leicht, die Schultern hochgezogen.

Nate ragte über ihm auf. „Ich will niemanden verletzen", sagte er. „Aber ich habe gerade vier Mitglieder meiner Sippe verabschiedet, an deren Tod *du* beteiligt warst. Neun andere werden noch behandelt. Wie du dir vorstellen kannst, ist mir nicht nach Nachsicht zumute. Wir können das auch auf die schmerzhafte Art machen, wenn du willst."

„Ich habe dir nichts zu sagen", spuckte der Abtrünnige. Seine Stimme war undeutlich, vermutlich wegen des Beruhigungsmittels.

Mein Rücken versteifte sich. Wenn er uns angegriffen hätte, hätte ich kein Problem damit gehabt, zu sehen, wie Nate ihn zerfleischte. Und es stand für mich außer Frage, dass er Rache verdiente. Doch wenn wir Antworten wollten, war ich mir nicht sicher, ob wir sie durch Folter bekommen würden. Wir hatten gesehen, wie sich Abtrünnige in den Tod gestürzt hatten, sich auf unseren Klauen aufgespießt hatten, nur um nicht reden zu müssen. Ihr eigenes Leben schien ihnen nicht so viel wert zu sein wie ihr gemeinsames Ziel.

„Ich frage dich noch einmal", sagte Nate, und sein Tonfall wurde düsterer. Er hob seine Hand, und sie verwandelte sich in eine riesige Grizzlybären-Pranke. „Sag uns deinen Namen."

Der Abtrünnige starrte mit einem unentschlossenen, aber trotzigen Blick zurück. Die Worte purzelten aus meinem Mund, bevor ich sie überhaupt durchdacht hatte.

„Es gibt noch eine andere Möglichkeit, ihn zum Reden zu bringen. Ich kann die Flamme der Wahrheit benutzen. Das hat bei der Feenkönigin auch funktioniert."

Nate drehte sich zu mir um. „Bist du sicher, dass du dazu bereit bist, Ren?"

Ich zuckte mit den Schultern. Nachdem ich den Vorschlag gemacht hatte, sollte ich es besser auch durchziehen. „Ich hatte einen Tag Zeit, um mich zu erholen. Und es wird viel schneller gehen als alles andere, was wir versuchen könnten. Ihr wisst, wie die Abtrünnigen sind."

„Ja." Er beäugte den Hundewandler. Der Abtrünnige verharrte weiterhin in seiner gebeugten Haltung, doch ich hatte den Eindruck, dass noch etwas mehr Farbe aus seinem gelblichen Gesicht gewichen war. Er wusste vielleicht nicht, wovon ich sprach, allerdings wusste er, dass es ihm wahrscheinlich nicht gefallen würde.

Damit war die Sache erledigt. „Lass es uns tun. Jetzt, solange das Beruhigungsmittel noch wirkt. Wir müssen ihn in einen größeren Raum bringen, damit ich Platz habe, mich zu verwandeln.“

„Das lässt sich einrichten.“ Nate gab dem Wachmann ein Zeichen.

Der Rest von uns zog sich aus der Zelle zurück. „Ihr müsst den Großteil der Fragen stellen“, sagte ich zu den anderen Alphas. „Ich kann nicht so gut sprechen, wenn ich damit beschäftigt bin, Feuer zu spucken.“

„Das kriegen wir schon hin, Prinzessin“, erwiderte Marco mit einem grimmigen Lächeln. Er ballte die Hände zu Fäusten. „Es gibt eine ganze Menge, was ich von diesem Arschloch gerne erfahren würde.“

Nate und sein Wächter führten den Abtrünnigen aus der Zelle, wobei Nate die Ketten für den linken Arm und das linke Bein des Gefangenen hielt und der Wächter die der rechten Körperhälfte. Der Hundewandler bewegte sich schwerfällig. Als er mir einen Blick über die Schulter zuwarf, blitzte das Weiße seiner Augen auf. Er war nervös.

Wir gingen wieder die Treppe hinauf. Gerade als wir den Flur erreichten, riss der Schurke mit seinen Armen an den Ketten. Er warf sich nach vorne und versuchte mit aller Kraft, dem Griff seiner Entführer zu entkommen.

Glücklicherweise hatten Nate und der Wächter genug Kraft, und der Abtrünnige war durch die Droge geschwächt. Mit einem schnellen Ruck an den Ketten brachte Nate den Hundewandler dazu, stillzuhalten. Alice trat näher, ihre Hände zu Fäusten geballt.

„Du kannst laufen oder wir können dich tragen", sagte Nate. „Du hast die Wahl."

Der Abtrünnige schnitt eine Grimasse. Dann begann er weiterzugehen.

Unsere seltsame Prozession machte eine scharfe Kurve und kam hinter dem Herrenhaus in einem kleinen Hof mit festgestampfter Erde und ein paar Grasbüscheln zum Stehen. „Dieses Feld ist normalerweise für Sport und Training im Freien gedacht", erklärte mir Nate über seine Schulter hinweg. „Hier haben wir genug Platz. Außerdem können wir das hier nutzen."

Er schleifte den Schurken zu einem Rechteck aus Metall, das aus dem Erdboden ragte. Ein Fußballtor im Miniformat, wie ich feststellte.

Nate und der Wachmann befestigten die Ketten an den stabilen Pfosten. Der Abtrünnige zerrte kraftlos an seinen Fesseln, bevor er sich ängstlich auf dem Boden zusammenkauerte. Ich nahm an, er hatte aufgegeben.

Ich ging auf ihn zu, bis ich nur noch ein paar Meter von ihm entfernt war. Sein Blick war auf den Boden gerichtet.

„Ich mache das nicht, um dich zu quälen, dennoch glaube ich, dass es sich nicht besonders gut anfühlt", sagte ich. „Wenn du diesen Teil lieber vermeiden willst, kannst du die Fragen auch so beantworten. Sag uns, warum du und deine ‚Freunde' dieses Anwesen überfallen habt."

Kein Mucks.

Nun gut. Dann würden wir es eben auf die Drachenart machen.

Ich ging ein paar Schritte rückwärts, um sicherzugehen, dass ich ihn nicht zertrampeln würde, wenn ich mich verwandelte. Mit einer Lässigkeit, die mir mit jedem Mal leichter fiel, zog ich mein Oberteil aus und schlüpfte aus meiner Hose. Ich hatte in den letzten Wochen schon genug Klamotten durch unvorhergesehene Verwandlungen ruiniert. Die warme Abendluft strich über meine nackte Haut. Ich lehnte mich vor und ließ die Verwandlung über mich kommen.

In mich zu gehen und die Drachin hervorzuholen, fiel mir ebenfalls zunehmend leichter. Ich musste mich kaum mehr anstrengen. Die Schuppen und Krallen warteten bereits auf der anderen Seite meiner Haut darauf, hervorzukommen. Ich öffnete mich ihnen, und mit einem berauschenden Kribbeln verwandelte ich mich in meine Drachengestalt.

Mein Hals wurde länger, meine Augen schärfer und meine Zähne spitzer. Meine Gliedmaßen stabilisierten sich unter meinem länger werdenden Rumpf. Ein stacheliger Schwanz ragte aus meinem Hinterteil, und aus meinem Rücken wuchsen riesige Flügel. Ich breitete sie aus und widerstand dem Drang, mich in den Himmel zu erheben. Ich wurde dort oben im Moment nicht gebraucht. Die Aufgabe, die ich zu erledigen hatte, war hier auf dem Boden.

Flammen kitzelten in meiner Kehle. Eine noch intensivere Hitze erfüllte meine Drachenlunge. Ich holte tief Luft und spürte den Unterschied zwischen den beiden Flammen, die ich ausstoßen konnte. Die sengende, zerstörerische Flamme meines üblichen Drachenfeuers und die helle, lodernde Flamme der Wahrheit. So sehr ein

Teil von mir die erste Flamme auf den Hundewandler spucken wollte, um ihn für seine Taten zu bestrafen, zog ich die zweite in meinen Mund.

Mit einem heißen Hauch ließ ich die violetten Flammen auf den Abtrünnigen niederprasseln.

Ein Aufschrei drang aus seiner Kehle. Er zerrte an seinen Fesseln, und ein unzusammenhängendes Gemurmel kam über seine Lippen.

Eine Sekunde lang dachte ich, meine Kraft hätte nicht funktioniert. Dass die Willenskraft dieses räudigen Gestaltwandlers irgendwie so stark war, dass es ihm gelang, sich der Flamme zu widersetzen, wozu nicht einmal die Feenkönigin imstande gewesen war. Doch dann riss er den Mund weit auf, um meine Frage zu beantworten.

„Wir wussten, dass die Drachenwandlerin mit allen Alphas hierherkommen würde", keuchte der Abtrünnige. „Die Sippen beginnen sich zu versammeln. Wir mussten zeigen, dass wir mächtiger waren als die Alphas zusammen. Wir können euch vernichten, wenn wir wollen. Die Alphas haben nicht länger das Sagen. Sie müssen sich *unserem* Willen beugen."

Das würden wir ja sehen. Während meine Flammen weiter nach unten strömten, trat Nate vor, die Arme vor seiner breiten Brust verschränkt. „Sind noch mehr von deiner Gruppe in der Nähe? Planen sie einen weiteren Angriff?"

„Eine große Gruppe von uns hat sich im Süden versammelt. Ich weiß nicht genau, wo. Man hat es mir nicht gesagt, damit ich es euch nicht verraten kann. Wir werden so lange angreifen, bis die Alphas und die

Drachenwandlerin die Kontrolle über die Gestaltwandler verloren haben."

„Was genau versprecht ihr euch *davon*?", fragte Marco.

Ein Winseln schlich sich in die Stimme des Hundewandlers. „Ich weiß es nicht. Ich habe nicht darüber nachgedacht. Aber mir gefällt es nicht, dass wir uns euren Regeln beugen müssen und alle, die das nicht tun, verstoßen werden. Wenn es keine Alphas gäbe, wären wir alle gleich und würden unsere eigenen Regeln machen."

Irgendwie hatte ich das Gefühl, dass es nicht so ablaufen würde. Wer auch immer der Anführer der Abtrünnigen war, er musste sehr überzeugend sein.

Meine Lunge begann unangenehm zu kribbeln. Ich konnte diese Flammen nicht mehr lange aufrechterhalten. Ich kratzte mit meinen Krallen am Boden, in der Hoffnung, dass die Alphas meine Warnung verstehen würden.

„Wie viele von euch gibt es?", fragte Aaron schnell.

„Vielleicht zwanzig, die ich kennengelernt habe. Dutzende von Abtrünnigen im ganzen Land. Wir rekrutieren jeden Tag mehr." Der Hundewandler fasste sich an den Kopf, schüttelte ihn, konnte jedoch nichts dagegen tun, dass die Worte weiter aus seinem Mund strömten.

„Was habt ihr als Nächstes vor?", fragte West.

„Ich weiß es nicht. Wir erhalten unsere Anweisungen immer erst kurz bevor wir handeln."

Meine Brust schmerzte jetzt. Ich richtete einen letzten violetten Feuerstrahl auf den Abtrünnigen, und Nate stellte eine letzte Frage.

„Wie seid ihr an den Wachen vorbeigekommen, als ihr auf dem Anwesen eingebrochen seid?"

Der Abtrünnige kicherte. Er *kicherte* tatsächlich, als ob die Frage lustig wäre. „Oh", sagte er. „Das ging völlig problemlos. Da war jemand, der uns gerne geholfen hat. Ein Waschbärenwandler namens Keith – einer der Wachmänner. Er hat uns einfach hereingelassen, euer edler Artgenosse."

4

Ren

Die Flamme der Wahrheit laugte mich schneller aus als jede andere meiner Wandlerkräfte. Ich versuchte, noch ein paar Sekunden länger durchzuhalten, um meinen Alphas die Chance zu geben, dem Abtrünnigen weitere Antworten zu entlocken, doch mein Körper konnte nicht mehr. Das Feuer erlosch. Ich sackte in mich zusammen und verwandelte mich in meine Menschengestalt.

Aaron war im Nu an meiner Seite und reichte mir meine Kleidung. Sein Kiefer war angespannt. Als ich nach meinem Oberteil griff, stürzte Nate an uns vorbei. Er verwandelte sich in seine Grizzlygestalt und stürzte sich auf den Abtrünnigen.

Der Hundewandler wich instinktiv zurück. Doch als Nate sein Maul drohend öffnete, erschlaffte er in seinen Ketten.

„Nur zu", sagte er und schaffte es, sowohl verächtlich als auch resigniert zu klingen. „Schneid mir die Kehle durch. Es ist mir egal. Was könnt ihr mir sonst schon antun?"

Eine gute Frage. Ich warf den anderen Alphas einen Blick zu, während ich mich anzog. Marcos Augenbrauen waren hochgezogen, seine Lippen zusammengepresst. In Wests Augen flammte Frustration auf.

Schnaubend packte Nate den Abtrünnigen am Hals. Doch seine Zähne streifen die Haut nicht einmal. Er drehte seinen massigen Körper herum und verwandelte sich wieder in seine Menschengestalt.

„Bring ihn weg", befahl er dem Wachmann mit einer Handbewegung. „Ich will ihn nicht in meiner Nähe haben, es sei denn, wir brauchen ihn noch mal."

„Was ist mit dem Waschbärenwandler, von dem er gesprochen hat?", fragte ich, als der Wachmann sich daran machte, den Abtrünnigen aus dem Hof zu zerren. Alice sprang ihm zur Seite, da Nate zu aufgewühlt zu sein schien, um sich zu beteiligen. „Wenn jemand hier den Abtrünnigen geholfen hat, sollten wir dann nicht–".

„Das spielt keine Rolle", entgegnete West barsch. „Einer der toten Wächter hieß Keith. Wenn das kein besonders häufiger Name ist, nehme ich an, dass die Abtrünnigen dafür gesorgt haben, dass ihr ‚Verbündeter' nicht reden kann."

„Dann hat er bekommen, was er verdient hat", krächzte Nate. Er schritt auf dem Hof auf und ab, während er an seinem Hemd zerrte. Seine Jeans war bei der hastigen Verwandlung zerrissen. Wäre die Situation nicht so angespannt gewesen, hätte ich den Anblick vielleicht genossen. „Verräter. Seine eigene Sippe so zu hintergehen." Er beendete den Satz mit einem gequälten Knurren. „Einer *meiner* eigenen Leute."

Aaron drehte sich zu ihm um. „Nate", sagte mein Adlerwandler.

Bevor er fortfahren konnte, schüttelte der andere Alpha ruckartig den Kopf. „Ich muss nachdenken. Wir reden morgen früh weiter. Gebt mir die Nacht, damit ich mir die Sache durch den Kopf gehen lassen kann. Falls ich das kann." Er sah mir in die Augen. „Es tut mir leid, Ren. Ich wollte nicht, dass dein erster Abend hier so abläuft."

„Ich weiß", murmelte ich. Es brachte mich um, ihn so leiden zu sehen. „Wenn ich irgendetwas für dich tun kann …"

„Im Moment kann ich niemandem eine gute Gesellschaft sein."

Er machte auf dem Absatz kehrt und schritt auf das Herrenhaus zu.

Mein Bett fühlte sich leer an, als ich in meinem Zimmer aufwachte. Ich drehte mich um und tastete über die weiche Matratze auf beiden Seiten. Genau wie im Anwesen der Vogelwandler war das Bett der Drachenwandlerin für fünf Personen gedacht. Für mich und meine Gefährten. Diesmal hatte allerdings keiner von ihnen die Nacht hier verbracht.

Die Brise, die durch mein halb geöffnetes Fenster wehte, war warm, doch ich fröstelte, als ich mich aufsetzte. Das Kichern des abtrünnigen Hundewandlers hallte in meinem Kopf wider. *Er hat uns einfach hereingelassen, euer edler Artgenosse.*

Was könnte einen der Gestaltwandler dazu veranlasst haben, einen Angriff auf seine eigene Sippe zu unterstützen? Und wenn einer überredet werden konnte, wie konnten sie sicher sein, dass das bei anderen nicht auch geschehen war?

Kein Wunder, dass Nate und die anderen so aufgebracht waren. Ich hatte gerade erst begonnen, die Beziehungen zwischen den Sippen und ihren Alphas zu verstehen, und sogar ich war entsetzt.

Hoffentlich hatte sich Nate inzwischen beruhigt und einen klaren Kopf bekommen. Selbst wenn ich die Situation vielleicht nicht ganz verstanden hatte, wusste ich genug, um zu begreifen, dass wir miteinander reden und uns angesichts dieser neuen Enthüllung einen Schlachtplan ausdenken mussten.

Trotz des köstlichen Geruchs von Spiegeleiern und Würstchen verging mir beim Anblick meiner versammelten Alphas der Appetit.

Nate saß vornübergebeugt in einem der Sessel, den Kopf in seine großen Hände gestützt. Marco lümmelte in einem anderen, ganz der lässige Kater, doch ich konnte die Anspannung in seinem schlanken, muskulösen Körper sehen. Aaron stand hinter einem der Sofas, die Hände auf die Lehne gestützt, als könnte er es nicht ertragen, zu sitzen. Alice stand hinter ihm am Fenster. Und West, der zwischen der Sitzecke und dem Esstisch auf und ab lief, blieb kurz stehen, um mir einen finsteren Blick zuzuwerfen.

„Du bist hier", sagte er. „Dann können wir endlich reden."

Ich hätte protestieren können, dass mich niemand geweckt hatte, um mir zu sagen, dass sie mich brauchten, doch ich war nicht in der Stimmung, mit ihm zu streiten.

„Ich bin hier", bestätigte ich und ging zur Sitzecke hinüber. „Gibt es Neuigkeiten?"

Nate schüttelte den Kopf. Er fuhr sich mit den Fingern durch sein dunkles Haar und richtete sich auf, ohne mir in die Augen zu sehen. „Ich kann es immer noch nicht glauben. Leute aus meiner Sippe haben sich gegen ihresgleichen gewendet. Dabei waren wir uns immer einig, trotz unserer Differenzen zum Wohle der anderen zusammenzuarbeiten. Das ist die *Grundlage* unserer ungleichen Sippe."

„Offensichtlich nicht", spottete Marco. Möglicherweise wollte er Nate nur necken, doch falls es so war, schlug der Versuch kläglich fehl. Nate funkelte ihn an.

Als der Bärenwandler den Mund öffnete, schnitt Aaron ihm das Wort ab. „Es liegt nicht nur an der ungleichen Sippe.", sagte er. Seine Stimme klang heiserer als sonst. „Die Eulenwandlerin, die Ren auf meinem Anwesen angegriffen hat, gehörte ebenfalls zur Sippe."

Mir klappte die Kinnlade herunter. „Was? Aber sie–".

Sie hatte kein Gestaltwandler-Mal, wollte ich sagen. Dann schoss mir die Erinnerung durch den Kopf. Die Vogelwandlerin, die mich angegriffen hatte, hatte Handschuhe getragen. Zuerst hatte ich das seltsam gefunden, doch dann war ich so von dem Angriff und ihrer Geschichte abgelenkt gewesen, dass ich es nicht weiter hinterfragt hatte.

Aaron hatte jedoch noch einmal mit ihr gesprochen, nachdem wir herausgefunden hatten, dass sie durch die Drohungen gegen ihren Sohn gezwungen worden war, sich der abtrünnigen Gruppe anzuschließen. Er war ihr Alpha. Natürlich wusste er das.

Alle Blicke waren auf den Adlerwandler gerichtet. „Und warum erfahren wir das erst *jetzt*?", fragte Marco.

Aarons Hände krallten sich in die Sofalehne. „Ich hatte gehofft, es würde sich um einen Einzelfall handeln", erwiderte er mit belegter Stimme. „Dass die Abtrünnigen Glück hatten und ein Mitglied der Sippe gefunden hatten, das sie manipulieren konnten. Glaubt ihr, ich *wollte* zugeben, dass meine Sippe nicht vertrauenswürdig ist? Doch jetzt kann ich nicht umhin, zu denken, dass es vielleicht gar nicht so schwer ist, unsere Sippen zu manipulieren."

Mein Herz zog sich zusammen. Der Vogel-Alpha hatte mir schon einmal erzählt, dass die anderen Sippen oft auf sein Volk herabschauten. Sie hielten sie aufgrund der Tiere, in die sie sich verwandelten, als minderwertig. Ich wünschte, er hätte mir davon erzählt, doch das Attentat auf mich war erst *gestern* geschehen. Sein Zögern machte Sinn.

„Es geht nicht darum, ob die Sippen vertrauenswürdig sind oder nicht", mischte sich Alice ein, die sich neben ihn stellte. „Die Abtrünnigen stecken hinter der ganzen Sache. Also müssen wir uns um sie kümmern."

„Ich weiß nicht", entgegnete West mit einer gewissen Schärfe in der Stimme. „Als wir im Dorf *meiner* Sippe waren, hatten die Abtrünnigen keine Hilfe von meinesgleichen. Vielleicht können wir also ein paar Schlüsse ziehen, wem wir vertrauen können und wem nicht."

„Das ist das erste Mal in den sechzehn Jahren, in denen ich Alpha bin, dass mich jemand aus meiner eigenen Sippe verraten hat", sagte Nate und stand auf. Er blickte den Hunde-Alpha an. „Und ich habe auch noch nie gehört, dass das vor meiner Herrschaft passiert ist. Wir werden ja sehen, was auf deinem Anwesen geschieht, nicht wahr? Falls wir jemals dort ankommen und ihr Hundewandler euch nicht von uns allen abkapselt, um als Anarchisten weiterzuleben, oder was auch immer ihr vorhabt."

„Ich tue zuerst, was für meine Sippe am besten ist", schnauzte West. „Damit steht und fällt die Rudelloyalität."

„Hey!", mischte ich mich ein und hob meine Hände. Ich trat zwischen die beiden, was für Nate zu nahe zu sein schien, da er zurückwich. Ich warf West einen bösen Blick zu. „Wir haben schon genug Probleme, ohne dass ihr aufeinander losgeht. Von jetzt an müssen wir besonders vorsichtig sein, sogar den Sippen gegenüber. Seid auf der Hut. Ich glaube nicht, dass einer von uns allein losziehen sollte. Auch wenn sie es in erster Linie auf mich abgesehen haben, wurden beim letzten Mal die Alphas getötet. Ich will, dass wir alle in Sicherheit sind. Vor den Abtrünnigen und vor uns selbst."

Ich warf Nate einen Blick zu. Er ließ sich in seinem Sessel zurücksinken und verzog den Mund. „Du hast recht. Ich werde mich zusammenreißen."

West sah leicht verärgert aus, was mehr war, als ich mir

von ihm erhoffen konnte. „Also gut. Was für brillante Pläne hast du uns sonst noch mitzuteilen, Flamme?"

Na, toll. Eine weitere Gelegenheit für ihn, mich zu verurteilen und mich für unzulänglich zu halten. Ich suchte nach einer vernünftigen Antwort. „Der Abtrünnige, den wir befragt haben, hat gesagt, dass sich ein paar seiner Leute im Süden versammeln, oder? Wir müssen sie finden und ausschalten, bevor sie einen weiteren Überraschungsangriff auf uns starten können."

„Großartig. Das ist das Was. Der schwierige Teil ist das Wie. Hast du dir darüber auch Gedanken gemacht?"

„Wolfsjunge", sagte Marco von seinem Sessel aus. „Bei Fuß. Du solltest die Vorschläge unserer Flammenprinzessin nicht kritisieren, es sei denn, *du* hast einen genialen Masterplan." Er schenkte mir ein zaghaftes Lächeln.

„Vor allem müssen wir herausfinden, wo die Abtrünnigen sind", sagte Aaron und unterbrach damit die abfälligen Bemerkungen, die West möglicherweise noch hinzugefügt hätte. „Es ist zum Teil meine Schuld, dass ich euch nicht früher gewarnt habe, dass unsere Sippen vielleicht nicht vertrauenswürdig sind. Ich werde gehen. In meiner Adlergestalt kann ich mir einen schnellen Überblick über die Gegend verschaffen, ohne dabei Aufmerksamkeit zu erregen. So kann ich ihre Bewegungen auskundschaften, ohne mich ihnen so weit zu nähern, dass sie merken, dass ich kein gewöhnlicher Vogel bin."

Seine Mundwinkel bogen sich leicht nach oben. Schuldgefühle schimmerten in seinen strahlendblauen Augen. Ich schluckte schwer. „Du solltest auch nicht alleine losziehen. Ich kann mit dir kommen."

„Als Drachin?", fragte er. „Du kannst nicht einfach in deiner Drachengestalt durch die Gegend fliegen, Serenity. Außerdem musst du noch an deiner Ausdauer arbeiten. Es kann Stunden, ja sogar Tage dauern, bis ich sie finde, falls es mir überhaupt gelingt."

Ich runzelte die Stirn, doch ich konnte seiner Logik nicht widersprechen. Und selbst wenn keiner der beiden Punkte zuträfe, würden sich die Abtrünnigen sofort zerstreuen, wenn sie eine Drachin am Himmel sehen würden. Wir mussten sie in dem Glauben lassen, dass wir ihnen nicht auf den Fersen waren, damit wir den Spieß umdrehen konnten. Wir mussten ein Überraschungsmoment schaffen, um die Oberhand zu gewinnen.

„*Ich* habe keine derartigen Probleme", sagte Alice. „Du wirst also Gesellschaft haben."

Aaron wandte sich zu seiner Schwester um. „Ich möchte, dass du hier bei Serenity bleibst. Sie braucht deinen Schutz dringender als ich."

„Sie hat diese drei Holzköpfe, die auf sie aufpassen", protestierte Alice und deutete auf die anderen Alphas. Nate schien die Beleidigung nicht zu stören, West hingegen verzog angewidert die Lippen und Marco sah leicht beleidigt aus.

„Holzköpfe, die keine zehn Minuten miteinander verbringen können, ohne sich zu streiten", erwiderte Aaron leichthin. „Ich glaube, sie braucht ab und zu eine Pause von den Jungs. Bitte, Alice. Ich werde keine unnötigen Risiken eingehen. Ich werde die Abtrünnigen nicht angreifen – nicht einmal, wenn ich einen allein sehe. Es ist eine einfache Erkundungsmission."

„Kannst du wenigstens abends zurückkommen?", warf ich ein. „Mir berichten, was du gesehen hast, auch wenn es nicht viel ist? Irgendwann musst du sowieso schlafen."

Aaron zögerte, dann nickte er. „Das ist fair. Ich möchte dir nicht unnötig Sorgen bereiten."

Er ging um das Sofa herum und kam auf mich zu. Als er meine Wange berührte, hob ich instinktiv mein Gesicht. Er küsste mich flüchtig, doch in dem kurzen Moment, in dem sich unsere Lippen trafen, wollte ich mich am liebsten an ihn klammern und ihn nie wieder loslassen. Sein salziger Geruch nach Meeresbrise umwehte mich und beruhigte meine Nerven ein wenig.

„Bis heute Abend, Serenity", sagte er und sah mir direkt in die Augen. Meinen vollen Namen in seiner ruhigen Stimme zu hören, brachte mein Herz immer noch zum Klopfen. Nur weil er so überzeugt klang, gelang es mir, ihn loszulassen.

Alice lief neben mir her, als ihr Bruder hinausging. Sie legte ihre Hand auf meine Schulter. „Ich wollte ihn nur begleiten, weil wir gemeinsam stärker sind, nicht weil ich glaube, dass er nicht allein zurechtkommt. Er wird mit diesen Abtrünnigen fertig, wenn es sein muss."

„Ja", sagte ich. Aber was, wenn die besagten Abtrünnigen Waffen hatten?

Aaron hatte versprochen, sie nicht anzugreifen. Wenn sie nicht wussten, dass der Adler, der über ihnen schwebte, ein Gestaltwandler war, würden sie ihn nicht weiter beachten, oder?

Ich massierte meine Schläfen. „Nun, wir anderen können nicht einfach herumsitzen und auf ihn warten. Was sollen wir in der Zwischenzeit tun?"

„Für heute Abend ist eine Willkommensfeier geplant", sagte Nate leise. „Ich wollte sie nicht absagen. Wir müssen aufpassen, wer das Anwesen betritt."

„Ein Grund mehr für mich, Serenity nicht von der Seite zu weichen", sagte Alice und hakte sich sanft, aber bestimmt bei mir ein.

Ein erschreckender Gedanke kam mir in den Sinn. „Die Wachen werden kontrollieren, wer kommt und geht, oder?", fragte ich. „Was, wenn der Waschbärenwandler nicht der Einzige ist, der zu den Abtrünnigen übergelaufen ist?"

Nates Körperhaltung versteifte sich. „Ich habe die Wächter für dieses Anwesen sorgfältig ausgewählt. Leute, von denen ich wusste, dass ich auf sie zählen kann."

„Einer von ihnen hat bereits bewiesen, dass du dich in ihm getäuscht hast", gab West zu bedenken.

„Wenn noch einer von ihnen …", Nate schien den Satz nicht beenden zu können. Ein frustriertes Grollen drang aus seiner Brust.

„Warum reden wir nicht wenigstens mit ihnen?", schlug ich vor. „Ich habe ein gutes Gespür für Leute. Wenn wir eine Versammlung der Wachen einberufen und ich mit jedem von ihnen ein wenig spreche, wissen wir, dass wir uns keine Sorgen um weitere Verräter machen müssen."

Nate seufzte. „Du hast recht. Ich kann alle, die nicht im Dienst sind, zu einem Briefing rufen, damit du mit ihnen sprechen kannst. Ich werde mich sofort darum kümmern."

Er stand auf und machte sich auf den Weg zur Tür. Als

ich ihm folgen wollte, atmete West aus und murmelte etwas vor sich hin. „Na, das wird interessant.“

Ich beschloss, die Bemerkung zu ignorieren.

5

„Stellt euch an der Wand auf", befahl Nate der Gruppe von Wächtern. Die paar Dutzend Gestaltwandler verteilten sich in dem weitläufigen Speisesaal.

Ich wartete, bis sie sich an der braunen Ziegelsteinwand aufgestellt hatten. Sie waren gerade vom Dienst gekommen und wurden von den Wachen abgelöst, mit denen ich zuvor gesprochen hatte. Bisher hatte ich noch keinen Grund zur Besorgnis. Soweit ich es beurteilen konnte, hatte Nate seine Wachen verdammt gut ausgewählt.

Die anderen Alphas waren ihren Angelegenheiten nachgegangen, nur Alice war hiergeblieben. Sie saß auf der Kante eines der großen Tische aus Kiefernholz. Mit ihren scharfen Augen, die über die Wächter schweiften, sah sie selbst in menschlicher Gestalt wie ein Adler aus.

„Das ist unsere Drachenwandlerin, Serenity Drake", schallte Nates Stimme durch den Raum. Er stolperte leicht über meinen vollen Namen, da er so an meinen Spitznamen gewöhnt war, mit dem ich mich wohler fühlte. „Da dies ihr erster Besuch hier ist, wollte sie die Möglichkeit nutzen, euch alle kennenzulernen und mit euch zu sprechen. Als euer Alpha weiß ich, dass ihr eure Sippe stolz machen werdet."

Auch wenn wir ihnen den wahren Grund für diese Versammlung nicht verraten hatten, wusste ich, dass sich mein Gespräch mit dem Abtrünnigen herumgesprochen hatte. Ihnen war klar, dass dies mehr als nur eine freundliche Unterhaltung war.

„Hallo", sagte ich zum ersten Wächter in der Reihe und neigte meinen Kopf leicht, damit er meinen Geruch wahrnehmen konnte. Er tat dasselbe – ein Frettchen. So sah er auch aus. Seine dunklen Augen musterten mich misstrauisch aus seinem spitzen Gesicht heraus. Doch gleichzeitig war er zäh und seine Arme muskulös. „Wie Nate schon sagte, ich bin Serenity, werde jedoch lieber ‚Ren' genannt."

„Mitchell", stellte er sich vor. „Es ist mir eine Ehre, Euch kennenzulernen, Drachenwandlerin."

Er meinte es nicht ganz ernst. Ich konnte sein Zögern schmecken. Doch das war nichts Neues für mich. Den gleichen Eindruck hatte ich auch bei etwa der Hälfte der anderen Gruppe gehabt. Als wären sie sich nicht sicher, ob ihre Sippe mit mir besser oder schlechter dran war.

„Warum hast du dich freiwillig gemeldet, um hier als Wache zu dienen?", fragte ich.

Sein Blick wanderte zu Nate, und ich spürte nichts als warme Hingabe von ihm. „Es ist die *größte* Ehre, meinem Alpha zu dienen. Wenn ich meiner Sippe in seinem

Namen auch nur ein wenig Ärger ersparen kann, könnte ich mir nicht mehr wünschen."

Was er nicht sagte, nahm ich anhand des Untertons in seiner Stimme wahr. Er gab mir die Schuld für den Ärger, den sie hier gerade hatten. Nun, das war verständlich. Die Abtrünnigen hätten den Angriff nicht verübt, wenn sie nicht gewusst hätten, dass ich auf dem Weg zum Anwesen war. Diese Überzeugung hatte ich auch bei den anderen Zweiflern gespürt.

Natürlich verströmten einige Mitglieder von Nates Sippe noch immer einen Hauch von Skepsis gegenüber mir als Drachenwandlerin. Etwas weiter hinten in der Reihe wippte eine Bergziegenwandlerin unruhig hin und her. Ihre Augen leuchteten vor Aufregung.

„Wie ich gehört habe, habt Ihr dem Abtrünnigen gestern Abend mit Eurem Drachenfeuer die Wahrheit entlockt", sagte sie, nachdem sie meine Fragen beantwortet hatte. „Er konnte nichts tun, um Euch aufzuhalten! Es ist gut, wieder eine Drachenwandlerin zu haben."

„Ich bin froh, dass du das so siehst", entgegnete ich lächelnd. Ich hoffte nur, allen Erwartungen gerecht werden zu können.

Nachdem ich mit etwa der Hälfte der Wachen gesprochen hatte, gelangte ich zu einem Bisamrattenwandler, der mich mit einem breiten Grinsen begrüßte. Wahrscheinlich sollte es freundlich aussehen, doch er strahlte eine Nervosität aus, bei der meine Nerven zu vibrieren begannen.

Ich begrüßte ihn genauso wie die anderen. Seine Verbeugung war ein wenig übermütig. Ich hätte ihn gemocht, wäre da nicht diese Aura des Unbehagens gewesen, die er ausstrahlte.

„Mein Name ist Orion", stellte er sich vor. „Ein großer Name für einen kleinen Kerl. Meine Mutter wollte, dass ich dadurch beeindruckender wirke."

Meine Mundwinkel verzogen sich widerstrebend zu einem Lächeln. „Du musst auch ziemlich beeindruckend sein, wenn dein Alpha dich zu seinem Wächter auserkoren hat."

„Man tut, was man kann. Ein wenig Herumschleichen hier, ein Versteckspiel dort." Er blinzelte.

Erneut hatte ich das Gefühl, dass er nicht annähernd so entspannt war, wie er den Anschein erwecken wollte. Er wollte mich zum Lachen bringen, um mich dann schnell wieder loszuwerden. Und je eher ich das tat, desto glücklicher würde er sein. Doch die Emotionen, die unter seinem übermütigen Auftreten brodelten, waren kein Ärger oder Argwohn.

Nein, wenn überhaupt, hatte er *Angst* vor meiner Aufmerksamkeit. Hmm.

Nun, ich würde ihn in dem Glauben lassen, dass er bekam, was er wollte. „Dann weiter so!", sagte ich und ging weiter.

Bei keinem der anderen Wächter hatte ich ein ungutes Gefühl. Als ich das Ende der Schlange erreichte, konnte ich sehen, wie einige von ihnen unruhig von einem Fuß auf den anderen traten und darauf warteten, entlassen zu werden. Sie hatten gerade eine lange Dienstschicht hinter sich. Mit dieser Aktion hatte ich wahrscheinlich all diejenigen verärgert, die ohnehin schon nicht sonderlich begeistert von mir waren.

Ich berührte Nates Arm und beugte mich zu ihm. „Alle können gehen, bis auf Orion. Mit ihm will ich mich unter vier Augen unterhalten."

Nates Blick verfinsterte sich. „Du glaubst, er steckt auch mit den Abtrünnigen unter einer Decke?"

„Ich weiß es noch nicht", antwortete ich. „Geh also nicht gleich in den Grizzly-Modus. Irgendetwas an ihm ist faul. Und es liegt nicht daran, dass er denkt, dass ich vielleicht mehr Probleme verursache, als löse."

Nate wurde stutzig. „Wenn jemand etwas sagt–", begann er, doch ich tätschelte seinen Arm.

„Ist schon in Ordnung. Ich mache ihnen keine Vorwürfe. Lass uns herausfinden, was mit der Bisamratte los ist, in Ordnung?"

Feingefühl war vielleicht nicht unbedingt Nates Stärke, doch er schaffte es, Orion herauszufordern, ohne dabei zu offensichtlich zu sein. Mein Bärenwandler ging zum Eingang und teilte den Wachen mit, dass sie gehen konnten. Als sie an ihm vorbeigingen und ihre Haltung lockerten, zog er den Bisamrattenwandler beiseite.

„Da ist noch eine Sache, die ich mit dir besprechen wollte", sagte er, als ob es überhaupt nichts mit mir zu tun hätte. Ein paar der anderen Wachen schauten neugierig herüber. Von der anderen Seite des Raumes aus spürte ich, wie sich Orions Körper anspannte.

Nein, er war ganz und gar nicht glücklich über diese Entwicklung.

Alice hüpfte vom Tisch. „Sollen wir irgendwo hingehen, wo es nicht so ... weitläufig ist? Ich fühle mich besser, wenn ich die Wände näher an meinem Rücken habe."

„Ja", sagte Nate. „Ich denke, ein wenig Privatsphäre ist für dieses Gespräch angebracht."

„Ich … verstehe nicht?", meldete sich Orion zu Wort, als Nate ihn zu einer Seitentür am anderen Ende des Flurs führte. „Worum geht es hier?" Er warf mir einen zögernden Blick zu.

„Ich denke, das werden wir herausfinden, wenn wir mit dem Gespräch fertig sind", sagte Nate. „Komm schon." Er gab dem Bisamrattenwandler einen leichten Klaps auf den Kopf, um ihn dazu zu drängen, weiterzugehen. Vielleicht war der Klaps nicht ganz so leicht, denn der kleinere Kerl zuckte zusammen.

Orion hatte sich gut geschlagen, als er den Witzbold in der Mitte der Schlange gespielt hatte, doch sobald wir tiefer in den Palast vordrangen, war seine Nervosität deutlich spürbar. Er fuhr sich mit der Hand durch sein borstiges schwarzes Haar. Sein schmaler Kiefer spannte sich an. Als Nate eine Tür am Ende des Flurs öffnete und ihn hereinwinkte, zögerten seine Beine für eine Sekunde, bevor er nachgab.

Ich folgte ihm und schaute mich zufrieden um. Das Zimmer erinnerte nicht an einen kühlen Verhörraum, sondern eher an ein Arbeitszimmer: Einbauregale voller Bücher und Ordner, ein Schreibtisch an einer Wand und drei Ledersessel an der anderen. Alice, die gerne einen höheren Aussichtspunkt zu haben schien, setzte sich auf die Schreibtischkante. Der Rest von uns ließ sich auf den Sesseln nieder.

Orion faltete die Hände im Schoß. Sein Blick huschte kurz zu mir, bevor er auf seinem Alpha verweilte.

„Ich versichere euch,", sagte er mit angestrengter

Stimme, „dass ich keine Ahnung hatte, dass dieser Angriff stattfinden würde. Ich habe nichts getan, was die Sicherheit des Anwesens oder meiner Sippe hier gefährdet hätte. Das würde ich *nie* tun.“

„Ich *dachte*, dass ich mir da sicher sein könnte“, sagte Nate mit leiser Stimme. „Doch nach dem Vorfall neulich Abend verstehst du sicher, dass wir uns bei euch allen absolut sicher sein müssen. Wenn du etwas auf dem Herzen hast, kannst du es uns sagen.“

Mir war Orions bedachte Wortwahl nicht entgangen. Er hatte nichts von dem Angriff gewusst. Er hatte nichts getan, um seine Sippe zu verletzen. Damit blieben noch eine ganze Reihe anderer Dinge, die er gewusst oder getan haben könnte – oder die er vorhaben könnte.

„Orion“, sagte ich so freundlich, wie es mir möglich war, „dir ist sicherlich bewusst, dass wir dich aus einem bestimmten Grund hierhergebracht haben. *Irgendetwas* beschäftigt dich. Etwas, das für keinen der anderen Wächter ein Problem war. Ich bin mir nicht sicher, ob du es bemerkt hast, aber die Drachenwandlerin verfügt unter anderem über die Fähigkeit, die Gefühle und Motive anderer zu erspüren. Ich weiß, dass du Angst vor mir hast. Ich möchte nur wissen, wovor genau.“

Er befeuchtete seine Lippen. „Ist es nicht normal, ein wenig nervös zu sein, wenn einem jemand gegenübersteht, der sich in ein Fabelwesen verwandeln kann, das eine Milliarde Mal größer ist als man selbst?“

Verdammt, er hatte mich schon wieder zum Lächeln gebracht. „So riesig bin ich in meiner Drachengestalt nicht. Und deine Reaktion war nicht normal. Die meisten deiner Sippe und die anderen Gestaltwandler, mit denen ich gesprochen habe, wissen, dass es als Drachenwandlerin meine Aufgabe ist, euch alle zu beschützen. Ich bin auf eurer Seite. Eine Verbündete, keine Feindin. Es sei denn, du hast etwas getan, das dich zu *meinem* Feind machen würde."

Der Bisamrattenwandler betrachtete seine Hände. Seine Fingernägel waren an den Rändern ausgefranst, als hätte er daran geknabbert. Sein Mund verzog sich. „Ich habe nichts getan", beharrte er.

„Vielleicht hast du darüber nachgedacht?", schlug ich vor. „Wenn die Abtrünnigen Keith auf ihre Seite gebracht haben, muss ich davon ausgehen, dass sie auch versucht haben, einige der anderen Wachen zu manipulieren. Womöglich hast du mit ihnen geredet und es in Erwägung gezogen, etwas zu tun."

Seine Schultern spannten sich an. Er brauchte nichts zu sagen. Ich konnte seine Schuldgefühle so deutlich lesen, als wären sie auf sein Hemd gedruckt.

Sie strahlten so stark von ihm ab, dass selbst Nate sie spürte. Er stand auf und baute sich vor seinem Wachmann auf. Seine Stimme glich einem Knurren.

„Wenn du in irgendeiner Weise Kontakt zu den Abtrünnigen hattest–".

Ich hob meine Hand, und Nate schluckte den Rest seiner Drohung mit einem Grollen hinunter.

„Sag es uns einfach", forderte ich Orion auf. „Wir werden die Wahrheit ohnehin herausfinden, so oder so. Wenn du deiner Sippe und deinem Alpha gegenüber wirklich loyal bist, dann solltest du nach dem, was die Abtrünnigen hier heute angerichtet haben, wissen, dass das allem widerspricht, wofür du eigentlich einstehen solltest."

„Ich wollte nur hören, was sie zu sagen haben", platzte Orion heraus. „Einiges von dem, was sie sagten, klang so, als würden sie einige Dinge für uns alle verbessern, nicht nur für sich selbst."

Er klappte den Mund zu, als hätte er gar nicht vorgehabt, so viel zu verraten. Seine Finger gruben sich in das Sitzpolster.

„Okay", sagte ich. „Gut. Was zum Beispiel? Ich will auch, dass die Situation für alle Gestaltwandler besser wird."

Orion warf mir einen verzweifelten Blick zu und ich konnte seine Aufregung deutlich spüren. „Nein", fügte ich hinzu, „deine Antwort wird mir wahrscheinlich nicht gefallen. Aber ich will sie trotzdem hören. Ich schwöre bei meinem Blut als Drachenwandlerin, dass ich dich nicht dafür bestrafen werde, weil du mir deine Gedanken mitteilst. In Ordnung?"

Die Eindringlichkeit meines Versprechens schien ihn zu überzeugen. „Ich bin noch am Überlegen, was ich von alledem halten soll", antwortete er. „Ich musste Euch erst kennenlernen, ich musste sehen … Sie sagten Dinge wie, dass wir vielleicht nicht von einem Gestaltwandler regiert werden sollten, der keine Verbindung zu einem unserer Artgenossen hat. Dass–". Seine Augen huschten zu Nate. „Dass sich unsere Alphas besser ganz auf uns konzentrieren sollten, anstatt zu versuchen, alle anderen Arten glücklich zu machen "

„Hat diese Idee keinen *Haken*?", fragte Nate und seine Stimme erhob sich. „Die Frau, die vor dir steht, ist die

Tochter des Alphas, der vor mir über unsere Sippe herrschte. Verdammt, Orion, wir *haben* nicht einmal eine Art. Das Einzige, was uns verbindet, ist, dass wir nicht zu den anderen Gestaltwandler-Arten gehören. Und du warst bereit, einfach zuzusehen, wie Blut vergossen wird–".

„Nein!", protestierte Orion mit einem Quieken. „Ich habe doch gesagt, dass ich nichts davon wusste – ich wollte nie–".

„Hör mal", sagte Nate und packte ihn am Hemdkragen. Energie strömte über ihn, als würde er sich gleich verwandeln. Auch ich sprang auf. So hatte ich mir den Verlauf dieses Gesprächs nicht vorgestellt.

Ich legte eine Hand auf Nates Schulter und zog ihn zurück. Seine Wut überrollte mich, doch sein Blick wurde weicher, als er mir in die Augen sah.

„Ist schon gut", beschwichtigte ich ihn. „Ich habe um diese Antworten gebeten. Ich kann damit umgehen. Vielleicht solltest du ein paar Minuten draußen warten? Ich glaube, es wäre besser, wenn ich mit Orion alleine rede." Ohne seinen temperamentvollen Alpha im Raum.

Nate ließ Orions Hemd los. Der Bisamrattenwandler zitterte. Nates Hände ballten sich zu Fäusten, bevor sie sich wieder öffneten. „Ihm ist nicht zu trauen. Ich will dich nicht mit diesem Verräter allein lassen."

„Noch hat er niemanden verraten", betonte ich. „Und ich kann mich in einen Drachen verwandeln, schon vergessen? Ich denke, ich komme mit einer Bisamratte klar."

„Ich wette auch, dass sie das schafft", meldete sich Alice zu Wort. Sie ging auf Orion zu und bedeutete ihm, sich zu erheben. „Steh auf. Ich will nur sicherstellen, dass du keine Waffen bei dir hast."

Steif stand er auf und ließ sich von ihr abtasten. Dann trat sie einen Schritt zurück und stemmte die Hände in die Hüften. „Die Luft ist rein. Komm mit, Grizzly. Was soll er denn schon machen – sie mit Büchern erschlagen? Wir können direkt vor der Tür warten." Sie sah mich mit einer hochgezogenen Augenbraue an. „Schrei, wenn du uns brauchst."

Nate grummelte wortlos vor sich hin, folgte ihr aber nach draußen. Als sich die Tür mit einem dumpfen Schlag hinter ihnen schloss, ließ sich Orion zurück in seinen Sessel sinken. Auch ich setzte mich wieder. Als er mich anschaute, war sein Blick plötzlich leer und hoffnungslos.

„Werdet Ihr mich jetzt grillen?", fragte er. „Wie den Abtrünnigen, den ihr gefangen habt?"

Ah. Ich ahnte, wovor er am meisten Angst hatte.

Ich lehnte mich vor. „Das hatte ich nicht vor, aber ich werde es tun, wenn ich muss. Es tut nicht weh – zumindest nicht sehr. Nicht genug, um dich umzubringen." Er sah nicht so aus, als würde ihn diese Tatsache beruhigen. Weiter im Text … „Ich habe das nur getan, weil dein abtrünniger Freund nicht mit uns reden wollte. Das Einzige, was für mich zählt, ist, die Sippe zu schützen. Ich will nicht, dass noch jemand unter meiner Aufsicht stirbt."

Orion rieb sich den Mund. „Er ist nicht mein Freund", gab er zurück. „Ich könnte nie mit jemandem befreundet sein, der so etwas tut."

„Und trotzdem bist du dir nicht sicher, ob du den Abtrünnigen komplett den Rücken kehren willst", sagte ich, als ich seine Körpersprache deutete. „Du denkst immer noch, sie könnten recht haben. In Bezug auf mich."

Er holte tief Luft. „Wir hatten keine Drachenwandlerin mehr, seit ich fünf Jahre alt war, und ich habe Euch erst vor einer halben Stunde kennengelernt. Ich weiß es nicht."

Doch er wollte es. Ich spürte es unter seiner Unsicherheit und Angst. Er *wollte*, dass ich ihn davon überzeugte, dass er an mich glauben konnte. So sehr, wie er wahrscheinlich gehofft hatte, dass die Abtrünnigen ihm eine Führung bieten würden, an die er glauben konnte, als er sich mit ihren Ideen auseinandergesetzt hatte.

Ich wusste nicht, wie ich ihm das geben sollte. Das Beste, was mir einfiel, war, ehrlich zu sein.

„Kann ich dir ein Geheimnis verraten, Orion?", fragte ich.

Er blickte verwirrt drein. „Okay."

Ich holte tief Luft. Meine Brust verkrampfte sich, bevor ich mich dazu durchrang, die Worte auszusprechen. „Ich habe mir die gleichen Sorgen gemacht wie du. Ob ich wirklich helfen kann. Ob ich die Dinge hier zum Guten oder zum Schlechten verändern werde. Und ich bin immer noch dabei, das herauszufinden. Vor einem Monat wusste ich nicht einmal, dass ich eine Drachenwandlerin bin. Ich wusste nicht, dass es so etwas wie Gestaltwandler gibt."

Orion starrte mich an, als könnte er sich nicht vorstellen, das nicht zu wissen. Ich nahm an, dass er das wahrscheinlich tatsächlich nicht konnte. „Aber Ihr sollt uns doch alle anführen."

„Ja", sagte ich. „Das ist der Knackpunkt, oder? Eins kann ich dir allerdings sagen. Ich tue, was ich kann, um zu lernen und meine Rolle so schnell wie möglich zu erfüllen. Ich *will* die Drachenwandlerin sein, die ihr braucht. Ich werde tun, was ich kann, um dafür zu sorgen, dass ihr alle zufrieden und in Sicherheit seid. Und nach allem, was ich gesehen habe, wollen die Abtrünnigen genau das Gegenteil davon. Natürlich erzählen sie euch etwas anderes, damit sie euch benutzen können, doch du hast ja gesehen, wie sie deinen Kollegen behandelt haben. Er hat ihnen geholfen, und sie haben ihn umgebracht, um sich selbst zu schützen. Vielleicht traust du mir noch nicht, aber du musst einsehen, dass du ihnen noch weniger trauen kannst."

Er senkte den Kopf. Als er sprach, war seine Stimme leise. „Was wollt Ihr von mir?"

Eine gute Frage. Ich dachte darüber nach. „Ich will alles wissen, was du über die Abtrünnigen und ihre Pläne weißt, damit ich sicherstellen kann, dass das, was gestern hier passiert ist, nicht noch einmal geschieht."

Er nickte. „Ich weiß nicht viel. Sie wollten mir nichts sagen, bevor ich ihnen nicht bewiesen habe, dass ich zu ihnen überlaufen würde. Sie sprachen uns an, als wir außerhalb der Mauern des Anwesens patrouillierten und für einen Moment allein waren. Ich glaube, dass sie zu diesem Zweck Leute postiert hatten, die die Gegend beobachteten – aber vielleicht jetzt nicht mehr. Der, mit dem ich gesprochen habe, war ein Fuchswandler."

„Wie hättest du dich bei ihnen melden sollen, wenn du dich entschlossen hättest, dich ihrer Sache anzuschließen?"

„Ich weiß nicht genau." Er breitete seine Hände aus. „Sie sagten, sie würden sich bei mir melden. Ich weiß allerdings nicht, wie."

„Falls sie das tun, würdest du es uns dann sagen?"

Er hob den Kopf. „Ja", sagte er. „Ich würde sofort meinem Alpha Bescheid geben."

Ich spürte die Ehrlichkeit seiner Worte. Er war immer noch verängstigt, immer noch verunsichert. Doch er war auch bestürzt über das, was die Abtrünnigen getan hatten. Und er hatte bisher nichts getan, um uns zu schaden.

Um sein Vertrauen zu gewinnen, musste ich vielleicht zuerst ihm vertrauen.

6

Nate

Orions Stimme hallte von den Wänden der Zelle wider. „Aber ich habe doch kooperiert", protestierte mein ehemaliger Wächter, als eine meiner Wächterinnen ihn mit einem Beruhigungsmittel betäubte. „Ich habe ihre Fragen beantwortet. Ich habe nichts Falsches getan!"

„Du hast mit Gestaltwandlern gesprochen, von denen du wusstest, dass sie darauf aus sind, uns zu verraten", erwiderte ich und konnte meine Wut gerade noch unter Kontrolle halten. „Du hast mir nicht gesagt, was los ist. Und du hast sogar in Erwägung gezogen, dich ihnen anzuschließen. Sei froh, dass unsere Drachenwandlerin so barmherzig ist, denn glaub mir, ich hätte Lust, dir noch viel Schlimmeres anzutun."

Der Bisamrattenwandler öffnete den Mund, um weiter zu argumentieren, doch das Beruhigungsmittel begann bereits zu wirken. Sein Kinn zitterte, bevor sein Körper zusammensackte. Die Wächterin, die ihn festhielt, legte ihn auf die Bank in der Arrestzelle. Dann drehte sie sich zu mir um. „Soll ich ihn anketten?"

Ich schüttelte den Kopf. „Wenn er soweit zu sich kommt, dass er sich verwandeln kann, werden ihn diese Dinger nicht festhalten können. Sorg einfach dafür, dass er ausreichend betäubt ist, bis ich entschieden habe, was mit ihm geschehen soll."

Sie nickte mir knapp zu und warf einen letzten verächtlichen Blick auf ihren ehemaligen Kollegen. Dann rümpfte sie die Nase und verließ den Raum. Unser Möchtegern-Verräter würde in nächster Zeit nirgendwo hingehen.

Ich schritt den Flur entlang, meine Muskeln juckten. Ich wollte mich verwandeln. Mich verwandeln und ausrasten, den Boden zerkratzen, die Wände einschlagen, den ganzen Frust herauslassen, der seit letzter Nacht in mir hochgekocht war.

Doch ich war nicht nur ein Tier. Ich wusste, dass es niemandem helfen würde, wenn ich mich in einen wütenden Bären verwandelte.

„Alles in Ordnung, Sir?", fragte mich die Wächterin.

„Ja", sagte ich. „Geh zurück an deine Arbeit. Und danke."

Nein, nichts war in Ordnung. Ganz und gar nicht. Ich hatte meine eigene Sippe falsch eingeschätzt. Ich hatte meine neue Gefährtin, die Gefährtin, auf die ich seit dem Moment gewartet hatte, als ich vor Jahren Alpha wurde, in große Gefahr gebracht. Ich konnte ihr nicht einmal versprechen, dass sie innerhalb der Mauern meines Anwesens sicher sein würde.

Sie hätte sich auf eine große Feier heute Abend freuen sollen, eine, die dem Empfang auf dem Vogelanwesen Konkurrenz gemacht hätte. Stattdessen kontrollierten wir die Gäste auf Waffen und schufen eine Atmosphäre der Angst. Nach dem Angriff letzte Nacht waren ohnehin alle beunruhigt. Der Vorfall würde sich im ganzen Land herumsprechen.

Wir mussten die Abtrünnigen ein für alle Mal beseitigen. Vielleicht hätten wir das schon tun sollen, bevor wir Ren überhaupt gefunden hatten.

Im Laufe der Jahre hatten wir das Problem zunehmend ignoriert. Nachdem die vorherigen Alphas ermordet worden waren, war ich zu sehr damit beschäftigt gewesen, meine Rolle zu lernen, um einen Gegenangriff zu starten. Einige der alten Wächter hatten versucht, so viele Abtrünnige wie möglich aufzuspüren, allerdings waren die Täter untergetaucht. Und seither hatten sie nicht mehr viel Ärger gemacht.

Wahrscheinlich, weil sie gedacht hatten, sie hätten bekommen, was sie wollten.

Ich wanderte durch die Flure meines Hauses, nicht ganz sicher, wohin ich ging, doch ich musste in Bewegung bleiben. Ich blieb stehen, als ich einen meiner Diener um eine Ecke kommen sah.

„Vernon", sagte ich. „Ist der Vogel-Alpha schon zurück? Aaron?"

Der Pandawandler blinzelte mit seinen großen runden Augen. „Nicht dass ich wüsste, Sir. Ich kann mich erkundigen, ob ich seine Ankunft verpasst habe."

Ich winkte ab. Ich konnte mir nicht vorstellen, dass der Vogel-Alpha sich mit seinen Neuigkeiten zurückgehalten hätte, falls er schon zurückgekehrt wäre. „Kein Problem. Sag mir einfach Bescheid, wenn du ihn siehst."

Ich ging weiter, meine Füße trugen mich, ohne nachzudenken, zu dem Flügel, in dem sich das Quartier meiner Berater befand. Der Ort, an dem der Angriff letzte Nacht am brutalsten gewesen war. Meine Leute hatten sich beeilt, so schnell wie möglich aufzuräumen, in einer Wand war jedoch noch immer ein Einschussloch zu sehen. In den Dielen waren Kratzer, die sich trotz mehrmaligen Polierens nicht beseitigen ließen.

Ich biss die Zähne zusammen und klopfte an die erste Tür zu meiner Rechten.

Einen Moment später wurde sie von Yvonne geöffnet. Die herrische Pferdewandlerin war eine der ersten Beraterinnen des ehemaligen Alphas gewesen, die mich in meinen jungen Jahren wirklich unter ihre Fittiche genommen hatte. Jetzt trug sie ihr silbernes Haar wie üblich zu einem Zopf geflochten, doch ihre Augen wirkten müder als sonst. Schwer vor Kummer.

„Mein Alpha", sagte sie und senkte den Kopf. „Was führt dich hierher?"

„Ich wollte nur mal nach dir sehen. Hören, wie es dir geht."

„So wie immer. Willst du reinkommen?"

Ich nahm die Einladung an. Yvonne würde mich nicht hereinbitten, wenn sie allein sein wollte, nicht einmal ihren Alpha.

Das Wohnzimmer im vorderen Teil ihres Quartiers roch genauso wie damals, als ich noch ein Junge war, nach Klee und Sonnenlicht. Nur der Couchtisch, der früher zwischen den beiden niedrigen Sofas gestanden hatte, war verschwunden. Ein mulmiges Gefühl machte sich in meinem Magen breit, als mir klarwurde, warum. Er musste bei dem Kampf kaputt gegangen sein.

„Falls du ein anderes Zimmer möchtest, es gibt noch ein paar freie Suiten", sagte ich.

Yvonne schüttelte den Kopf. „Wir leben schon seit dreißig Jahren hier, und ich werde so lange bleiben, bis du meine Dienste als Beraterin nicht mehr benötigst."

„Nun, dieser Tag wird nie kommen." Ich schenkte ihr ein zögerndes Lächeln. Es beruhigte mich ein wenig, dass sie es erwiderte. Ich wechselte das Thema. „Was hältst du von unserer Drachenwandlerin?"

„Oh, sie hat Temperament, oder?" Ihr Lächeln wurde breiter, doch es sah bittersüß aus. „Sie behauptet, dass sie den Abtrünnigen den Garaus machen will. Ist sie wirklich auf den bevorstehenden Kampf vorbereitet?"

So sehr ich Yvonne auch schätzte, bei dieser Frage sträubten sich mir die Nackenhaare. „Ren hat in den letzten Wochen mehr Herausforderungen gemeistert, als die meisten von uns in ihrem ganzen Leben bewältigen müssen. Ich würde sagen, sie hat sich gut geschlagen."

„Schon gut." Die Pferdewandlerin tätschelte mir den Arm. „Ich habe es nicht böse gemeint. Natürlich stehst du zu deiner Gefährtin. Ich meinte nur, dass der Druck auf sie immer größer zu werden scheint. Sie hatte keine Ausbildung, keine Zeit, sich auf das vorzubereiten, was auf sie zukommt. Ich hoffe, sie kann das durchstehen, aber es wäre für jeden von uns schwer."

„Ganz genau", erwiderte ich. Ein leicht hitziger Unterton schlich sich in meine Stimme, denn ich erinnerte mich daran, wie abweisend einige meiner Wächter auf Ren reagiert hatten. „Es ist nicht fair ihr gegenüber, dass sie ausgerechnet in dem Moment in unsere Welt geworfen wurde, als die Gemeinschaft in einem größeren Chaos steckt als je zuvor. Doch wir werden eine Lösung finden, wir fünf, gemeinsam. Dafür sind wir Alphas ausgebildet worden. Zumindest das sollte niemand in Frage stellen."

Yvonne schaute mich mit ihren klaren, traurigen Augen an. „Manchmal denke ich, unser menschlicher Verstand ist dafür da, Dinge in Frage zu stellen. Sogar die Leute, die uns den Weg weisen wollen."

Ren

„Deine Gäste treffen ein", verkündete Alice. „Willst du sie dir ansehen?"

Bei ihren Worten hörte ich auf, im Wohnzimmer auf und ab zu laufen. Ich überlegte immer noch, ob ich irgendetwas bei Orion versäumt hatte, eine Möglichkeit, ihn für mich zu gewinnen.

Ob ich etwas hätte sagen können, um mich vollkommen sicher zu fühlen, dass ich ihn überzeugt hatte.

Der Blick aus dem Fenster verriet mir, dass die Sonne hoch am Himmel stand. „Ich dachte, die Willkommensparty würde erst heute Abend stattfinden."

Alice zuckte mit den Schultern. „Offenbar haben die verschiedenen Gestaltwandler auch ein unterschiedliches Zeitgefühl." Ihre Lippen kräuselten sich. „Ich dachte nur, du könntest vielleicht etwas Ablenkung gebrauchen."

Ja, das könnte ich wahrscheinlich. Ich seufzte und rollte meine Schultern nach hinten, denn ich war mir nicht sicher, ob die Begegnung mit weiteren fremden Gestaltwandlern, die nicht halb so beeindruckt von mir waren wie die anderen Sippen, die ich getroffen hatte, die Art von Ablenkung war, die ich wollte. Doch ich hatte keine Wahl.

„Ich sollte mir wohl lieber etwas Schickeres anziehen", bemerkte ich und betrachtete die Jeans und das T-Shirt, die ich heute Morgen angezogen hatte. Ich hatte bereits alle Kleiderschränke in der Drachenwandlerinnen-Suite durchstöbert. Gott sei Dank gab es einen mit Freizeitkleidung, doch die meisten waren voller schicker, formeller Kleidung, in der die Gestaltwandler mich und ihre Alphas anscheinend gerne sahen.

Ein Kleid ist mir dabei ins Auge gefallen: ein knöchellanges Satinkleid in einem Indigo-Ton, der so dunkel war, dass es fast schwarz aussah. Es war perfekt, denn dies schien nicht der richtige Zeitpunkt für etwas Ausgefallenes zu sein. Ich durchwühlte die Kleiderbügel nach dem Kleid und zog mich aus, um es anzuprobieren.

„Gibt es etwas Neues von Aaron?", fragte ich seine Schwester, während ich den feinen Stoff zurechtzupfte. Auch wenn Nates Sippe mir die Rolle als Anführerin der Gestaltwandler noch nicht ganz abnahm, mussten sie zugeben, dass ich zumindest so aussah.

Alice schnitt eine Grimasse. „Bis jetzt nichts. Aber er

hat noch ein paar Stunden Zeit, bevor ich ihm den Kopf abreiße. Er hätte mich mitnehmen sollen. Nicht, dass ich etwas dagegen habe, dir hier Gesellschaft zu leisten, doch soweit ich gesehen habe, kommst du recht gut alleine zurecht."

„Da stimme ich dir zu", sagte ich. „Obwohl ich denke, dass *zwei* Steinadler, die zusammen herumfliegen, vielleicht etwas auffällig gewesen wären."

Alice grinste. „Nicht halb so auffällig wie eine Drachin."

„Okay, okay, das war eine dumme Idee. Das gebe ich zu. Doch jetzt habe ich eine viel bessere." Ich streckte meine Nase in die Luft und schnupperte. „Da brät jemand ein Hähnchen. Ein richtig leckeres Hähnchen. Was hältst du davon, wenn wir uns etwas davon holen?"

„Ich bin dabei."

Mein Herz klopfte ein wenig schneller, als wir auf die Tür zusteuerten. Ich wollte einen Blick nach draußen werfen, bevor ich hinausging, nur um zu sehen, worauf ich mich einließ, doch das erschien mir überhaupt nicht führerhaft. Also straffte ich meine Schultern, stieß die Tür auf und schritt hinunter in den Innenhof, als ob mich die Leute dort unten nicht aus der Ruhe bringen könnten.

Alice hatte recht gehabt. Mehrere Dutzend Gestaltwandler hatten sich bereits im Hof versammelt, die meisten von ihnen, glaubte ich noch nicht vorher auf dem Anwesen gesehen zu haben. Alle Köpfe drehten sich zu mir um, als ich die Treppe hinunterging. Etliche Gesichter hellten sich auf. Das wog all diejenigen auf, die nachdenklich dreinschauten.

Die Atmosphäre war nicht besonders feierlich. Ich

nahm an, es war schwer, zu feiern, wenn es gerade vier Tote und mehrere Verletzte im Anwesen gegeben hatte.

„Hallo", sagte ich und ging auf eine kleine Gruppe von Bärenwandlern zu, die sich zu freuen schienen, mich zu sehen. „Ich bin Ren. Ähm, ich glaube, bei diesem Treffen geht es darum, dass ihr mich kennenlernt, also … hier bin ich!"

Eine der Frauen berührte meinen Arm. Ihre Hand zitterte ein wenig. „Ihr habt auf Eurem Weg hierher viel durchgemacht", sagte sie. „Ich freue mich sehr, dass wir herkommen konnten, um Euch persönlich zu begrüßen."

Der Mann neben ihr beugte sich vor, als wolle er ihr ein Geheimnis anvertrauen. „Es heißt, Ihr hättet mehr Feuer als die Drachenwandlerinnen vor Euch. Eine andere Art Flamme."

„Das stimmt", begann ich zu sagen. Eine andere Frau lachte vergnügt.

„Damit können wir die Abtrünnigen zurück in die Finsternis schlagen, wo sie hingehören", krähte sie.

Okay, dieses Gespräch nahm eine gewalttätigere Wendung, als ich beabsichtigt hatte. „Ich werde tun, was ich kann", versicherte ich ihnen und drehte mich um, um nach jemandem anderen Ausschau zu halten, dem ich mich vorstellen konnte.

Als Alice und ich am Buffet ankamen, hatte ich bereits eine Vielzahl von Fragen über mein besonderes Feuer, mehr skeptische Blicke als ich zählen konnte, und ein paar Mal wütendes Funkeln über mich ergehen lassen müssen. Wenigstens war ich das dank West inzwischen gewöhnt. Da ich nicht wirklich hungrig war, nahm ich mir nur ein Glas Wein.

Wo waren eigentlich meine Alphas? Nate hatte wahrscheinlich etwas auf dem Anwesen zu erledigen, und Aaron war auf seiner Erkundungstour, doch die anderen beiden sollten hier sein.

Es war nicht wichtig. Ich wollte nur eine Ausrede haben, um eine Pause zu machen. Ich schlängelte mich mit Alice im Schlepptau an der Seite des Hauses entlang.

Die Gärten des weitläufigen Anwesens bestanden hauptsächlich aus stacheligen Hecken, die mit Blumen und noch stacheligeren Kakteen durchsetzt waren. Die Vegetation war hübsch und duftete intensiv, ich achtete jedoch trotzdem darauf, nichts zu berühren.

„Nicht gerade die freundlichsten Pflanzen, was?", bemerkte Alice und stupste mit dem Hühnerbein, das sie sich geschnappt hatte, einen Kaktus an.

„Wenigstens wissen die Leute, dass man ihnen lieber nicht zu nahekommen sollte", erwiderte ich.

Vor uns hallten Stimmen über das Gelände. Ich wurde langsamer und spitzte die Ohren.

Eine Mauer, die aus denselben Tonziegeln bestand wie das Haus, ragte ein Stück weit in den Garten. Die Stimmen schienen von der anderen Seite hinter dem gewölbten Durchgang zu kommen. Ich schlich hinüber und spähte hinein.

Der Bogen führte in einen kleineren Hof mit einem Pavillon, der von einem Graben mit plätscherndem Wasser umgeben war. Marco lehnte an einer der Marmorsäulen am Wassergraben, ein Glas in der Hand, sein Blick war wie so oft leicht gelangweilt. Ein paar andere Gestaltwandler, die ich von Nates Wachtruppe wiedererkannte, standen in einem Halbkreis um ihn herum. Ihre Körperhaltung war angeberisch.

„Ist das alles, was du zu deiner Verteidigung zu sagen hast, Katzenwandler?", sagte einer der Wächter. „Sieh dich an. Du glaubst immer noch, dass du besser bist als wir, nicht wahr?"

„Ich habe Respekt vor allen Sippen", sagte Marco milde. „Mit Ausnahme derer, die sich mit den Abtrünnigen verbünden, natürlich."

Eine Frau machte einen Schritt auf ihn zu. „Deine Sippe behandelt uns immer von oben herab. Das ist nichts Neues. Doch die Drachenwandlerin behandelt *dich* von oben herab, nicht wahr? Sie hat unseren Alpha als Gefährten ausgewählt, ohne dich auch nur eines Blickes zu würdigen."

Ich ärgerte mich über die Stichelei, sowohl darüber, dass sie die Bemerkung überhaupt gemacht hatte, als auch über den Gedanken, wie Marco darauf reagieren würde. Als seine eigenen Leute ihn über seine Beziehung zu mir ausgefragt hatten, hatte er sie mit einem Haufen Geschwafel darüber abgespeist, wie leicht ich seinem Charme verfallen würde und dass er es vor den anderen „hinkriegen" würde.

Fast wäre ich durch den Torbogen getreten, um die Konfrontation zu beenden, bevor ich noch einmal so etwas hören musste. Doch Marcos ruhige Stimme hielt mich auf.

„Serenity trifft ihre Entscheidungen so, wie sie es für richtig hält. Ich bin nicht so arrogant zu glauben, dass ich es besser weiß als eine Drachin." Er schenkte den Quälgeistern ein dünnes Lächeln.

„Ach, seht euch die Miezekatze an", sagte der erste Typ. „Schon völlig verweichlicht und noch nicht einmal richtig als Gefährte akzeptiert."

Marco gluckste. „Lieber lasse ich mich von ihr auspeitschen, als mich mit dem Abschaum abzugeben, den du umwirbst."

Das Gesicht des Mannes errötete. „Jetzt hör mal zu, du–".

„Hey", sagte der Wachmann neben ihm. „Wir haben ihn schon genug belästigt. Unser Alpha wird bald einen Statusbericht von uns wollen. Lassen wir ihn in Ruhe seine Einsamkeit ‚genießen'."

Der erste Kerl schnaubte, doch die drei anderen marschierten in die entgegengesetzte Richtung davon. Marco verdrehte die Augen, als sie den Rückzug antraten.

Er sah nicht einmal verärgert aus. Er hatte all diese Kommentare gelassen hingenommen, auch wenn sie ihn in seinem Stolz verletzt haben mussten. Stattdessen hatte es sich sogar so angehört, als wäre er stolz auf *mich*.

Ich schluckte schwer und drehte mich wieder zu Alice um. „Gibst du mir ein paar Minuten? Ich werde bei einem meiner Alphas sein, also sollte ich in Sicherheit sein."

„Klar", meinte Alice. „Ruf mich, wenn du mich später brauchst."

Sie ging wieder zurück zur Party, und ich schlüpfte durch den Torbogen. Marco richtete sich auf, als er mich sah. Seine Augen, deren indigoblaue Iris fast die gleiche Farbe wie mein Kleid hatte, schimmerten, als er mich musterte.

„Was für ein Anblick!", sagte er mit einem schiefen

Grinsen. „Solltest du nicht mit deinen Bewunderern schäkern?"

Ich gab einen abfälligen Laut von mir. „Sie bewundern mich nicht. Aber das ist gut so. Bewunderer sind anstrengend. Ich teile mir meine Kräfte ein."

„Eine weise Entscheidung." In seinem Blick lag ein Zögern, das ich schon einmal bei ihm gespürt hatte. „Kann ich dir irgendwie behilflich sein, Flammenprinzessin?"

„Können wir ... reden?", fragte ich.

Sein Grinsen wurde weicher. „Ich denke, das ließe sich einrichten. Sieh mal, wir haben diesen hübschen Pavillon hier."

Er reichte mir die Hand und führte mich die Treppe hinauf. Er setzte sich drinnen auf eine der Bänke und ich nahm neben ihm Platz. Seine Anwesenheit machte mich nicht mehr so nervös wie noch vor ein paar Tagen. Wir hatten nach wie vor einen weiten Weg vor uns, und das wusste er offensichtlich. Doch er versuchte, die Fehler, die er gemacht hatte, wieder gutzumachen. Selbst wenn er keine Ahnung hatte, dass ich es mitbekam.

Und wenn ich nicht nervös war, fiel es mir schwer, die Wärme seines Körpers neben mir zu ignorieren. Das Band, das mich immer stärker zu ihm zog. Ich umklammerte die Kante der Bank.

„Ich wollte dich fragen ... Das, was du über mich gesagt hast – als du meintest, du darfst gegenüber deiner Sippe keine Schwäche zeigen. Wie war es für dich als Alpha? Bevor ich ins Spiel kam, meine ich."

Marco schnappte nach Luft. „Prinzessin, das ist nicht wichtig. Und ich werde dich nicht beleidigen, indem ich versuche, das, was du an jenem Abend gehört hast, zu rechtfertigen.“

Seine Hand lag immer noch auf meiner. Ich drehte meine Hand, um meine Finger mit seinen zu verschränken, und drückte sie. „Ich frage, weil ich es wissen will. Es ist keine Rechtfertigung. Du würdest mich nur in Dinge einweihen, die ich nicht miterleben konnte.“

„Nun.“ Er schwieg einen Moment lang. „Du weißt ja, wie temperamentvoll Katzen sein können. Wir Katzenwandler sind genauso. Wir hatten schon immer Probleme mit Autorität. Das Dasein als Alpha erfordert eine gewisse Haltung … Distanziertheit und Selbstvertrauen. Man muss eine Show abziehen. Ich denke, ich bin recht gut darin geworden. Seit ich erwachsen bin, musste ich mich mehr als ein Dutzend Mal beweisen. Und ich hätte es noch viel öfter tun müssen, wenn ich schwächer veranlagt wäre.“

„Oh.“, sagte ich. Wie viele Jahre waren das gewesen? Fünf? Und er hatte schon mehr als zwölf Mal darum kämpfen müssen, seine Position zu behalten. „Das ist ziemlich oft.“ Mein Blick wanderte zu der Narbe an seiner Augenbraue. Ich hob meine andere Hand, um die blasse Linie nachzuzeichnen. „Hast du dir die bei einem dieser Kämpfe zugezogen?“

„Bei dem einzigen Kampf, den ich fast verloren hätte.“ Er presste die Lippen aufeinander und zuckte mit den Schultern. „Herausgefordert zu werden, macht keinen Spaß. Aber so ist es nun mal. Ich habe mir angewöhnt, eine überhebliche Haltung an den Tag zu legen, wenn ich kritisiert werde. Das ist allerdings keine Entschuldigung, dich zu beleidigen.“

Ich blickte zu ihm auf. „Nein. Aber die Tatsache, dass ich dich nicht vollständig als meinen Gefährten angenommen habe ... Das lässt deine Sippe an dir zweifeln. Sie können nicht einmal Kinder haben, bevor wir zusammen sind." Schuldgefühle machten sich in meiner Magengegend breit. Keiner der Gestaltwandler konnte Nachkommen zeugen, bevor ihr Alpha die Gefährtenbindung vollzogen hatte. Je länger ich bei Marco und West zögerte, desto länger blieben ihre Sippen unfruchtbar. „Ich könnte es verstehen, wenn du verärgert wärst, weil ich noch nicht bereit war, dich als meinen Gefährten anzunehmen."

Marco blinzelte mich an und sah aufrichtig überrascht aus. „Was? Nein." Seine Stimme wurde leiser. „Ich meine, ich freue mich sehr darauf, wenn dieser Moment kommt ... falls er jemals kommt. Doch mir war immer bewusst, dass ich mich dieser Verbindung als würdig erweisen muss. Und das habe ich offensichtlich noch nicht."

„Aber wenn es einen solchen Unterschied machen könnte–".

„*Nein*", sagte er bestimmt. Er drehte sich noch mehr zu mir um, ließ meine Hand los und berührte meine Wange, während er mir tief in die Augen sah. „Ren, weißt du, was mir in den letzten zwei Tagen klar geworden ist? Deine Distanziertheit zu spüren, zu sehen, wie du dich selbst findest ... Wenn ich die verdammte Alpha-Position an jemand anderen abgeben und nur dich haben könnte, würde ich mich sofort darauf einlassen. Ich wollte die Autorität nie so sehr, wie ich mir meinen Platz an deiner Seite verdienen möchte. Ich wünschte, ich könnte dir mehr als nur Worte geben, um es zu beweisen."

Mein Herz klopfte, jedoch nicht mehr vor Nervosität. Ich spürte seine Finger an meiner Wange. Die Wärme seiner Haut lockerte meine Zunge.

„Du könntest es mir zeigen", sagte ich. „Zeig mir, wie sehr du mich willst."

Lust flackerte in seinen Augen auf. „Prinzessin" murmelte er so sehnsuchtsvoll, dass meine Haut in Flammen stand. Er senkte den Kopf und presste seine Lippen auf meine.

Der Kuss begann langsam und sanft. Sein Mund war süß und sein herber Geruch hüllte mich ein. Doch das reichte nicht einmal halbwegs aus, um mich zufriedenzustellen. Ich griff nach seinem Hemd und zog ihn näher zu mir.

Stöhnend küsste er mich fester. Meine Lippen öffneten sich, und seine Zunge glitt in meinen Mund. Mit seiner freien Hand fuhr er seitlich an meinem Kleid hinauf. Sein Daumen näherte sich in sanften Kreisen meinen Brüsten, während ein Kuss in den nächsten überging.

Es fühlte sich so gut an. So verdammt gut, dass mich der Rausch der Lust mitzureißen begann. Das rasende Gefühl ließ meinen Atem stocken. Das hatte ich eigentlich nicht vorgehabt – wollte ich es wirklich?

Marco stieß sich mit einem rauen Keuchen von mir ab. Seine Hände waren immer noch auf mir, eine an meiner Wange, die andere neben meiner Brust. Er sah mir in die Augen.

„Du bist noch nicht bereit", sagte er. „Nicht wirklich. Ich muss dir erst beweisen, dass ich dich in jeder Hinsicht verdiene. Und das werde ich. Ich verspreche dir, dass ich das tun werde."

Meine Hand umklammerte nach wie vor sein Hemd. Ich ließ sie sinken. „Marco, ich–".

„Ist schon gut, Prinzessin." Er küsste mich wieder, diesmal ganz sanft. „Ich werde nicht betteln. Und ich werde dir gewiss keine Vorwürfe machen. Wenn ich mir meinen Platz verdient habe, wenn du dir meiner sicher bist, kannst du zu mir kommen."

7

Also, worauf genau wartest du?, lautete Kylies letzte Nachricht. *Schnapp dir diese Kerle einfach!*

Ich schüttelte lächelnd den Kopf. Ich wünschte, es würde sich so einfach anfühlen, wie es sich bei ihr anhörte. *Ich habe Fortschritte gemacht. Ich habe jetzt zwei offizielle Gefährten.*

Juhu! Jetzt wird es interessant. War der zweite Nate oder Marco? Oder hast du es geschafft, den kalten Wolf aufzutauen?

Bei diesen Worten lachte ich auf und ließ mich auf mein Bett fallen. Der kalte Wolf. Ja, das war eine passende Beschreibung für West. Abgesehen von den seltenen Momenten, in denen er plötzlich glühend heiß wurde.

Nate, antwortete ich. *Zwischen mir und den anderen beiden ist es etwas angespannt.* Mit Marco nach dem Gespräch von heute Nachmittag nicht mehr ganz so sehr. Es reichte zwar nicht, um die gefühllose Art und Weise, wie er über mich gesprochen hatte, wieder gutzumachen, aber es war ein Schritt in die richtige Richtung gewesen. Ich war mir nicht sicher, ob ich ihm – und den Reaktionen meines Körpers auf ihn – völlig vertrauen konnte, bevor ich nicht gesehen hatte, wie er sich verhielt, wenn wir bei seiner Sippe waren.

Und wie war's? ‚Eine Lady genießt und schweigt' gilt nicht unter besten Freundinnen, wie du weißt.

Jedenfalls nicht bei Kylie. Trotzdem wollte ich nicht ins Detail gehen.

Es war gut. Wirklich gut. Ich glaube, ich habe den Dreh bei dieser Gefährtensache jetzt raus.

Oh, meine kleine Ren wird erwachsen.

Ich rümpfte die Nase, aber die Bemerkung war fair. Solange ich Kylie kannte, war ich noch nie mit einem Kerl intim geworden. Selbst als ich noch nicht wusste, dass ich eine Drachenwandlerin war, hatte irgendetwas in mir diese Bindung zu meinen Gefährten gespürt. Etwas, das immer dann seine Krallen ausgefahren hatte, wenn es mit einem Typen zu heiß hergegangen war.

Doch das war in Ordnung. Ich würde sogar West jedem männlichen Exemplar vorziehen, dem ich bisher begegnet war.

Ein Klopfen ertönte an der Tür und ich hörte Nates tiefen Bariton. „Bist du fertig, Ren?"

„Fast", rief ich zurück und drückte mich vom Bett hoch. „Du kannst reinkommen." *Die Feier beginnt*, schrieb ich Kylie. *Ich melde mich später.*

Ich traf Nate im Wohnzimmer. Es fiel mir schwer, ihn nicht anzustarren. In seinem formellen Anzug gab er einen beeindruckenden Anblick ab. Ich trug noch immer dasselbe Kleid von heute Nachmittag. Nach einer kurzen Pause von der wachsenden Menschenmenge fühlte ich mich bereit, mich der offiziellen Feier zu stellen. Alles davor war nur das Aufwärmen gewesen.

Begierde flammte in Nates Blick auf, als er mich ansah. Er legte einen kräftigen Arm um meine Schultern und zog mich an sich. Ich schloss meine Augen, als er mich küsste. Er wirkte jetzt entspannter. Unter seinem sanften Äußeren brodelte weniger Wut. Falls mich jemals wieder jemand bedrohen sollte, wäre der Grizzly jedoch sofort wieder da.

„Orion ist weggesperrt und hat Beruhigungsmittel bekommen", sagte er, als er sich zurückzog. „Die Wachen haben alle Neuankömmlinge sorgfältig überprüft. Ich denke nicht, dass du dir Sorgen machen musst."

„Ich weiß, dass du alles tust, was du kannst", erwiderte ich. Mir drehte sich der Magen um. „Ist es wirklich nötig, Orion wegzusperren? Ich meine, er hat noch nichts Falsches getan. Vielleicht hätte er auch nie etwas getan."

„Er hat versucht, uns zu belügen", sagte Nate. „Er hat das, was ihm die Abtrünnigen in den Kopf gesetzt haben, tatsächlich in Erwägung gezogen. Wir können ihm nicht trauen. Und ich werde keinen Wächter verschwenden, dem ich vertrauen *kann*, um ihn überwachen zu lassen."

„Na gut", sagte ich. Trotzdem gefiel es mir nicht, jemanden wie einen Kriminellen zu behandeln, nur weil er darüber nachgedacht hatte, den falschen Weg einzuschlagen. Allerdings konnte ich im Moment nicht viel dagegen tun. „Ist Aaron mittlerweile zurück?"

Nate schüttelte den Kopf und runzelte die Stirn.

„Seine Vorstellung von ‚Abend‘ ist vielleicht eine andere als meine. Ich hoffe, er taucht bald auf.“

Mein Magen verkrampfte sich. „Wenn ihm etwas zugestoßen ist–“.

„Hey.“ Nate senkte seinen Kopf und küsste meine Stirn. „Auch darüber musst du dir keine Gedanken machen. Ich weiß nicht, wo er ist, aber ich weiß, dass *du* es wissen würdest, wenn ihm etwas passiert wäre. Du bist seine Gefährtin. Diese Verbindung wird Zeit brauchen, um zu wachsen, doch wenn etwas nicht stimmt, würdest du es spüren.“

Großartig. Ich konnte also davon ausgehen, dass Aaron nicht tödlich verletzt war. Dennoch gab es viele Möglichkeiten, wie seine Expedition hätte schiefgehen können.

Ich verdrängte meine Besorgnis und nahm Nates Hand. „Ich schätze, wir sollten besser rausgehen.“

Das Abendessen wurde im Hof serviert. Es war eine deutlich weniger formelle Angelegenheit als das Bankett auf Aarons Anwesen. Ich saß mit Nate an einem Tisch am Kopfende des Hofes. Auf meiner anderen Seite saß Marco und neben ihm West. Der leere Stuhl, auf dem Aaron hätte sitzen sollen, machte mich stutzig. Alice fing meinen Blick von der anderen Seite auf und sah mich mitfühlend an.

Während die Bediensteten Teller mit Essen für uns hereinbrachten, gingen die übrigen Gäste von einem Serviertisch zum nächsten. Nachdem sie ihre Teller beladen hatten, aßen sie im Stehen oder auf den Bänken, die an den Seiten Hofes standen.

Es waren mindestens doppelt so viele Leute wie am

Nachmittag, aber die Stimmung war trotzdem gedämpft. Die Musik, die gespielt wurde, war etwas schwermütig, obwohl die Melodie lebhaft hätte sein sollen. Ich schätze, wir waren alle ein wenig abgelenkt.

Während wir aßen, kamen einige der Gestaltwandler zu unserem Tisch, um uns zu begrüßen. Viele von ihnen lächelten Nate freundlicher an als mich. Nun, sie kannten ihn auch schon viel länger.

Ein älterer Dachswandler legte seine pummeligen Hände auf den Tisch und starrte mich mit wachsamen Augen an. „Man sagt, Ihr hättet besondere Kräfte", sagte er. „Dann werdet Ihr diese Abtrünnigen wohl schnell aus dem Weg räumen, was?"

Vielleicht war ich mit meiner Rede auf der Beerdigung gestern ein wenig voreilig gewesen. „Ich werde mein Bestes tun", sagte ich.

„Wir werden nicht in Frieden leben können, bevor dieses Pack nicht ausgerottet und vernichtet ist", fügte er mit einem entschlossenen Nicken hinzu.

Das ‚Pack', das die Gestaltwandler-Gemeinschaft in den letzten sechzehn Jahren nicht vernichten konnte? Ja, nur kein Druck.

Die nächste Gruppe, eine Schar Wühlmausdamen, stürzte sich auf mich und bat mich, mich zu verwandeln. Ich ließ meine Krallen aus den Fingern schießen, und sie jubelten. Nachdem sie weitergezogen waren, fühlte ich mich etwas willkommener – zumindest bis eine scharfzüngige Bärenwandlerin herüberkam.

„Ich habe gehört, dass einer aus unserer Sippe gerade in einer Gefängniszelle sitzt", sagte sie und blickte von mir zu Nate und wieder zurück, als ob sie glauben würde, dass das meine Schuld wäre. „Was soll das bedeuten? Sperren wir uns jetzt gegenseitig weg?"

Nate räusperte sich. Seine Stimme war tief und fest. „Die Zellen unter dem Anwesen wurden schon immer benutzt, um Mitglieder unserer Sippe einzusperren, die unsere Gesetze brechen, Mildred. Das weißt du doch."

Sie schnaubte. „Und welches Gesetz hat er gebrochen?"

Nate funkelte sie böse an. „Das ist kein Thema für eine öffentliche Diskussion."

„Es scheint sich viel verändert zu haben, seit wir wieder eine Drachin unter uns haben."

Mein Rücken versteifte sich, als sie davonstolzierte. „Ignoriere sie einfach", murmelte Nate. „Sie war schon immer schwierig."

Tatsächlich waren die meisten seiner Sippe freundlich zu mir. Ich blieb eine weitere Stunde am Tisch sitzen und ging dann durch die Menge, wobei ich lächelte, über Witze lachte und ein paar der weniger traumatischen Geschichten aus meinem Leben erzählte. Doch selbst wenn die Gestaltwandler mein Lächeln erwiderten, war ich mir nicht sicher, ob ich ihrer Herzlichkeit trauen konnte. Vertrauten sie mir wirklich, oder konnten sie ihr Unbehagen nur besser verbergen als manch andere?

Alice tauchte neben mir auf. „Lust auf eine kleine Verschnaufpause?"

„Ja", sagte ich erleichtert. „Woran hast du gedacht?"

„Ich finde, das Weinbuffet könnte wieder aufgestockt werden", meinte sie grinsend.

Wir bahnten uns einen Weg in das Gutshaus und hinunter in den Weinkeller. Und er war riesig. Ich war fest davon überzeugt, in meinem Leben noch nie so viele Flaschen gesehen zu haben, nicht einmal in einem Spirituosengeschäft. Überwältigt starrte ich sie an.

„Ich weiß gar nicht, wo ich anfangen soll."

„Ach, wir können ruhig eine Weile hierbleiben und dann die Diener auswählen lassen. Das ist sowieso ihr Job." Sie lehnte sich an eine Kiste und sah mich an. „Ich schätze, das Leben, das du geführt hast, bevor mein Bruder und die anderen Alphas dich gefunden haben, war ziemlich anders als das hier, oder?"

„Äh, ja, das ist die Untertreibung des Jahres."

„Wem sagst du das. Ich habe mich immer gefragt, wie es so ist, unter Menschen zu leben."

Ich stieß einen Atemzug aus. Wo sollte ich anfangen? „Nun, ich bin mir nicht sicher, ob mein ‚menschliches' Leben so normal war. Als meine Mutter noch da war, haben wir in ziemlich einfachen Verhältnissen gelebt. Ihre oberste Priorität war es, keine Aufmerksamkeit auf uns zu ziehen. Und dann, als sie weg war … musste ich schließlich die Wohnung verlassen und auf der Straße leben. Über fünf Jahre lang hatte ich kein richtiges Zuhause. Geschweige denn ein Haus wie dieses." Ich machte eine ausladende Handbewegung.

„Das muss hart gewesen sein", sagte Alice und ihr Tonfall wurde ernst. „Das lässt du dir nicht anmerken, wenn du mit der Sippe redest."

Ich zuckte die Achseln. „Das ist nicht die Seite von mir, die sie sehen wollen, richtig? Die menschliche Seite, die schwache Seite."

Alice zog eine Grimasse. „Ich würde das Überleben auf der untersten Ebene der menschlichen Welt ohne

Unterstützung und ohne Kräfte nicht als *schwach* bezeichnen. Bei weitem nicht. Weißt du, ich kann nicht behaupten, dass ich so etwas erlebt habe, doch ich musste viele Jahre lang eine starke Fassade aufrechterhalten. Es ist kräftezehrend. Je mehr du dein wahres Ich sein kannst, desto leichter wird es für dich auf lange Sicht sein."

„Ich denke, das macht Sinn." Ich blickte auf meine Hände hinunter. „Es ist nur schwer zu wissen, was von mir erwartet wird. Es gibt noch so viel, an das ich mich gewöhnen muss."

„Hier ist es anders als auf dem Anwesen der Vogelwandler, oder? Die verschiedenen Sippen haben ihre eigenen Einstellungen. Oder Verhaltensprobleme." Sie schenkte mir ein Lächeln. „Wir Vögel verstehen uns normalerweise am besten mit den Hunden. Sowohl sie als auch wir legen Wert auf starke Bindungen und die Wahrung einer gemeinsamen Front. Bei den Katzen und der gemischten Sippe herrscht eher ein freier Wettbewerb. Jeder für sich selbst."

Okay, vielleicht verhielt sich Nates Sippe dann gar nicht so, weil sie mir den Angriff übelnahmen. Vielleicht waren sie einfach so wie immer. Diese Möglichkeit war seltsamerweise beruhigend.

„Alle wollen so viele verschiedene Dinge", sagte ich. „Es ist irgendwie … überwältigend. Ich weiß nicht, wie ich sie alle glücklich machen soll."

Alice knuffte mich in den Arm. „Das geht wahrscheinlich nicht. Das Beste, was du tun kannst, ist, ihnen allen zuzuhören, und natürlich deinen Alphas. Außerdem darfst du nicht vergessen, was hier drin ist." Sie tippte sich an den Kopf. „Dann wirst du ein

Gleichgewicht finden. Siehst du, ganz einfach! Ich habe auf alles eine Antwort."

Ich musste lachen. „Stimmt. Ich schätze, dann bin ich bereit."

Ihr Blick wanderte zur Tür, und mir wurde schlagartig klar, dass ihre angespannten Muskeln nicht nur von ihrer Bereitschaft als selbsternannte Leibwächterin herrührten. Sie war auch nervös. Ich brauchte keine besonderen Sinne, um zu erkennen, warum.

„Du machst dir Sorgen um Aaron", sagte ich.

Sie rieb sich das Kinn. „Er ist ein großer Junge. Er kann auf sich selbst aufpassen. Daran erinnert er mich gerne und regelmäßig. Aber … Nach dem, was er gesagt hat, dachte ich, dass er mittlerweile zurück sein würde."

Wenn Alice sich Sorgen machte und es sogar zugab, dann waren meine Befürchtungen nicht nur meiner Übervorsichtigkeit geschuldet. Ich zögerte. Warum sollte ich mich nicht über ihre Anweisungen hinwegsetzen. Theoretisch hatte ich mindestens genauso viel Befehlskraft über die Gestaltwandler wie Aaron.

„Weißt du was?", fragte ich. „Wir haben lange genug gewartet. Geh ihn suchen. Und wenn er ein Problem damit hat, wenn du ihn findest, kannst du ihm sagen, dass er das mit mir klären soll."

Alice blinzelte mich an. „Ernsthaft?"

„Ja. Das ist ein direkter Befehl von deiner Drachenwandlerin."

Ihr Mund verzog sich zu einem echten Grinsen. „Jetzt bin ich *wirklich* froh, dass du wieder da bist."

Wir schnappten uns wahllos ein paar Flaschen Wein, damit es so aussah, als ob wir tatsächlich deswegen verschwunden waren. Doch als wir zurück in den Hof gingen, fiel mir auf, dass es noch weitere Befehle gab, mit denen ich nicht ganz einverstanden war. Ich wollte mich nicht gegen Nates Autorität auflehnen, konnte jedoch versuchen, seine Strenge mit einer Geste meinerseits zu mildern.

Ich holte mir einen Teller und belud ihn mit verschiedenen Speisen von den einzelnen Tischen. Die Gestaltwandler, die mir dabei zusahen, spekulierten wahrscheinlich über den Appetit einer Drachenwandlerin. Sollten sie sich ruhig wundern.

Ich ging mit dem Teller ins Haus und die Treppe hinunter in einen anderen Teil des Kellers. Dorthin, wo wir den Abtrünnigen erst gestern konfrontiert hatten. Hinter dem zweiten Fenster, durch das ich schaute, erblickte ich Orion.

Der ehemalige Wächter saß zusammengekauert auf seiner Bank, den Kopf in die Hände gestützt. Mir schlug das Herz bis zum Hals.

Der diensthabende Wärter kam auf mich zu. „Drachenwandlerin“, sagte er mit einer respektvollen Verbeugung. „Was kann ich für Euch tun?“

Ich hielt den Teller hoch. „Ich möchte ihm das hier bringen.“

Der Wachmann hielt inne. „Man hat mir nicht gesagt–“.

Ich fixierte ihn mit einem strengen Blick. „Ich bin die Gefährtin deines Alphas und die Drachenwandlerin. Ich will dem Gefangenen nur ein kleines Abendessen bringen. Er kann sich ohnehin nicht verwandeln, oder? Er sieht nicht so aus, als würde er eine Bedrohung darstellen.“

„Ja. Ja, er steht unter dem Einfluss des Beruhigungsmittels. Ich bitte um Entschuldigung."

Der Wachmann zog einen Schlüssel hervor und schloss die Tür auf. Zögernd trat ich ein.

Orion hob den Kopf. Die Augen des Bisamrattenwandlers waren trüb. Ein Tropfen Sabber glänzte an seinem Mundwinkel. Zumindest war er aufmerksam genug, um es zu bemerken, und es mit dem Handrücken wegzuwischen, als er mich sah.

„Drachenwandlerin", sagte er mit benommener Stimme. „Was macht Ihr hier?"

„Ich bringe dir etwas zu essen, da du dir selbst nichts holen kannst."

Ich hielt ihm den Teller hin. Er starrte ein paar Sekunden lang auf das Essen, bevor er danach griff. Dann stellte er den Teller auf seinen Schoß. Er betrachtete das Essen noch einen Moment lang und blickte anschließend mit zusammengekniffenen Augen zu mir auf.

„Warum bringt Ihr mir das? Was kümmert es Euch, was ich esse? Ich bin ein Verräter."

Ich ging in die Hocke, damit ich ihm in die Augen sehen konnte. „Ich glaube nicht, dass du das bist", sagte ich. „Ich glaube, du hast dich weder für das eine noch das andere entschieden. Und ich finde, das ist wichtig. Ich weiß, wie schwer es ist, sich für das Richtige zu entscheiden, wenn man in verschiedene Richtungen gezogen wird. Wofür man sich am Ende entscheidet, bestimmt darüber, wer man ist."

Er befeuchtete seine Lippen. Seine Finger umklammerten den Rand des Tellers. „Danke", sagte er heiser. Ich wusste nicht, ob er das Essen oder meine verständnisvollen Worte meinte. Vielleicht beides.

Mein Herz fühlte sich ein wenig leichter an, als ich mich auf den Weg zurück zur Party machte. Natürlich traf ich genau in diesem Moment auf West.

Er hielt im Flur inne, als ich aus dem Treppenhaus trat. Seine Augen verengten sich. „Was hast du unten bei den Arrestzellen gemacht?"

„Ich habe dafür gesorgt, dass wir uns keinen weiteren Gestaltwandler zum Feind machen", antwortete ich. „Ist das in Ordnung für dich?"

Er hielt meinem Blick einen Moment lang stand. Dann seufzte er und wandte sich ab. „Ich hoffe nur, du weißt, was du tust, Flamme."

Das hoffte ich auch. Er hatte keine Ahnung, wie sehr.

8

Ren

Als ich zusah, wie die letzten Gäste den Hof verließen, wurde mir flau im Magen.

Es war kurz nach Mitternacht. Die Bediensteten räumten die Tische ab. Im Hof war es still. Außer den Gestaltwandlern, die auf dem Anwesen lebten, war niemand mehr da.

Und Aaron war immer noch nicht zurückgekehrt, ebenso wenig wie Alice. Da sie nicht genau wusste, wo sie nach ihm suchen sollte, war ihre Abwesenheit nicht sonderlich überraschend. Doch er hatte versprochen, abends wieder hier zu sein. Und der Abend war jetzt definitiv vorbei. Es war Nacht.

Nate trat hinter mich und legte eine Hand auf meinen Rücken. „Lass uns reingehen", sagte er. „Wenn er auftaucht, werden wir es mitbekommen."

Ich nickte, doch meine Beine bewegten sich nur

widerwillig, als wir zu unserem Teil des Anwesens zurückgingen. Marco und West holten uns ein.

„Möchte jemand einen Schlummertrunk?", fragte Marco. „Wenn wir uns schon über den Adlerjungen aufregen, können wir uns dabei auch ein wenig amüsieren."

Wir folgten dem schmalen Flur zu unserem privaten Gemeinschaftsraum. West ging zu den hinteren Fenstern hinüber, während Marco auf den Schnapsschrank zusteuerte, um die Drinks zuzubereiten. Nate ließ sich auf eines der Sofas fallen. Ich schritt von einem Ende des Raumes zum anderen und wieder zurück, als könnte ich vor meinen Sorgen davonlaufen. Bisher hatte mich die Bewegung nur noch angespannter gemacht.

Marco reichte mir ein Schnapsglas. Ich kippte den Inhalt mit einem Schluck hinunter. Der Alkohol brannte in meiner Kehle und wärmte meine Brust. Doch er linderte meine Sorgen nicht wirklich. Vielleicht hätte ich dafür noch ein paar mehr trinken müssen, allerdings hielt ich es für keine gute Idee, mich zu betrinken.

„Du solltest versuchen, etwas zu schlafen, Ren", sagte Nate. „Das sollten wir alle. Wenn etwas schiefgelaufen ist, werden wir unsere Kräfte brauchen."

Ich rieb mir die Arme. „Ich glaube nicht, dass ich schlafen *kann*." Ich war zu aufgewühlt. Ich fragte mich, was Aaron alles hätte zustoßen können, ohne dass ich das über unsere Gefährtenbindung gemerkt hätte. Er könnte von den Abtrünnigen gefangen genommen worden sein. Vielleicht war er zu verletzt, um nach Hause zu fliegen, aber nicht so schlimm, dass ich seinen Schmerz spüren würde.

Ich wollte ihn einfach *hier* haben. Eines Tages würde ich mich daran gewöhnen müssen, von meinen Gefährten getrennt zu sein, doch ich konnte mir nicht vorstellen, dass das so kurz nach der Vollziehung unserer Gefährtenverbindung geschehen sollte. Es fühlte sich nicht richtig an. Dies war die erste Nacht, in der einer von ihnen so weit weg war, und die Entfernung nagte an mir.

„Komm her", sagte Nate sanft und klopfte auf das Sofakissen neben sich.

Ich biss mir auf die Lippe, ging aber zu ihm. Als ich mich neben meinen Bärenwandler fallen ließ, griff er nach meinen Schultern. Seine starken Daumen fuhren in gleichmäßigen Kreisen über meine angespannten Muskeln. Sie gruben sich in meine Haut, und die Verspannung begann sich zu lösen.

„Das tut gut", sagte ich und meine Augenlider fielen zu. „Mach weiter."

Ich hörte, dass er lächelte, als er einatmete. Er ließ seine Hände weiter über meinen größtenteils nackten Rücken gleiten und knetete die Muskeln entlang meiner Schulterblätter und der Wirbelsäule. Mit jedem Druck löste sich die Anspannung ein wenig mehr.

Und während sie sich löste, spürte ich das Kribbeln eines anderen Gefühls in meinem Körper. Seine Hände auf meiner nackten Haut entfachten eine Hitze, die ich eigentlich hätte erwarten sollen, wenn man bedachte, dass diese Hände einem meiner Gefährten gehörten.

Die wallende Glut schoss direkt in mein Innerstes. Mein Höschen wurde feucht. Und plötzlich wollte ich, dass diese Hände auch andere Teile meines Körpers berührten.

Mein aufsteigendes Verlangen musste spürbar sein, denn Nate hielt mit seinen Händen knapp unter meinem Nacken inne. Er beugte sich zu mir und sein Atem strömte heiß über meine Haut. „Vielleicht könnte ich noch etwas tun, um dich abzulenken? Damit du dich etwas entspannst?"

Mein Körper schmerzte vor Verlangen. Verdammt, ja. Bei all dem Aufruhr seit unserer Ankunft hatte ich kaum Zeit gehabt, etwas Gutes zu fühlen. Doch es schien viel zu lange her zu sein, dass ich mich der Verbindung zwischen mir und meinem Gefährten hingegeben hatte.

Meiner Gefährten. Meine Augenlider öffneten sich flatternd. Instinktiv wölbte ich mich Nates Berührung entgegen, um ihn zu ermutigen, weiterzumachen, während ich mich nach meinen anderen Alphas umsah.

Marco stellte sein leeres Glas ab, sein Blick ruhte auf Nate und mir. Lust schimmerte in seinen Augen. West hatte sich umgedreht, seine Haltung war angespannt, doch ich konnte die Begierde spüren, die von ihm ausging.

Nate umfasste meine Brüste. Ich keuchte, als er mit seinen Fingern darüberfuhr und meine Brustwarzen kribbelten. Marco leckte sich über die Lippen. Er machte eine Bewegung, als wollte er auf uns zugehen, schien sich dann jedoch zurückzuhalten.

Er wartete darauf, dass ich ihm grünes Licht gab.

Ich wollte sie alle. Alle, die bei mir waren und mich von dem einen ablenkten, der momentan nicht da war. Wenn auch nur einer von ihnen meine Seite verließ …

Bei dem Gedanken schnürte sich meine Kehle zu. Ich legte meine Hände auf die von Nate, um sie daran zu hindern, weiterzuwandern. Die heiße Flamme des

Verlangens kroch unter meine Haut. Ich stand auf und zog ihn hinter mir her.

„Ich glaube, wir sollten das in mein Bett verlagern", sagte ich und verschränkte meine Finger mit denen von Nate. Ich warf erst Marco und dann West einen eindringlichen Blick zu, um ihnen zu verstehen zu geben, dass ich mit „wir" uns alle meinte.

Ein strahlendes Lächeln breitete sich auf Marcos Gesicht aus. „Ich würde nichts lieber tun, als dir zu dienen", sagte er hitzig.

West schwankte auf seinen Füßen und sah hin- und hergerissen aus. Ich hielt ihm meine andere Hand hin. „Ich werde dich zu nichts zwingen. Du kannst jederzeit gehen. Ich möchte nur, dass ihr alle bei mir seid. Wie weit ihr euch darauf einlasst, hängt von euch ab."

Ich hörte ihn schlucken. Dann schritt er auf uns zu. „Okay", sagte er, schroffer als sonst.

Wir gingen den Flur entlang zu meinen Gemächern. Als wir mein Bett erreichten, drehte ich mich zu meinen Gefährten um. Mit einem Ruck öffnete ich den Reißverschluss meines Kleides. Es fiel zu Boden, sodass ich völlig nackt vor ihnen stand.

Die Temperatur im Raum musste um zehn Grad gestiegen sein. Ich erschauderte und mir war schwindlig – plötzlich war ich unsicher. Ich war schon einmal mit Aaron und Nate gleichzeitig zusammen gewesen, aber drei Männer … Ich brauchte sie, doch ich wusste nicht genau, wie.

„Sag uns einfach, was du willst, Ren", sagte Nate, seine Stimme war leicht rau. „Wir sind hier bei dir."

Ich sah sie der Reihe nach an und mir stockte der

Atem. „Hemden aus. Hosen auch." Warum nicht erstmal für ein wenig mehr Nacktheit sorgen?

Grinsend begann Marco sein Hemd aufzuknöpfen. West zog sich etwas zögerlicher aus. Ein schwaches Leuchten ging von dem Verband aus, den er knapp unterhalb seiner linken Schulter trug. Eine magische Feenwunde, da war ich mir sicher, obwohl er mir bisher nichts darüber verraten wollte. Inmitten meiner aufsteigenden Begierde machte ich mir eine geistige Notiz, vorsichtig zu sein. Wenn ich ihn versehentlich dort berührte, würde er *mich* vielleicht nie wieder anfassen.

Mit ein paar schnellen, ruckartigen Bewegungen entledigte sich Nate seiner Kleidung. Er war eindeutig bereit, loszulegen. Er machte einen Schritt auf mich zu, sodass sein Oberkörper meine Brüste berührte, und küsste mich leidenschaftlich.

Ich stöhnte an seinen Lippen und schwelgte in der Kraft seines Kusses. Er umfasste meine Taille. Eine dritte Hand strich über meinen Rücken, um den Verschluss meines BHs zu öffnen, eine heiße Präsenz an meiner linken Seite. Nate gab meinen Mund frei, um mit seiner Zunge über meine Wange zu lecken. Ich neigte meinen Kopf zur Seite, um ihm vollen Zugang zu meinem Hals zu gewähren, und Marco war sofort zur Stelle.

Während mein Bärenwandler an all den empfindlichen Stellen meines Halses knabberte, presste mein Jaguarwandler seinen Mund auf meine Lippen. Er strich mit seiner Hand über meine Brust und zwickte meine Brustwarze, bis ich wimmerte.

Nate neigte seinen Kopf, um meinen anderen Nippel zu einer noch steiferen Spitze zu formen. Marco wanderte währenddessen mit seinen Lippen über meine Wange und knabberte an meinem Ohrläppchen. Ich zitterte vor Lust und Gefühle schwappten über mich hinweg. Jeder Teil meines Körpers kribbelte.

Doch mein Mund wurde wieder verlassen. Ich keuchte auf, als Nates Hand zwischen meine Beine glitt, und mein Blick huschte nach oben und begegnete dem von West.

Mein Wolfswandler stand ein paar Meter entfernt, lüsterner Hunger war ihm ins Gesicht geschrieben und zog sich durch seine ganze Haltung. Ich blickte in seine dunkelgrünen Augen. Nates Daumen streichelte meinen Kitzler. Ich stieß ein Wimmern aus und flüsterte, fast flehend, „West".

Sein Kiefer zuckte. Seine Augen blitzten. „Verdammt", sagte er und schritt auf mich zu. Er packte meinen Kopf, als Marcos Mund zu meinem Schlüsselbein wanderte. Mein Herz setzte einen Schlag aus. Ich war bereit, mich von West verschlingen zu lassen. Er fuhr mit seinen Fingern durch mein Haar und drückte mir zuerst einen sanften Kuss auf die Stirn. Dann auf meinen Nasenrücken. Meine Wange. Meine Lippen öffneten sich, verlangend, wartend. Das Warten war die süßeste Folter.

Schließlich näherte sich sein Mund meinen Lippen. Genau in dem Moment, als Nate mein Höschen herunterzog und seine Finger zwischen meine Falten schob. Marco ließ seine Zunge um meine Brustwarze kreisen. Ich stöhnte an Wests Mund, und die Kontrolle, die er bis dahin gehabt zu haben schien, verpuffte.

Er küsste mich leidenschaftlich, seine Zunge verschlang sich mit meiner, seine Zähne streiften meine Lippen. Ich erwiderte seinen Kuss ebenso heftig. Marco saugte abwechselnd an meinen Brustwarzen und Nate küsste sich meinen Bauch hinunter, und oh Gott, wenn ich vor lauter Glückseligkeit buchstäblich explodierte, was durchaus möglich zu sein schien, hoffte ich, dass mich das Reinigungspersonal nicht allzu sehr hassen würde.

Nate drückte mich zurück aufs Bett. Er kniete sich zwischen meine Beine. Ich sog den Atem ein, als er mit seiner Zunge über meinen Kitzler fuhr. Marco küsste mich erneut und sein würziger Kaffeeduft erfüllte meine Sinne. West leckte die eine Brust und streichelte die andere. Jeder Nerv in meinem Körper vibrierte vor Lust.

Doch ich hatte noch mehr Bedürfnisse, die erfüllt werden mussten. Nate bewegte seine Finger im gleichen Takt wie seinen Mund, und ich schrie auf, als mich ein Ruck der Lust durchfuhr. Mein ganzer Körper fühlte sich an wie eine Harfensaite, die immer schneller und härter gezupft wurde, bis zu einem Crescendo. Als ich dabei explodierte, wollte ich meine Gefährten mitreißen.

Keuchend löste ich meinen Mund von Marcos. „Nate, ich will dich in mir spüren.“

Er brauchte nicht mehr als meine gemurmelte Bitte, um zu verstehen. Sein Mund verließ mich für ein paar schmerzhafte Sekunden, bevor er durch seinen harten Schwanz ersetzt wurde, der von meiner Lustperle zu meiner Öffnung wanderte.

Ich stöhnte hungrig auf und wölbte meine Hüften. Nate packte sie, hob sie vom Bett und drang mit einem Stöhnen in mich ein. Das Gefühl, von ihm ausgefüllt zu werden, ließ mich vor Begierde erschaudern.

„Meine Flammenprinzessin“, murmelte Marco neben mir. „Du bist wirklich feurig.“

„Mmm", war alles, was ich antworten konnte. Ich wollte ihn auch in Brand setzen. Ich ließ meine Hand über seine Brust zu seinem Schwanz gleiten. Er war schlanker als der von Nate und fast elegant. Marco schnurrte förmlich, als sich meine Finger um ihn schlangen.

Ich zog ihn sanft nach vorne. Seine Augen begannen zu glühen, als er begriff. Er ließ sich auf das Bett sinken, sodass ich seinen Schwanz an meinen Mund führen konnte. Er zuckte, als ich über die Spitze leckte.

Nate stieß in mich hinein, wobei mich eine erneute Welle der Lust durchfuhr. Ich ritt auf ihr, während ich Marcos Länge mit meiner Zunge umkreiste und den salzigen Geschmack seiner Erregung schmeckte.

„Verdammt, Prinzessin, ich werde nicht mehr lange durchhalten, wenn du so weitermachst", stöhnte Marco. Gut so. Ich wollte, dass er die Kontrolle verlor.

Meine andere Hand umklammerte die Bettdecke. Während mein Körper durch Nates Stöße und die Bewegungen meines Mundes über Marco schaukelte, streiften meine Fingerknöchel glatte Haut und schlanke Muskeln.

Ich hatte meinen anderen Alpha nicht vergessen. West testete jetzt die Spitze seiner Zähne an meiner Brustwarze. Mit einem Instinkt, der wohl daher rührte, dass ich eine Drachenwandlerin und für solche Momente bestimmt war, griff ich nach unten und wusste genau, wie ich meine Hand um seinen Schwanz legen musste.

Wests Atem strich gegen meine Brust. „Ren", röchelte er. Ich hörte auf, meine Finger zu bewegen, saugte erneut an Marco und wippte mit den Hüften, um Nates nächstem Stoß entgegenzukommen. Ekstase überflutete mich aus allen Richtungen, doch ich wollte West zu nichts drängen.

Der Wolfswandler lag einen Moment lang unbeweglich da. Dann rückte er mit einem Stöhnen näher an mich heran und akzeptierte meine Berührung.

Ich ließ meine Hand an seinem Schaft auf und ab gleiten, im selben Takt, mit dem ich meinen Mund an Marcos Schwanz bewegte und Nate in mich hineinstieß. Ein Gefühl der Glückseligkeit breitete sich nicht nur zwischen meinen Beinen, sondern auch auf meinen Lippen und Fingern aus. Von uns allen zusammen in diesem Kreis der Lust.

Marco kam zuerst. „Prinzessin", rief er mit einem heftigen Ruck seiner Hüften. Er bewegte sich, als ob er sich von mir zurückziehen wollte, doch ich hielt ihn mit meinen Lippen fest.

Er ergoss sich in meinem Mund. Ich saugte alles in mich hinein, bis er neben mir zusammensackte. Dann zog er sich zurück, küsste mich auf die Lippen und ließ seine Hand an meinem Körper hinuntergleiten.

Seine weichen Finger fanden den empfindlichen Knoten genau über der Stelle, an der Nate und ich miteinander verbunden waren. Sie umkreisten meinen Kitzler, und die Welle in mir zerschellte. Keuchend drückte ich Wests Schwanz zusammen. Mit einem Grunzen, das von meinem Haar gedämpft wurde, ergoss er sich über meiner Hand. Ich folgte ihm den Bruchteil einer Sekunde später, Sterne blitzten hinter meinen Augen auf und mein ganzer Körper bebte unter der Wucht meines Orgasmus. Als ich mich um Nate herum zusammenkrampfte, gab er einen erstickten Laut von sich und kam ebenfalls.

Wahrscheinlich war es ein einmaliger Anblick, wie wir zu viert ausgebreitet auf dem Bett lagen, schlaff und zufrieden. Doch als Nate mich in die Arme nahm und sich mit mir in die Kissen kuschelte, während die anderen Jungs sich links und rechts an uns schmiegten, fühlte sich das Zusammensein mit ihnen wie die natürlichste Sache der Welt an. Die beste Sache der Welt.

Obwohl Aarons Abwesenheit noch immer beunruhigte, war der Schmerz etwas in den Hintergrund gerückt. Ich kuschelte mich an meine Gefährten und schlief schließlich ein.

Marco

Es gab wirklich nichts Besseres, als neben meiner Gefährtin aufzuwachen. Ihr süßer Geruch erfüllte die Luft, und der Geschmack ihrer Haut haftete auf meinen Lippen. Wir lagen so dicht aneinander gekuschelt da, dass ihre Wärme unter dem Laken zu mir durchdrang.

Meine Flammenprinzessin kuschelte sich an Nate, der neben ihr lag. Ihr Haar fiel in glänzenden dunkelbraunen Wellen über den muskulösen Arm, den sie als Kopfkissen benutzte. Ihr Kopf war an die breite Brust des Bärenwandlers geschmiegt.

Ein entlegener Teil meines Gehirns suggerierte mir vage, dass ich eifersüchtig sein sollte, doch das einzige Gefühl, das in mir aufstieg, war eine Welle der Zuneigung.

Sie sah zufrieden aus. Friedlich. Es war Tage her, dass sie sich wirklich entspannen konnte, und das brauchte sie nach all den Herausforderungen, die sie gemeistert hatte — und zwar mit Bravour. Wie sie der Feenkönigin die Stirn geboten hatte, erfüllte mich immer noch mit Stolz. Unsere Drachenwandlerin entwickelte sich schnell weiter. Ich hatte sie schon bewundert, als sie sich mir gegenüber behauptet hatte, verwirrt, aber trotzig, bevor sie überhaupt gewusst hatte, was sie war. Jetzt … war sie umwerfend.

Ich konnte es Nate also nicht übelnehmen, dass er ihr Trost spendete, auch wenn mein Herz und die Fäden des Bandes in mir vor Sehnsucht danach pochten, dass sie genauso mir gehören sollte.

Es fiel mir schwer, ihr irgendetwas zu verübeln, während die Erinnerung an meinen Schwanz in ihrem Mund noch frisch war.

Vor ein paar Tagen war ich mir nicht einmal sicher, wann ich sie wieder küssen würde. Ich und *mein* Mundwerk – mein dummes, dummes Mundwerk. Doch gestern Abend waren wir uns wieder nähergekommen, als wären wir dazu bestimmt, einander Freude zu bereiten. Vielleicht konnten wir jetzt eine Art Frieden schließen.

Mit einem Grunzen setzte sich unser anderer Bettgenosse auf. West fuhr sich mit der Hand durch sein Haar und warf Nate einen verärgerten Blick zu. „Das letzte Mal, dass ich neben einem Bärenwandler schlafe", brummte er. Doch als er aus dem Bett stieg, entging mir das Verlangen nicht, das in seinem Blick aufflackerte, als er kurz auf Ren verweilte.

Die Verleugnung des Wolfsjungen nahm langsam lächerliche Ausmaße an. Er konnte es auf die Gefährtenbindung schieben und versuchen, so viele Mauern zu errichten, wie er wollte, doch es war offensichtlich, dass er sie auch wollte. Nun gut. Solange er es sich nicht eingestand, hatte unsere Drachenwandlerin mehr Aufmerksamkeit für den Rest von uns.

Als West sich seine Sachen schnappte und aus dem Zimmer schritt, rückte ich ein wenig näher an Ren heran. Ich drückte ihr einen Kuss in den Nacken und schlang meinen Arm um ihre Taille.

Ren brummte zufrieden, legte ihren Arm auf meinen und drückte meine Hand. „Morgen", murmelte sie, ohne die Augen zu öffnen.

Langsam strich ich mit meinem Daumen über ihre weiche Haut. Sie an mir zu spüren und die Erinnerungen an letzte Nacht hatten mich bereits wieder hart werden lassen. Und das machte mich noch wagemutiger. „Sollen wir es zu einem besonders guten Morgen machen?", fragte ich.

„Mmm. Du könntest es versuchen."

Nun, das war eine Herausforderung, die ich nicht ablehnen würde. Ich ließ meine Hand von ihrem Bauch zu ihren Brüsten gleiten. Als ich mit meinen Fingern über die Unterseite ihrer Rundungen fuhr, begann sie sich zu winden. Ihr fester Hintern streifte meinen harten Schwanz. Ich musste die Zähne zusammenbeißen, um ein Stöhnen zu unterdrücken. Aber verdammt, so mit ihr zusammen zu sein, war die angenehmste Folter, die ich je erlebt hatte.

Ich fuhr mit meinen Fingern über ihre prallen Rundungen und strich dann mit meinem Daumen über eine ihrer Brustwarzen, die bereits hart war. Ren keuchte, ihre Augen weiteten sich. Ich hielt inne. Sie war noch im Halbschlaf. Das Letzte, was ich wollte, war, zu weit zu gehen und dadurch das bisschen Vertrauen zu ruinieren, das ich zurückgewonnen hatte.

„Zu viel?", flüsterte ich an ihrer Schulter.

„Nicht genug", erwiderte sie. „Hör bloß nicht auf."

Ich gluckste erleichtert – und lüstern. Während ich wieder ihre Brust streichelte, knabberte ich an ihrer Schulter und arbeitete mich langsam bis zu ihrem Hals vor. Ren seufzte und legte ihren Kopf in den Nacken.

Bei dieser Bewegung regte sich der Bärenwandler. Ein begieriger Laut entwich ihm. Er neigte seinen Kopf und küsste Ren auf den Mund. Seine freie Hand glitt über ihre Hüfte und über ihren Schenkel zwischen ihre Beine.

Ren wimmerte und wand sich unter seiner Berührung. Ich ließ meine Zunge über ihren Hals gleiten und entlockte ihr ein weiteres Keuchen. Es gab keine andere Freude auf der Welt, die mit dem Klang und dem Geschmack des Verlangens unserer Drachenwandlerin mithalten konnte. Ich könnte tagelang ausschließlich davon leben.

Ich wollte sie gerade auf den Rücken drehen, damit ich mich sowohl mit meinem Mund als auch mit meinen Händen um ihre Brüste kümmern konnte, als die Tür zu ihrem Zimmer aufgerissen wurde.

„Hört auf damit und kommt aus dem Bett", schnauzte West. „Aaron ist zurück."

Ren

Mit zerzausten Haaren und meinem Kleid, das ich vom Boden aufgesammelt hatte, betrat ich Aarons Suite. Der Drang, meinen vermissten Gefährten so schnell wie möglich zu sehen, war wichtiger, als mich zurechtzumachen. Die anderen drei Alphas folgten mir.

Aaron saß auf der Kante seines Bettes. Als ich die Müdigkeit in seinem Gesicht und der Haltung seiner Schultern bemerkte, rutschte mir das Herz in die Hose. Ich ging direkt auf ihn zu und umfasste sein Gesicht mit beiden Händen. Er schenkte mir ein erschöpftes Lächeln und drückte mich an sich.

Meine Finger fuhren durch sein goldenes Haar und ich beugte mich hinunter, um seine Lippen auf meine zu ziehen. Ich brauchte diese Berührung. Als ob sein Kuss das Einzige wäre, das mich davon überzeugen könnte, dass er wirklich hier war, wo er hingehörte.

„Tut mir leid", sagte er, als ich mich schließlich zurückzog. Auch seine Stimme war müde und noch heiserer als sonst. „Ich wollte früher zurückkommen. Du hast dir bestimmt Sorgen gemacht."

„Ist schon in Ordnung", versicherte ich ihm. „Ich bin einfach froh, dass du jetzt zurück bist. Und unverletzt. Was ist passiert?"

„Er konnte nicht weg", meldete sich Alice zu Wort, ihr trockener Tonfall war ernster als sonst. Sie lehnte an der Wand gegenüber dem Bett, die Arme vor der Brust verschränkt, und sah ebenso erschöpft aus.

Aaron kicherte leise. „Das ist eine ziemlich genaue Beschreibung. Kurz bevor ich mich auf den Rückweg machen wollte, habe ich unten ein paar Gestaltwandler entdeckt. Sie haben ein kleines Lager aufgeschlagen, mit ein paar Wohnwägen und Zelten … Also bin ich hinuntergeflogen, um mich zu vergewissern, dass es Abtrünnige waren. Ich fand einen Platz, von dem aus ich sie belauschen konnte. Allerdings bin ich zu lange in meinem Versteck geblieben. Bevor ich mich aus dem Staub machen konnte, haben ein paar abtrünnige Vogelwandler ihre Posten um das Lager herum eingenommen. Einer von ihnen war direkt in meiner Nähe. Er hätte es sofort bemerkt, wenn ich mich bewegt hätte, und Alarm geschlagen."

„Du konntest es also nicht mit ein paar kleinen Vögelchen aufnehmen?", stichelte Marco.

„Da waren ein Falke und ein Geier", sagte Aaron. „Die hätten Schaden anrichten können. Doch ich habe mir mehr Sorgen gemacht, dass das, was ich erfahren habe, uns nichts nützen würde, wenn sie wüssten, dass ich es mitbekommen habe. Wahrscheinlich hätten sie ihre Pläne dann geändert."

„Also hat er dort einfach gewartet, bis ich aufgetaucht bin und sie abgelenkt habe", warf Alice ein. „Du hast Glück, dass wir unser Geschwisterband haben, sonst hättest du wer weiß wie lange dort gewartet."

Aaron rollte seine Schultern zurück. „Ich bin froh, dass du so schnell da warst, das kannst du mir glauben." Er hob den Kopf, um mir wieder in die Augen zu sehen. „Danke, dass du sie geschickt hast. Es war die richtige Entscheidung."

„Ich werde dich daran erinnern, wenn du das nächste Mal alleine losziehen willst", sagte ich. „Und was hast du herausgefunden? Worüber haben sie gesprochen? Wie nah sind sie? Müssen wir uns vorbereiten?"

Er hob seine Hand, um mich zu unterbrechen. Als ich verstummte, zog er mich an meinem Handgelenk neben sich aufs Bett. Ich umklammerte seinen Arm und musterte ihn aufmerksam, als er zu sprechen begann.

„Soweit ich hören konnte, sollten wir keine Probleme haben, solange wir hier sind", erklärte er. „Es sei denn, wir bleiben länger, als sie es erwarten. Sie sind etwa drei Adler-Flugstunden von hier entfernt. Sie haben darüber gesprochen, dass sie warten wollten, bis wir wieder in Bewegung sind. Sie gehen davon aus, dass wir in den nächsten Tagen von hier aus weiterziehen und uns auf den Weg zum Katzenanwesen machen."

„Das würde am meisten Sinn machen", sagte Nate.

Aaron nickte. „Sie wollen uns unterwegs angreifen. Sie wollen uns in einem Gebiet überrumpeln, wo sie glauben, dass sie im Vorteil sind." Er warf mir einen Blick zu, bevor er eine Erklärung hinzufügte. „Normalerweise würden wir einen Roadtrip machen und unterwegs anhalten, um ein paar der weiter entfernten Gemeinden einen Besuch abzustatten. Die Jets sind nur für Notfälle."

„In diesem Fall könnten wir eine Ausnahme machen, oder?", meinte ich.

„Aber dann hätten wir keine Chance mehr, sie zu bekämpfen. Sobald wir Marcos Anwesen erreichen, werden sie andere Pläne schmieden. Sie werden sich neu aufstellen."

„Und wo ist diese besondere Stelle, wo sie uns angreifen wollen?", fragte West.

„Ich weiß es nicht", gab Aaron zu. „Entweder haben sie sich schon entschieden und es nicht für nötig befunden, es noch einmal zu erwähnen, oder sie sind sich noch nicht sicher und warten ab, was wir tun. Das konnte ich aus dem Gespräch nicht erkennen."

Marco rieb seine Hände aneinander. „Ist doch egal, oder? Jetzt wissen wir, wo sie sind. Wir werden uns um sie kümmern, bevor sie ihre kleine Überraschung vorbereiten können."

„Dem stimme ich zu", sagte Aaron. „Das Problem ist das Wie. Sie überwachen die Gegend um das Anwesen herum. Sie werden es merken, wenn wir uns direkt auf ihr Lager zubewegen und sich zerstreuen, bevor wir etwas unternehmen können. Ich habe dort etwa vierzig von ihnen gezählt. Den Informationen des gefangenen Abtrünnigen zufolge könnte das die Hälfte der Verbliebenen sein. Wenn wir zuschlagen, dann auf eine Weise, bei der sichergestellt ist, dass keiner von ihnen entkommen kann. Sonst müssen wir uns später noch einmal mit ihnen auseinandersetzen."

„Davon habe ich definitiv genug", murmelte West. „Genug von dem ständigen Fliehen und Umorganisieren. Solange die Abtrünnigen da draußen sind und Unruhe stiften, ist keine unserer Sippen wirklich sicher."

„Und *Ren* auch nicht", sagte Nate. Er stellte sich neben mich und legte mir eine Hand auf die Schulter. „Sie sind schon mit zu viel durchgekommen. Es ist an der Zeit für Konsequenzen."

„Gute Einstellung", sagte Marco. „Das beantwortet allerdings immer noch nicht die Frage nach dem Wie."

Aaron wischte sich über den Mund. Er sah so müde aus, dass ich den anderen sagen wollte, sie sollten gehen, damit er sich ausruhen konnte. Seine entschlossene Haltung ließ jedoch keinen Zweifel daran, dass er die

Sache klären wollte. Er hatte die Abtrünnigen ausspioniert und den Rest der Nacht damit verbracht, zurückzufliegen, nur um dieses Gespräch mit uns zu führen. Sodass wir uns einen eigenen Plan ausdenken konnten. Er würde bestimmt nicht eher ruhen, bis er wusste, dass die Informationen, die er in Erfahrung gebracht hatte, auch wirklich von Nutzen waren.

„Wir haben jetzt einen Vorteil", sagte Nate. „Wir wissen, dass sie versuchen werden, uns zu überraschen."

„Der Weg von hier nach Florida ist ziemlich lang", sagte Marco. „Wir können nicht ständig in höchster Alarmbereitschaft sein. Ich würde den Spieß gerne komplett umdrehen."

Eine Idee kribbelte in meinem Kopf. Ich richtete mich neben Aaron auf. „Weißt du was? Ich glaube, wir haben die Lösung bereits."

10

„Ich weiß nicht so recht", sagte Nate, als wir die Treppe zu den Kellerzellen hinuntergingen.

„Wir haben nicht viele Möglichkeiten", gab ich zu bedenken. „Was willst du denn sonst tun – ihn für den Rest seines Lebens einsperren und unter Drogen setzen? Wie soll er jemals beweisen, auf wessen Seite er steht, wenn er nie die Chance dazu bekommt?"

„Mir wäre es lieber, er würde es auf eine Art und Weise beweisen, die dein Leben nicht in Gefahr bringt", brummte mein Bärenwandler.

„Wir können uns selbst schützen, nicht wahr? Wir werden unsere eigenen Wachleute haben. Wir können uns jederzeit zurückziehen." Ich blieb am Fuß der Treppe stehen und drehte mich zu ihm um. „Hältst du das wirklich für einen schlechten Plan, oder machst du dir nur Sorgen um mich?"

Er runzelte die Stirn. „Es ist der beste Plan, der uns

eingefallen ist. Das werde ich nicht bestreiten. Aber du kannst es mir nicht zum Vorwurf machen, dass ich besorgt bin."

Ich tätschelte liebevoll seine Brust. „Schon gut, das mache ich nicht. Sei einfach nicht zu hart zu ihm. Er soll das Gefühl haben, dass er *uns* vertrauen kann, vergiss das nicht."

Vor Orions Tür zog Nate einen Schlüsselbund aus seiner Tasche. Der Wachmann wich zurück, als wir eintraten.

Orion schreckte auf, als sich die Tür bewegte. Er hatte sich rücklings auf der Bank ausgestreckt und hob ruckartig den Kopf. Durch das Beruhigungsmittel waren seine Augen immer noch trüb und seine Reflexe langsam. Er schwankte, bevor es ihm gelang, sich vollständig aufzusetzen. Sein Blick verweilte misstrauisch auf Nate, während der Rest seines schmalen Gesichts vollkommen ausdruckslos blieb.

Ich konnte mir gut vorstellen, wie sein letztes Gespräch mit seinem Alpha verlaufen war. Doch heute wollte ich keine Grizzly-Attitüden.

Ich schnappte mir einen Hocker aus dem Flur und setzte mich dem ehemaligen Wächter gegenüber. Nate stellte sich hinter mich, um allem, was ich sagte, das zusätzliche Gewicht seiner Autorität verleihen. Wir hatten beschlossen, dass es besser war, wenn ich das Reden übernahm. Besonders, weil er sich nicht sicher war, ob es ihm gelingen würde, die Beherrschung nicht zu verlieren.

„Orion", sagte ich, und die Augen des Bisamrattenwandlers huschten zu mir. „Wir haben vielleicht eine Aufgabe für dich. Eine Möglichkeit, wie du die Gunst deines Alphas und deiner Sippe wiedererlangen kannst – eine Chance, zu beweisen, wem du wirklich loyal verbunden bist.“

In seinen Augen flackerte ein Funken Hoffnung auf. „Was?“, fragte er. „Was soll ich tun?“

„Du hast doch schon mal mit den Abtrünnigen gesprochen“, sagte ich.

Er nickte. „Mit einem von ihnen.“

„Wenn wir dich also losschicken, um mit ihnen zu sprechen, sollten sie wissen, wer du bist?“

„Ja.“ Sein Blick wanderte zwischen mir und Nate hin und her. „Ich weiß allerdings nicht, wo sie sind. Das sagte ich doch schon.“

„Das stimmt“, erwiderte ich mit einem schiefen Lächeln. „Aber *wir* wissen, wo sie sind. Du könntest einfach … zufällig über sie stolpern, nachdem wir dir gesagt haben, wo du sie finden kannst.“

Er konzentrierte sich wieder auf mich und neigte den Kopf leicht nach links. Auf seiner Stirn hatte sich eine Furche gebildet. „Und was soll ich dann tun?“

„Nun, wenn du dazu bereit bist … Wir würden einen Ort aussuchen, zu dem du sie führen sollst. Du wirst ihnen sagen, dass wir uns aus dem Anwesen schleichen und eine bestimmte Strecke nehmen werden, eine, die sich gut für einen Hinterhalt eignet. Du wirst so tun, als hättest du dich auf ihre Seite geschlagen und würdest ihnen diese Insider-Informationen verraten, um zu beweisen, dass du ihrer würdig bist. Und dann werden *wir* diejenigen sein, die *sie* überfallen.“

Eine ganze Weile lang sagte Orion nichts und sah mich nur an. „Ihr wollt, dass ich sie austrickse.“

„Sie planen gerade einen weiteren Angriff auf uns", sagte ich. „Wie viele Gestaltwandler haben sie im Laufe der Jahre bereits ermordet? Sie unterstützen diejenigen, die die letzten Alphas auf dem Gewissen haben – meine Väter. Meine Schwestern, die erst sieben und neun Jahre alt waren. Wenn sich einer von ihnen ergibt, verspreche ich, dass ich sie fair behandeln werde. Doch wenn sie uns bekämpfen, können wir uns entweder wehren oder uns hinlegen und sterben. Und ich würde von niemandem verlangen, Letzteres zu tun. Auch nicht von dir. Deshalb wollte ich dir diese Chance geben."

„Deine Drachenwandlerin ist unglaublich großzügig", fügte Nate hinzu, wobei seine Stimme eher einem Knurren glich. „Genauso wie ich als dein Alpha, weil ich es zulasse, dass sie dir diesen Vorschlag überhaupt unterbreitet. Willst du dich uns anschließen oder gegen uns kämpfen?"

Ich warf ihm einen Blick zu, woraufhin er eine Grimasse zog, allerdings den Mund hielt. „Oder du bleibst hier", fügte ich hinzu und drehte mich wieder zu dem Bisamrattenwandler um. „Wenn du das Risiko nicht eingehen willst, würde ich das verstehen. Vielleicht gibt es eine andere Gelegenheit für dich, deine Loyalität unter Beweis zu stellen. Doch im Moment ist das alles, was wir dir anbieten können."

Orion holte tief Luft. „Ich … ich könnte es tun. Ich glaube, es könnte funktionieren. Ich kann nichts versprechen, aber ich–". Er hielt inne und rieb sich die Stirn. Er knirschte mit den Zähnen. „Ich kann im Moment nicht klar denken. Doch ich bereue es, nicht sofort zu Euch gekommen zu sein, als sie mich angesprochen haben, Alpha. Und, Serenity …“

„Ren“, korrigierte ich ihn.

Er sah wieder auf, seine Augen wurden wässrig. „Danke, Ren“, sagte er. „Danke, dass du an mich glaubst. Dass du versuchst, das Richtige für uns alle zu tun.“

„Wirst du es auch versuchen?“, fragte ich freundlich.

„Ja“, antwortete er. „Für meine Sippe. Für meinen Alpha. Und für dich.“

Er sagte es mit einer solchen Inbrunst, dass ich einen Kloß im Hals spürte. „Dann sollte ich mich bei dir bedanken.“ Ich stand auf. „Wir müssen warten, bis die Wirkung des Beruhigungsmittels nachgelassen hat“, sagte ich zu Nate. „Wenn er wieder klar denken kann, kann er eine endgültige Entscheidung treffen. Ich will, dass er genau versteht, worauf er sich eingelassen hat.“

Nate sah nicht gerade begeistert aus, doch in seinem derzeitigen Zustand konnten wir seinen ehemaligen Wächter auf keinen Fall zu den Abtrünnigen schicken. Nachdem wir die Tür geschlossen hatten, wandte er sich an den diensthabenden Wächter.

„Kein Beruhigungsmittel mehr“, sagte er. „Lass ihn aus der Benommenheit erwachen. Behalte ihn genau im Auge. Wenn er sich verwandelt oder irgendetwas Verdächtiges tut, halte ihn fest, und ruf mich. Und, wenn er sich vollständig erholt hat, ruf mich auch.“

„Ja, Sir“, antwortete der Wächter.

„Was sagen dir deine Drachensinne?“, fragte Nate, als wir zurück zum Hauptgeschoss gingen. „Glaubst du, dass Orion tatsächlich helfen will, oder sucht er nur nach einer Möglichkeit, aus dieser Zelle herauszukommen?“

Ich dachte an die tränenerfüllten Augen des ehemaligen Wächters und die Gefühle, die am Ende von ihm ausgegangen waren. „Er bereut wirklich, was passiert ist. Er will wieder Teil der Sippe sein. Natürlich weiß ich nicht, ob er die Nerven behalten wird, wenn er erst einmal bei den Abtrünnigen ist."

„Ich schätze, das weiß man bei niemandem." Nate seufzte. „Nun, wir werden sehen, wie er sich dir gegenüber verhält, wenn er wieder bei vollem Bewusstsein ist."

„Wie lange wird es dauern, bis die Wirkung des Beruhigungsmittels nachlässt?"

„Mindestens ein paar Stunden." Er hielt inne, als wir das obere Ende der Treppe erreichten. „Wir haben also noch ein wenig Zeit. Ich wollte dir etwas zeigen. Vielleicht kommt es dir sogar ein wenig bekannt vor."

Ich wurde hellhörig, und meine Unsicherheiten bezüglich unseres Plans wurden für einen Moment von einem Funken Neugier verdrängt. „Was denn?"

Er lächelte. „Du wirst schon sehen."

Nate führte mich durch ein paar Flure und eine breite Treppe hinauf in den zweiten Stock. Er öffnete eine Tür zu einem großen Raum, der offensichtlich in einer Ecke des Hauses lag. Das Erste, was mir auffiel, war das Sonnenlicht, das durch zwei Fensterpaare an der Süd- und Ostwand schien.

Ich trat ein und mir stockte der Atem.

Der Raum war wunderschön. Die Wände um die Tür herum waren in Rot- und Goldtönen und in glänzenden Grüntönen gestrichen; stilisierte Tiere, die sich hier in einem Wald tummelten, unten ein Meer, und oben tanzten ein paar Wolken über die Decke. Die Malereien zogen sich bis zu den Fenstern hin, wo sich Bäume und Wellen um die Rahmen schlängelten. Durch die glänzend polierten Dielen hatte ich fast das Gefühl, auf einem Seidenteppich zu laufen.

Ich ging in die Mitte des Raumes und drehte mich im Kreis. Ein warmer, sandiger Geruch hing in der Luft, wie Felsen, auf denen man sich an einem heißen Sommertag sonnen kann … wenn man zufällig ein Drache war. Wie der echte Fels unter den Fenstern. Ein paar Stühle mit weichen Kissen und hölzernen Armlehnen standen im Rest des Zimmers verteilt.

Ja, es war schön. Und auch zutiefst vertraut. Meine Augen füllten sich mit Tränen.

„Als ich mir vorgestellt habe, dir zum ersten Mal mein Zuhause zu zeigen, hatte ich mir den Besuch etwas entspannter vorgestellt", sagte Nate. „Doch bevor wir gehen, kannst du wenigstens noch etwas Zeit hier drin verbringen. Es war das Lieblingszimmer deiner Mutter auf dem Anwesen." Er musterte mein Gesicht. „Du erinnerst dich daran."

„Ja." Ich ließ mich auf die Steinplatte sinken. Die sonnendurchflutete Wärme der festen Oberfläche breitete sich in meinen Händen aus. „Sie hat mich und meine Schwestern hierhergebracht, wenn wir uns beschwert haben, dass uns langweilig war. Manchmal kam auch einer meiner Väter – der Bärenwandler – mit. Wie hat sie es genannt?"

„Das Inspirationszimmer", sagte Nate mit einem Lächeln. „Als ich sie kennengelernt habe, bat sie mich, sie hier zu treffen."

„Obwohl ich mich damals noch nicht verwandeln

konnte, habe ich diesen Felsen geliebt." Ich ließ mich auf die Seite fallen, um die Wärme des Steins und die durch die Fenster einfallenden Strahlen aufzusaugen. „Manchmal hat sie sich hier gesonnt. Wir haben uns zu viert zusammengequetscht, oder zu fünft, wenn Dad da war …"

Ich schluckte schwer. Nates Gesichtsausdruck wurde weicher. „Du sprichst nicht oft über sie, deine Väter und deine Schwestern. Das kannst du, weißt du. Ich meine, wenn es zu schwer für dich ist, musst du es nicht. Aber wenn du mit jemandem reden willst, der sich erinnert … Ich habe vier Jahre lang mit deinem Bärenwandler-Vater trainiert, bevor er bei dem Angriff gestorben ist. Ich kannte dich und deine Schwestern nicht gut, doch ich erinnere mich, dass ich euch beim Spielen im Hof beobachtet habe, als ihr zu Besuch wart."

Hatte er uns beobachtet und sich gefragt, wer von uns seine Gefährtin werden würde? Und jetzt war ich hier. Die Einzige aus meiner Familie, die noch übrig war.

Ich wischte mir über die Augen und drückte mich wieder in eine sitzende Position. „Es ist schwer. Nicht nur, weil es weh tut, sondern auch, weil … Es fällt mir nicht leicht, mich zu erinnern. Ich glaube nicht, dass die Erinnerungen durch Magie unterdrückt werden. Aber da es so lange her ist, dass ich versucht habe, mich zu erinnern, weiß ich nicht, wo ich anfangen soll, außer ich sehe oder fühle etwas, wodurch sie ausgelöst werden."

Wie bei dem peinlichen Zusammenbruch, als wir hier angekommen waren. Bei der Erinnerung daran wurde mein Gesicht immer noch heiß.

Doch dieser Ort rief auch bessere Erinnerungen

hervor. Mein Hals schmerzte, als ich das dringende Verlangen verspürte, sie jemandem mitzuteilen. Ich wollte sie realer machen, indem ich die Toten heraufbeschwor.

Ich deutete auf eine Wand. „Meine älteste Schwester, Temperance, hat sich Geschichten über alle Tiere ausgedacht. Einmal hat sie sich stundenlang eine Geschichte zusammengereimt, in der alle Teile des Gemäldes vorkamen. Als sie anfing, zu erzählen, wusste man nie, wie es weitergehen würde. Die Geschichte nahm jedes Mal einen anderen Lauf.“

Mein Blick fiel auf die Stühle. „Und meine andere Schwester – Mama hat immer gesagt, sie hätte versehentlich einen Affen zur Welt gebracht. Verity konnte nicht länger als ein paar Minuten stillsitzen. Sie ist immer auf die Stühle hier geklettert und zwischen ihnen hin und her gesprungen, um zu sehen, wie lange sie ihre Drachenflügel halten konnte.“

„Und Dad …“ Ich konnte ihn vor meinem geistigen Auge sehen. Groß und muskulös wie Nate, allerdings mit einem länglicheren Gesicht und noch dunkler behaart. Meine Brust verkrampfte sich. „Ich wollte immer lieber aus den Fenstern sehen. Er nahm mich in den Arm, hielt mich fest und erzählte mir, was wir von hier bis zum Horizont alles sehen konnten.“

Ich spürte den Schwindel, der meinen kleinen Mädchenkörper durchströmt hatte. Die Freude darüber, die Aufmerksamkeit meines Vaters ganz für mich zu haben.

Was würden er und meine anderen Väter von mir denken, wenn sie mich jetzt sehen könnten? Wie wäre mein Leben verlaufen, wenn die Abtrünnigen es nicht brutal aus der Bahn geworfen hätten?

Nate schlenderte herüber und setzte sich neben mich. Ich lehnte mich an seine Schulter. Er nahm meine Hand und strich mit seinem Daumen über meinen Handrücken. „Du hast viel verloren", sagte er. „Mehr als wir uns vorstellen können. Wir haben alle einen Mentor verloren. Aber du hast deine ganze Familie verloren. Ich habe keine Ahnung, wie das sein muss. Falls du darüber reden willst, kannst du zu mir kommen. Zu jedem von uns. Ich denke, ich kann diesbezüglich auch für die anderen Alphas sprechen."

„Danke." Nachdem ich über meine Familie gesprochen hatte, fühlte sich mein Herz ein wenig leichter an. „Ich glaube, ich würde gerne etwas Zeit alleine hier verbringen, bevor wir gehen. Wenn das in Ordnung ist."

„Natürlich", antwortete Nate. „Ich wollte sowieso noch ein paar Dinge auf dem Anwesen erledigen, bevor wir weiterziehen. Wenn du mich brauchst, werden die Bediensteten wissen, wo du mich finden kannst."

Er zog mein Gesicht zu sich heran und küsste mich sanft. Als er sich wieder von mir löste, vibrierte mein ganzer Körper. Durch unsere Verbindung konnte ich ihn auch noch spüren, nachdem er gegangen war und die Tür hinter sich geschlossen hatte. Solange er sich auf dem Anwesen befand und mir so nahe war, glaubte ich nicht, dass ich Hilfe brauchen würde, um ihn zu finden.

Ich legte mich wieder auf den Sonnenstein und schwelgte eine Zeit lang in Erinnerungen. Seltsamerweise verstärkte das Auftauchen dieser Fragmente aus meiner Vergangenheit den Schmerz meines Verlustes nicht. Wenn überhaupt, dann linderten sie ihn. Es war viel besser, sich an die glücklichen Zeiten zu erinnern. Warum sollten meine einzigen klaren Erinnerungen an meine Familie die letzten Momente der Panik und der Qualen meines Vaters und meiner Schwestern sein?

Als ich mich wieder aufsetzte, waren meine Nerven nicht mehr ganz so angespannt. Ich ertastete mein Handy in meiner Tasche. Ich hatte eine andere Art von Familie, die ich nicht völlig hinter mir lassen wollte. Ich hatte Kylie versprochen, mich ab und zu bei ihr zu melden. Das Letzte, was ich wollte, war, dass sie sich ausgeschlossen fühlte.

Hey, Ky, schrieb ich ihr. *Hier wird es spannend. Wir werden den Abtrünnigen den Kampf ansagen. Ich habe mir einen brillanten Plan ausgedacht … Nun, wir werden sehen, wie brillant er ist, wenn wir ihn ausprobieren.*

Ihre Antwort kam eine Minute später. *Ach, bitte. Wenn du ihn dir ausgedacht hast, wird er natürlich funktionieren. Dein Drachen-Ich wird diese Arschlöcher fertigmachen.*

Diese Vorstellung war äußerst befriedigend. *Ich wünschte, du wärst hier. Ich glaube, wir werden bald wieder in der Nähe von New York sein. Als Nächstes fahren wir zu Marcos Anwesen in Florida, und dann geht es zu West, irgendwo in den Nordosten.*

Oooh, Florida, klingt nach Sonne und Spaß! Wo ist seine Bude?

Ich lächelte. *Offenbar nicht weit von Miami.*

Das passt. Er sieht aus, als würde er sich regelmäßig in Clubs herumtreiben. Sieh zu, dass du ihn bei der Stange hältst, hörst du?

Bevor ich antworten konnte, klopfte es an der Tür. „Herein", sagte ich.

Ein Wächter spähte hinein. „Drachenwandlerin", sagte er. „Nate bittet um Eure Anwesenheit in den Arrestzellen."

Verdammt. Jetzt würden wir herausfinden, wie brillant mein Plan war. Ich holte tief Luft. Schon wieder konnte ich mich nicht richtig von meiner besten Freundin verabschieden.

„In Ordnung", sagte ich. „Ich komme."

11

Es war ein seltsames Gefühl, die einzige Gestaltwandlerin zu sein, die noch in ihrer menschlichen Gestalt war. So leise wie möglich folgte ich den anderen den bewaldeten Hügel hinauf, den wir für unseren Hinterhalt ausgewählt hatten. Ein lehmiger Geruch erfüllte meine Nase. Pelzige Körper bewegten sich um mich herum durch die Bäume.

Meine Gefährten und die Mitglieder aus Nates Sippe, die sich uns angeschlossen hatten, hatten sich alle verwandelt, sobald wir aus den Fahrzeugen gestiegen waren, die wir etwas abseits der Straße stehenlassen hatten. Das machte Sinn, da sie sich in ihren tierischen Körpern schneller und geräuschloser bewegen konnten, ihre Sinne schärfer waren und sie allgemein stärker waren. Nate und Marco gingen links und rechts von mir, West trottete vor uns her. Aaron und Alice schwebten über uns und hielten Ausschau nach bedrohlichen Aktivitäten.

Als Drachin hätte ich zwar schärfere Sinne, wäre jedoch alles andere als unauffällig. Ganz zu schweigen davon, dass es uns nicht viel nützen würde, wenn ich meine begrenzte Verwandlungsenergie aufbrauchen würde, um durch die Wälder zu stapfen, und dann den eigentlichen Kampf als Mensch führen müsste.

Orion hätte das Lager der Abtrünnigen letzte Nacht erreichen sollen. Er sollte ihnen sagen, dass wir heute Morgen an diesem Straßenabschnitt vorbeikommen würden, da wir uns in den frühen Morgenstunden davonschleichen wollten, um nicht bemerkt zu werden. Sie würden zur Straße kommen, um uns dort aufzulauern, und dabei direkt in *unseren* Hinterhalt laufen, bevor sie merken würden, dass sie in die Irre geführt worden waren.

Das war zumindest der Plan. Vorausgesetzt, Orion würde sein Wort halten und sich nicht wieder den Abtrünnigen anschließen. Bevor er losgezogen war, schien er entschlossen gewesen zu sein, meinen Plan zu befolgen, gleichzeitig jedoch auch ein wenig eingeschüchtert. Vielleicht hatte er, nachdem er sich von meiner Autorität und der seines Alphas entfernt hatte, beschlossen, es mit Leuten zu versuchen, die ihn nicht einsperrten und unter Drogen setzten. Selbst wenn sie Mörder waren.

Doch ich hoffte wirklich, mich nicht in ihm getäuscht zu haben.

Oben auf dem Hügel angekommen, wurde West langsamer. Er ging bis zum Kamm, wo der Boden wieder abfiel, und blickte zu uns zurück. Hier hatten wir geplant anzuhalten.

Aaron stürzte sich in die Lüfte und überließ seiner

Schwester den Wachdienst. Kurz vor der Landung verwandelte er sich und landete anmutig auf zwei menschlichen Füßen.

„Ein paar Meilen entfernt bewegt sich etwas", sagte er. „Ich schätze, dass sie in etwa einer halben Stunde hier sein werden. Wir sollten uns in Windrichtung verteilen, damit sie unsere Fährte nicht aufnehmen, bevor wir zum Angriff bereit sind."

Ich nickte. Die anderen Tiere zogen sich in die Bäume zurück. Ich folgte ihnen und blieb an Nates Seite. Ich musste etwas zurückbleiben, da sich mein Geruch nicht so gut in die natürliche Umgebung einfügen würde.

Es mochte ein paar Nachteile haben, die seltenste Art unter den Gestaltwandlern zu sein. Ich wollte jedoch den maximalen Nutzen aus meinen einzigartigen Fähigkeiten ziehen.

Als Nate stehenblieb und seinen Kopf zu mir neigte, fuhr ich mit den Fingern durch sein dichtes Grizzlyfell und drückte mein Gesicht an seine Schulter. Er erwiderte meine Liebkosung.

Auf dem Anwesen, während der Endphase unserer Planungen, hatte Nate versucht, mich davon zu überzeugen, mich nicht an dem Kampf zu beteiligen. Er hatte seinen Satz nicht einmal beenden können, bevor ich in Gelächter ausgebrochen war, und ihn mit meinem besten Drachenblick angestarrt hatte. Damit war die Diskussion beendet gewesen.

Die Gestaltwandler, die gestorben waren, waren auch meine Sippe gewesen. Und ich würde nicht tatenlos zusehen, wie die Abtrünnigen, die ihr Leben und das meiner Familie zerstört hatten, ungestraft davonkamen.

Ich drehte mich um und griff nach dem Baum, neben dem wir stehengeblieben waren. Das Beste daran, eine Drachin zu sein, war das Fliegen. Ich würde kaum noch Zeit auf dem Boden verbringen, sobald ich mich verwandeln konnte.

Ich kletterte den Stamm hinauf und hangelte mich von Ast zu Ast, bis die Zweige zu schmal waren, um mein Gewicht zu tragen. Ich lehnte mich mit dem Rücken gegen den Stamm und ließ meinen Blick durch den Wald schweifen. Ich war nicht groß genug, um über das Kronendach sehen zu können, doch ich hatte einen guten Blick zwischen den Ästen um mich herum.

Marcos schwarzer Jaguar kauerte ein paar Bäume links von uns. Wests Wolf war völlig im Gebüsch verschwunden. Aaron drehte eine letzte Runde am Himmel, bevor er auf einer Eiche zu meiner Rechten landete.

Eine halbe Stunde. Wir hatten mindestens zehn Minuten damit verbracht, uns um die Stelle, an der der Überfall stattfinden sollte, zu verteilen. Es sollte nicht mehr lange dauern. Trotzdem fühlte sich jeder Augenblick wie eine Ewigkeit an.

Ein Ast knackte, und mein Herzschlag beschleunigte sich, doch es war nur ein Spatz, der davonflog. Verdammte normale Tiere. Ich widerstand dem Drang, mit den Füßen ungeduldig gegen den Ast zu treten.

Orion wusste genau, wo wir warten würden. Er sollte die Abtrünnigen direkt über diesen Hügel führen. Wenn er seinen Teil der Abmachung einhielt. Wenn nicht … Alice hielt immer noch Wache. Sie würde es bemerken, wenn die Abtrünnigen ausschwärmen würden, um uns zu überrumpeln.

Die Windrichtung änderte sich, und neue Gerüche stiegen mir in die Nase. Tiergerüche – und zwar nicht die vertrauten Gerüche der Gestaltwandler, mit denen ich angekommen war – vermischten sich mit Noten von Aggression und Erwartung.

Die Abtrünnigen waren fast da.

Ich lehnte mich auf dem Ast nach vorne und stützte mich mit Händen und Füßen an der Rinde ab. Wir durften die Falle nicht zu früh zuschnappen lassen. Erst wenn sie direkt in die Mitte unseres Rings gestürmt waren.

Körper raschelten durch das Unterholz. Leise, unauffällig, doch in der Stille nahmen meine scharfen Ohren selbst die leisesten Geräusche wahr. Meine Muskeln spannten sich an.

Eine kleine pelzige Gestalt huschte aus dem Unterholz. Eine Bisamratte, die den vermeintlichen Angriff anführte. Unser Orion. Ich schickte ein stummes Dankeschön zu ihm hinunter, dann tauchten weitere Tiere zwischen den Bäumen auf.

Unter mir stieß Nate einen Grizzly-Schrei aus und wir stürzten uns auf die Abtrünnigen.

Ich rannte den Ast entlang und sprang hinunter. Die Luft rauschte in meinen Ohren und meine Schuppen breiteten sich auf meinem Körper aus. Meine Flügel peitschten durch die Luft und fingen den Wind ein. Ich streckte mich, schnappte mit meinen hervorschießenden Reißzähnen zu und stürzte mich in das Getümmel.

Der Waldboden war ein einziges Durcheinander von sich bewegenden Körpern. Ein Schwarzbär, den ich als

Thomas kannte, kämpfte mit einem Puma. Ein vernarbter Silberwolf kämpfte gegen Marcos Jaguar. Aaron krallte sich an einem riesigen Wiesel fest, das versuchte, ihn aus dem Himmel zu reißen. Ringsum herrschte ein Wirrwarr aus Fell und Zähnen und spritzendem Blut.

Aus meiner Kehle drang das Gebrüll meiner Drachin. Die Abtrünnigen schreckten auf und meine Truppe brach aus dem Dickicht hervor. Der Puma wirbelte herum und wollte sich aus dem Staub machen, doch ich stürzte mich auf ihn und schleuderte ihn mit einem Hieb meiner Klaue gegen einen Baum. Ein Kojote stolperte rückwärts und verwandelte sich in seine menschliche Gestalt. Er griff nach dem Gewehr, das er um seine schmale Taille trug.

Das Echo der Schüsse, die vor langer Zeit in meinem Elternhaus abgefeuert wurden, hallte in meinen Ohren wider. Wut flammte in mir auf. Oh, nein, das würde ich nicht zulassen.

Ich holte tief Luft und spie Feuer in seine Richtung – heiße, sengende, vernichtende Flammen. Der Kojotenwandler jaulte. Dann war er nur noch ein verkohlter Körper mit einem geschmolzenen Metallklumpen in seinen Händen.

Bestimmt trugen mehr von ihnen Waffen bei sich, die sie, ohne zu zögern gegen uns einsetzen würden. Ich wandte mich wieder dem Kampf zu. Ich musste alle Abtrünnigen aufspüren, die bewaffnet waren. Sie könnten uns schnell ernsthaft verletzen. Meine Alphas und meine Sippe waren zu ehrenhaft, um gegen das Gesetz zu verstoßen, keine von Menschenhand gefertigten Waffen zu benutzen, selbst wenn ihre Feinde nicht fair kämpften.

Als ich das Klicken einer Pistole hörte, die entsichert

wurde, begann mein Herz zu rasen. Ich drehte mich um und hauchte einen Strahl Flammen auf die Gestalt, die zwischen den Bäumen stand, bevor ich Zeit hatte, mehr als ihr blondes Haar und die Pistole in ihrer Hand wahrzunehmen. Ein Kerl, der sich in der Nähe in Menschengestalt verwandelt hatte, fummelte ebenfalls an seiner Handfeuerwaffe herum. Noch bevor er zielen konnte, verwandelte ich auch ihn in Asche.

Meine Muskeln kribbelten, als ich in die andere Richtung stürmte. Im Dickicht auf der anderen Seite der Lichtung bewegte sich eine weitere menschliche Gestalt – nein, Moment, das war Orion. Wahrscheinlich dachte er, dass er sich in seiner menschlichen Gestalt besser verteidigen konnte als mit seinen Bisamrattenzähnen und -krallen. Nackt und die Hände zu Fäusten geballt, verpasste er einer abtrünnigen Fuchswandlerin, die auf ihn zukam, einen Schlag gegen die Schnauze und sprang dann beiseite, um ihren schnappenden Zähnen auszuweichen.

Ich holte mit meinen Krallen aus, um die Fuchswandlerin zur Seite zu stoßen. Als ich mich bückte, um sie auf den Boden zu drücken, rannte eine weitere menschliche Gestalt auf Orion zu. Eine menschliche Gestalt, mit einer schimmernden Klinge in der Hand.

Ein protestierendes Krächzen entwich meiner Kehle. Orion wirbelte herum, allerdings nicht schnell genug. Der Abtrünnige rammte ihm das Messer bis zum Griff in den Bauch.

Orions Lippen öffneten sich. Sein Körper erschlaffte. Blut strömte aus der Wunde.

Nein. Panik schoss durch meine Adern, scharf und kalt. Ich stürzte mich auf den Kerl mit dem Messer, riss es ihm aus der Hand und verbrannte die Haut auf seinem Arm. Doch in meiner Verzweiflung verlor ich die Kontrolle über meine Drachengestalt und mein Körper verwandelte sich in mein menschliches Ich.

Ich stolperte auf Orion zu. Er war auf die Knie gesunken und kippte nach hinten. Kurz bevor sein Kopf auf den Boden schlug, bekam ich ihn an den Schultern zu fassen.

„Hey", sagte ich. „Hey. Bleib bei mir." Gestaltwandler konnten sich von vielem heilen. Ein Abtrünniger hatte mir die Brust aufgeschlitzt und ich hatte es überlebt. Wenn der Stich nicht gut gezielt gewesen war, wenn ich die Blutung stoppen könnte–.

Auf den Lippen des ehemaligen Wächters bildeten sich bereits rötliche Flecken. Scheiße, Scheiße, Scheiße. Ich legte meine Hand um den Griff des Messers, um den Blutfluss dort zu stoppen, als wäre die oberflächliche Wunde das Problem und nicht die inneren Verletzungen, die er erlitten hatte.

Orion zitterte und stöhnte. „Drachenwandlerin", murmelte er.

„Ja", sagte ich lächelnd. „Ich bin hier. Du hast das toll gemacht. Du hast deine Sippe und deinen Alpha stolz gemacht. Du bist ein verdammter Held, hast du das gehört. Also solltest du lieber lange genug am Leben bleiben, um das mit uns zu feiern."

Er schenkte mir ein mattes Lächeln. „Ich werde mir Mühe geben. Allerdings glaube ich nicht–". Er hustete und schnappte nach Luft, als die Klinge bei der Bewegung seiner Brust verrutschte.

„Nein", sagte ich so bestimmt, wie es mir möglich war.

„Als deine Drachenwandlerin verbiete ich dir, jetzt zu sterben.“

Er versuchte zu kichern, doch es klang eher wie ein Gurgeln. Oh, Gott, ich konnte ihm wirklich nicht helfen, oder?

„Es gibt da etwas … was ich dir nicht gesagt habe …“ Seine Stimme wurde schwächer.

„Ist schon in Ordnung“, erwiderte ich. „Ruh dich einfach aus.“

„Nein. Du musst … Da ist ein Katzenwandler. Ein … ein sehr hochrangiger. Er hat das Sagen. Ein Verbündeter … der Abtrünnigen. Sie gehorchen ihm. Der Rest der Gruppe – alle verbliebenen Abtrünnigen … sind bereit, alle zusammen anzugreifen. Du musst …“

Er schluckte, und sein Körper verkrampfte sich. „Orion!“, rief ich, doch seine Augen wurden mit jeder Sekunde trüber. „Nein, nein, verdammt noch mal.“

Ich spürte es, so sehr ich mich auch gegen das wehren wollte, was meine Sinne mir sagten. Er war fort.

Ich hockte mich auf meine Fersen und meine Schultern sackten nach unten. Dann zuckte ich zusammen, als hinter mir ein lautes Geräusch ertönte.

West bekämpfte die Fuchswandlerin. Ihrer Position nach zu urteilen, hatte sie sich gerade auf mich stürzen wollen. Der Wolfswandler war doppelt so groß wie sie. Sie wehrte sich und schlug mit ihren Krallen nach ihm, hatte jedoch keine Chance.

Und das wusste sie offensichtlich auch. Wie viele Abtrünnige zuvor, ließ sie sich nicht gefangen nehmen. West verwandelte eine seiner Pranken in seine menschliche Hand, um sie besser festhalten zu können, doch sie rammte ihren Hals gegen die Krallen seiner anderen Pranke.

Er zuckte zurück, allerdings zu spät. Seine Krallen hatten ihre Kehle durchtrennt. Mit einem enttäuschten Knurren sprang er von ihrem schlaffen Körper.

West blickte sich in dem Kampfgetümmel um und nahm seine menschliche Gestalt an. Sein Blick begegnete meinem und er deutete mit seinem Kinn in Richtung Orion.

„Ist er tot?"

Ich schluckte schwer. „Es war nur – der Schnitt war zu tief – es ging so schnell. Ich habe alles versucht." Meine Hände, an denen das Blut des Bisamrattenwandlers klebte, verkrampften sich in meinem Schoß.

West blickte auf meine Hände hinab, bevor sein Blick wieder zu meinem Gesicht wanderte. Ein Schatten huschte über sein Gesicht. „Ja", sagte er leise. „Das hast du." Er hielt inne. „Ren–".

„Wir haben einen Gefangenen!", rief jemand. Thomas beugte sich keuchend über einen sehnigen Körper, den er an den Handgelenken festhielt. Alice hielt die Knöchel des Mannes mit ihren Klauen fest, immer noch in ihrer Adlergestalt.

„Ich habe auch einen", verkündete Marco und trat mit einem Luchs, den er am Genick und an seinen gefesselten Hinterbeinen festhielt, zwischen den Bäumen hervor Seine Finger verkrampften sich, als die Abtrünnige versuchte, sich zu befreien. Nate verwandelte sich, um ihm zu helfen.

Ich richtete mich auf. Zu schnell. Meine Beine

zitterten, und mein Magen fühlte sich an, als hätte ich ihn am Boden zurückgelassen.

West packte mich an den Schultern. „Hey", sagte er, seine Stimme war rau und sanft zugleich. Er umarmte mich und legte sein Kinn auf meinen Kopf. Wir waren beide nackt, doch durch das Bild von Orions totem Körper in meinem Kopf und sein Blut an meinen Händen, hatte die Umarmung nichts Sinnliches an sich. Ich ließ mich gegen Wests warmen Körper sinken und suchte Trost bei dem Gefährten, von dem ich nie erwartet hätte, dass er ihn mir bieten würde.

Er strich über mein Haar, und meine Hände rutschten auf seine Brust. Scheiße, ich hatte ihn mit Blut beschmiert. Ich zuckte zurück und wusste nicht, was ich mit ihnen machen sollte. West sah an sich hinab, betrachtete das Blut an seinen Muskeln, und schüttelte den Kopf.

„Ist schon in Ordnung", sagte er. Und dann, in einem Ton, den ich eher von ihm erwartet hätte. „Ich wette, das wird nicht deine letzte Sauerei gewesen sein, Flamme."

Ich schnitt eine Grimasse und Aaron trat neben mich. Er hielt mir etwas Moos hin, um meine Hände abzuwischen. „Ich glaube, wir brauchen deine Hilfe bei der Befragung der Gefangenen", sagte er. „Sie scheinen nicht gesprächsbereiter zu sein als die anderen Abtrünnigen."

Ja, natürlich. Ich holte tief Luft und betrachtete das Ergebnis unseres Überfalls. Mindestens ein paar Dutzend Leichen lagen auf dem Waldboden – alles Abtrünnige, soweit ich das beurteilen konnte. Alle außer Orion. Ein paar von Nates Leuten lagen ausgestreckt da und ließen ihre Wunden von anderen Sippenmitgliedern versorgen, doch keiner hatte eine tödliche Verletzung davongetragen. Es waren jedoch mehr Abtrünnige in der Angriffsgruppe gewesen, als ich um mich herum sehen konnte.

„Ein paar sind also entkommen?", fragte ich.

Nate nickte. „Ein paar Feiglinge sind weggerannt. Sie waren zu schnell, als dass wir sie hätten einholen können. Es waren allerdings nicht viele."

Verdammt. Ich betrachtete den Luchs und dann den Abtrünnigen, der am Boden lag. „Du hast die Wahl. Du kannst jetzt mit uns reden oder ich werde dich mit meinem Feuer zum Reden bringen."

Der Mann am Boden funkelte mich an. Die Luchswandlerin fauchte. Nun, das war wohl die Antwort.

„Mal sehen, ob dein Feuer sie zum Reden bringt", meinte Marco.

„In Ordnung." Ich blickte zu ihm auf. „Orion hat mir erzählt, dass ein hochrangiger Katzenwandler aus deiner Sippe einige der Befehle erteilt hat. Er macht gemeinsame Sache mit den Abtrünnigen."

Marcos Miene verfinsterte sich. „Interessant", erwiderte er, wobei sich eine gewisse Schärfe in seine Stimme schlich. „Mal sehen, was die beiden dazu zu sagen haben."

Ich schloss meine Augen und verwandelte mich in mein Drachenselbst. Die Verwandlung ging diesmal langsamer vonstatten, meine Nerven zuckten. Der Kampf hatte mich viel Energie gekostet, doch für dieses Verhör würde sie noch reichen.

Ich ragte in der Mitte des kleinen Hains über den anderen auf. Meine Gestaltwandler traten beiseite, um mir

Platz zu machen. Ich konzentrierte mich auf das Brennen, das in meiner Drachenkehle kribbelte. Auf meine Wut über Orions Tod und die anderen Todesfälle, die die Abtrünnigen verursacht hatten. Auf mein Bedürfnis zu wissen, was sie noch für uns auf Lager haben könnten.

Dann öffnete ich mein Maul und ließ die violetten Flammen herausströmen.

Marco schubste die Luchsfrau zuerst ins Feuer. Sie zitterte und verwandelte sich in eine Frauengestalt, die inmitten der Flammen kauerte. „Mit wem aus meiner Sippe hast du geredet?", fauchte Marco sofort.

„Ich habe mit niemandem gesprochen", wimmerte die Luchswandlerin. „Niemand erzählt mir etwas. Ich habe nur geholfen."

„Kennst du Katzenwandler – oder andere Gestaltwandler – mit denen die anderen Abtrünnigen gesprochen haben?", fragte Aaron, der seine Frage mit Bedacht formulierte.

Sie schüttelte den Kopf. „Ich weiß nur von dem Angriff auf das Anwesen der gemischten Sippe. Und dem da." Sie deutete auf Orion. „Dieser Verräter!"

„Was hattet ihr vor, falls euer Plan, uns hier in einen Hinterhalt zu locken, nicht funktioniert hätte?", fragte Nate.

„Ich weiß es nicht."

West räusperte sich. „Was weißt du über die Pläne der anderen Abtrünnigen?", fuhr er fort.

Sie zitterte erneut und wandte den Kopf von den Flammen ab, doch sie konnte sich der Wirkung nicht entziehen. „Es gab Pläne für das Anwesen der Katzenwandler", stieß sie hervor. „Ich weiß nicht genau, was. Aber sie bereiteten sich auf etwas Großes vor, falls wir hier versagen sollten.“

Etwas Großes. Orion hatte gesagt, dass sich der Rest der Abtrünnigen auf einen großen Angriff vorbereitete. Wie viele waren jetzt noch übrig?

Ich spie einen weiteren Flammenstrahl auf die Luchswandlerin und ignorierte das zwickende Gefühl, das sich in meinen Muskeln auszubreiten begann.

„Details“, sagte Marco. „Erzähl uns alles, was du über diese Pläne weißt.“

„Das *ist* alles, was ich weiß.“ Ihre Stimme verwandelte sich in ein Wimmern.

Aaron gab Nate ein Zeichen. Vielleicht merkte er, dass meine Kräfte schwanden. Der Bärenwandler packte die Abtrünnige und zerrte sie aus der Wahrheitsflamme.

Thomas und Alice standen bereits mit ihrem Gefangenen bereit. Der schlaksige Albatroswandler zuckte unter den Flammen zusammen, hatte jedoch auch nicht mehr Antworten auf die Fragen der Alphas als die Luchswandlerin. Meine Kehle begann zu pochen. Auf meine Geste hin, stellte West eine letzte Frage.

„Eure Verbündeten, die vor diesem Angriff geflohen sind, wo sind sie hin?“

„Ich weiß nicht genau“, antwortete der Mann mit angespannter Stimme. „Vielleicht nach Florida, um sich dort mit der Hauptgruppe zu treffen.“

Meine Flammen erloschen und ich verwandelte mich zurück. Ich schrumpfte zu meinem menschlichen Körper zusammen und bekam sofort einen Hustenanfall. Sehr elegant.

Als ich meine Lunge wieder unter Kontrolle hatte,

schleiften Nates Leute die beiden gefangenen Abtrünnigen bereits davon. „Was habt ihr mit ihnen vor?", fragte ich.

„Sie festhalten und betäuben, bis wir entscheiden, welche Strafe sie bekommen sollen." Nate seufzte. „Sie waren nur Lakaien. Ich würde sie verbannen, allerdings haben sie ohnehin nicht mehr zur Sippe gehört, und wir haben ja gesehen, in was sie verwickelt waren."

Unsere Gefangenen hatten nicht genug gewusst. Ich war den ganzen Weg auf einen Berg gewandert, um mir die Macht dieser violetten Wahrheitsflammen zu verdienen. Keine andere Drachenwandlerin vor mir hatte das Geheimnis von Sunridge für sich beansprucht. Und trotzdem hatte es nicht gereicht, um den Kampf zu gewinnen.

„Anscheinend ist die Gruppe in Florida die größte", sagte ich. „Er hat sie als die ‚Hauptgruppe' bezeichnet. Das passt zu dem, was Orion mir erzählt hat."

„Wenn wir die Abtrünnigen dort erledigen, können wir das Problem vielleicht aus der Welt schaffen", ergänzte West. „Was deutlich vielversprechender wäre, wenn wir wüssten, wo zum Teufel in Florida sie sich aufhalten."

„Sollen wir trotzdem dorthin?"

„Ich denke, uns bleibt nichts anderes übrig", sagte Aaron. „Die Abtrünnigen wissen nicht, was wir herausgefunden haben. Wir sollten zum Katzenanwesen gehen, so tun, als wüssten wir von nichts, und von dort aus weiter ermitteln."

„Und wenn ich herausfinde, wer von meiner Sippe mit diesen Verrückten zusammenarbeitet, dann werden die Fetzen fliegen, darauf könnt ihr euch verlassen", schwor Marco und fletschte die Zähne zu einem wilden Grinsen.

Nate drehte sich um. Sein Blick fiel auf Orions schlaffen Körper, bevor er sich zu mir umdrehte und meine blutverschmierte Haut betrachtete. Sein Kiefer verkrampfte sich.

„Wir werden uns um die Abtrünnigen kümmern", sagte er mit einer Stimme, die keinen Widerspruch duldete. „Und der Bisamrattenwandler bekommt ein respektvolles Begräbnis, wie es ihm gebührt."

12

Aaron

In einem Flugzeug zu sitzen, hatte sich für mich noch nie richtig angefühlt. Immer, wenn ich in der Luft war, verspürte ich ein Kribbeln in mir, das mir sagte, dass ich auf eine andere Art und Weise fliegen sollte, anstatt in einem Metallding zu sitzen. Wenn ich die Wahl hätte, würde ich mich fast immer für ein Landfahrzeug entscheiden.

Ich streckte mich in dem Ledersitz aus, den ich so weit wie möglich nach hinten verstellt hatte. Die vorletzte Nacht, in der ich vor Unruhe wachgelegen hatte, hing mir noch immer etwas nach, also war ich ins Hinterzimmer des Privatjets gegangen und hatte den Vorhang zugezogen. Bis jetzt war mein Versuch, mich zu entspannen, nicht sonderlich erfolgreich gewesen.

In Anbetracht der Umstände war es die beste Lösung, so schnell wie möglich zum Anwesen der Katzenwandler zu gelangen. Wenn wir uns um die Abtrünnigen und ihre

Verbündeten in Florida kümmern konnten, bevor sie Zeit hatten, ihre Vorbereitungen zu beenden, umso besser. Deshalb hatte ich zugestimmt, als Nate vorgeschlagen hatte, dass ein Mitglied seiner Sippe uns mit einem Jet auf einem nahegelegenen Flugplatz abholen sollte.

Doch selbst mit zugezogenen Vorhängen war es nur dämmrig, nicht wirklich dunkel. Und wegen der Motorgeräusche unter mir konnte ich nur dösen und nicht richtig einschlafen. Zumindest fühlte ich mich inzwischen nicht mehr ganz so erschöpft.

Jetzt bereitete ich mich mental auf das vor, was uns erwarten würde. Katzen- und Vogelwandler hatten sich noch nie gut verstanden, selbst ohne Verräter in der Gruppe. Katzen und Vögel – das passte einfach nicht.

Jemand klopfte gegen die Wand neben dem Vorhang. „Aaron?", fragte Serenity. „Darf ich mich zu dir setzen?"

Ich richtete mich auf und stellte den Sitz in seine aufrechte Position. „Ganz und gar nicht."

Meine Gefährtin schlüpfte durch den Vorhang. Sie lächelte mich an, doch ich konnte die Sorge und den Kummer in ihren Augen sehen. Das zerrte an meinem Herzen. Ich reichte ihr die Hand und bedeutete ihr, sich zu mir zu setzen.

Die Sitze im Hinterzimmer waren paarweise gegenüber angebracht, mit einem kleinen Tisch dazwischen. Serenity ließ sich mit einem Seufzen auf den Platz mir gegenüber sinken und stützte ihre Ellbogen auf dem Tisch ab. „Hast du dich etwas ausgeruht?", fragte sie.

Natürlich war sie in erster Linie besorgt um mich, obwohl sie selbst so viel im Kopf hatte. Jedes Mal, wenn ich dachte, ich könnte sie nicht mehr lieben, stahl sie mir ein weiteres Stück meines Herzens. „Ja", erwiderte ich. „Ich glaube, ich bin jetzt bereit, mit einem Haufen Katzen fertigzuwerden."

Ein amüsiertes Lächeln umspielte ihre Lippen. „Ich schätze, sie werden nicht besonders freundlich zu dir sein, was?"

„Ich bezweifle es. Ich war noch nie auf dem Anwesen der Katzenwandler. Wir haben uns in den letzten Jahren voneinander ferngehalten."

„Weil ihr keine Drachenwandlerin hattet, die euch zusammenhielt."

„Ja. Aber diese Zeiten sind jetzt vorbei." Ich nahm ihre Hände in meine. „Dich bedrückt etwas. Wolltest du mit mir darüber reden?"

Sie biss sich auf ihre perfekte rosa Lippe, ihre bernsteinfarbenen Augen verdunkelten sich. „Ich schätze, es ist das, was du gerade gesagt hast. Die Spannungen zwischen den Sippen. Der ganze Ärger mit den Abtrünnigen und dann die Info, dass es ihnen nicht nur gelungen ist, ein paar Gestaltwandler auf ihre Seite zu ziehen, sondern dass es ein hochrangiges Sippenmitglied gibt, das die Angriffe initiiert ..."

„Es ist für uns alle schwer, das zu akzeptieren", sagte ich. „Wie du weißt, wollte ich mich der Tatsache, dass sie einen meiner Artgenossen erwischt haben, auch nicht stellen."

Sie nickte. „Jeder von euch geht mit seiner Sippe auf seine Weise um. Ich soll alle irgendwie vereinen. Sie alle dazu bringen, zu glauben, dass es am besten für sie ist, mir zu folgen. Dabei kenne ich sie kaum. Ich kenne meine eigene Familie kaum!"

„Das ist nicht deine Schuld. Und niemand macht dir deswegen einen Vorwurf."

„Da bin ich mir nicht so sicher", sagte sie grimmig. „Nach dem Besuch auf deinem Anwesen dachte, ich käme vielleicht ganz gut zurecht, doch zu sehen, wie misstrauisch einige der Gestaltwandler mir gegenüber waren, war schwer zu ertragen. Und ich habe das Gefühl, dass die Katzenwandler noch skeptischer sein werden. Sie trauen *Marco* kaum zu, sie zu führen, und er ist einer von ihnen."

Ich drückte ihre Hände, und mein Herz verkrampfte sich. „Sieh doch nur, wie viel du schon erreicht hast. Du gehst mit der Situation besser um, als es irgendjemand hätte verlangen können, Serenity. Wir haben noch viel Arbeit vor uns, das will ich nicht bestreiten, aber ich weiß, dass du jede Herausforderung meistern kannst."

„Es ist nur …" Sie wandte ihren Blick ab. Ihre Stimme wurde leiser. „Was, wenn der Versuch, die alte Ordnung wiederherzustellen, *nicht* das Beste für die Sippen ist? Natürlich ist die Art und Weise, wie die Abtrünnigen versuchen, ihre Interessen durchzusetzen, nicht richtig, aber was ist, wenn die Zeit, in der die Drachenwandlerinnen alle vereinen konnten, vorbei ist? Vielleicht gab es schon zu lange keine mehr, und der Versuch, die alte Ordnung wiederherzustellen, verursacht nur noch mehr Probleme."

„Glaubst du das wirklich?", fragte ich.

„Nein", erwiderte sie leise. „Ich habe das Gefühl, dass es meine Bestimmung ist, hier zu sein. Die Gestaltwandler fühlen sich wie mein Volk an. Ich möchte diejenige sein, die alle brauchen. Ich weiß nur nicht, ob ich das sein kann. Und es wurde so viel Blut vergossen, seit ich zurückgekehrt bin, *weil* ich zurückgekehrt bin.“

Meine geliebte Gefährtin. Sie hat so viel Verantwortung auf ihre Schultern genommen, mehr als sie jemals hätte tragen sollen. „Komm her“, sagte ich und zog sie sanft zu mir.

Sie stand auf und zwängte sich an dem Tisch vorbei. Ich setzte sie auf meinen Schoß, sodass ich ihr direkt in die Augen schauen konnte und kaum Abstand zwischen uns war. Als ich den Druck ihrer Schenkel auf meinen spürte, durchströmte mich ein warmes Gefühl des Verlangens. Doch ich ignorierte es und strich ihr eine Haarsträhne aus der Stirn. Serenity sah mich liebevoll und ebenfalls leicht lüstern an.

„Ich habe dir schon mal gesagt, dass ich mich ab und zu wie ein Außenseiter gefühlt habe, sowohl den Alphas als auch meiner eigenen Sippe gegenüber“, sagte ich. „Ich weiß, wie es ist, sich zu fragen, ob man wirklich das ist, was sein Volk braucht, denn sie sind sich dessen nie ganz sicher. Doch nach allem, was ich gesehen und durchgemacht habe, ist das Wichtigste, dass du einfach da bist, dass du dich für sie einsetzt, wann immer du kannst. Was die ganze Familie jetzt braucht, ist Stabilität, die ihnen Halt gibt. Du kannst ihnen diese Sicherheit geben.“

„Du sagst das, als ob das so einfach wäre“, sagte sie.

Ich gluckste. „Ich weiß, dass es das nicht ist. Aber du kannst es schaffen. Bewahre Ruhe. Finde ein Gleichgewicht zwischen all den Anforderungen. In deinen Adern fließt die Raffinesse einer Katze, die Anmut eines Vogels, die Loyalität eines Hundes und die Stärke eines Bären. Es ist deine Bestimmung.“

Ren

Ich beugte meinen Kopf noch näher zu Aarons. Emotionen wirbelten in mir umher. „Ich weiß nicht“, sagte ich. „Ich fühle mich nicht so ausgeglichen.“

„Nein?“, flüsterte er und hob eine Augenbraue.

Ein bestimmtes Gefühl durchströmte mich stärker als alle anderen. Ich befeuchtete meine Lippen. „Nein. Tatsächlich kann ich im Moment an nichts andere denken, als dich zu küssen.“

Mein Gefährte gab ein zustimmendes Brummen von sich. „Ich hätte da eine Idee, wie ich dafür sorgen kann, dass du dich ausgeglichener fühlst.“

Er strich mit den Fingern über meine Wange und kam mir auf halbem Weg zu seinem Mund entgegen. Wenn das seine Demonstration war, dann war ich bereit für die Lektion.

Seine Zunge fuhr über meine, und ich ließ meine im Gegenzug über seine gleiten. Mein Körper sank schwerer auf seinen Schoß. Die Beule seines Schwanzes streifte meine Mitte durch unsere Kleidung hindurch, und plötzlich war *das* alles, woran ich denken konnte.

Ich küsste Aaron fester und fuhr mit den Fingern durch sein Haar. Er erwiderte den Kuss, während er meine Taille umfasste. Mit einem sanften Ruck optimierte er unsere Position.

Ein Wimmern entwich meiner Kehle. Ich konnte

nicht anders, als mich gegen ihn zu stemmen und die Reibung zu genießen. Aaron stöhnte. Er löste seine Lippen von meinem Mund und küsste eine Spur an meinem Hals entlang.

„Sieh nur, wie leicht sich das anfühlt", murmelte er.

„Du bist mein Gefährte", sagte ich atemlos. „Das ist unsere Bestimmung."

Er hielt inne und wich zurück, um mir in die Augen zu sehen. „Und sie sind dein Volk", sagte er. „Sie *alle*. Sie sind auch deine Bestimmung."

Ich hatte einen Kloß im Hals und lehnte meine Stirn gegen seine. „Ich habe dich so sehr vermisst", sagte ich. „Ich weiß, du warst nur eine Nacht weg, aber–".

„Ich weiß", sagte er, und seine Stimme wurde fester. „Als ich da draußen im Lager der Abtrünnigen festsaß, musste ich vor allem an dich denken und daran, dich vor ihnen zu schützen. Ich denke, es wird einfacher sein, wenn wir mehr Zeit miteinander verbracht haben–".

„Aber noch nicht", beendete ich seinen Satz. „Jetzt will ich alles."

Seine hellblauen Augen verdunkelten sich vor Verlangen. „Das kannst du haben."

Unsere Münder trafen in einem heißen, berauschenden Kuss aufeinander. Aarons Hände wanderten unter mein Oberteil und streichelten meine Brüste. Ich stöhnte an seinem Mund, als er meine Brustwarzen zwischen seinen Fingern zwirbelte, sodass sie sich zu steifen Spitzen verhärteten. Meine Hüften wölbten sich und streckten sich ihm entgegen.

Er zog mir mein Oberteil aus und warf meinen BH

zur Seite. Dann waren es seine Lippen und seine Zunge, die meine Brüste neckten, eine nach der anderen.

Bei jedem Knabbern und Lecken sprühten Funken der Lust in meinem Körper. Ich keuchte und drückte mich mit einer Verzweiflung, die mir mittlerweile nicht mehr peinlich war, in seine Umarmung. Er spürte dieses tiefe Bedürfnis genauso wie ich.

Der Druck zwischen meinen Beinen wuchs mit einem heißen Schmerz. Ich ließ meine Hand zwischen uns nach unten gleiten und strich über seinen Schwanz. Aarons Atem ging stockend an meiner Haut. Er neigte seine Hüften, um mir besseren Zugang zu gewähren.

Mit einem Ruck öffnete ich den Reißverschluss seiner Hose. Meine Finger glitten unter den Saum seiner Boxershorts und umfassten ihn.

„Zu viel Kleidung", murmelte ich.

Aaron gab ein raues Kichern von sich. „Das lässt sich ändern."

Ich erhob mich, damit er mir meine Jeans und meinen Slip ausziehen konnte, während ich ihn aus seiner Hose schälte. Seine Hand tauchte zwischen meine Beine, sein Daumen umkreiste meinen Kitzler. Keuchend ritt ich auf seinen Fingern. Das war allerdings nicht das, was ich eigentlich reiten wollte.

Wieder griff ich nach seinem Schwanz. Seine Gesichtszüge entspannten sich vor Genuss, als ich meine Finger um ihn legte, wodurch meine eigene Lust noch intensiver wurde. Ich ließ mich auf ihn hinabsinken und stöhnte, als er mich ausfüllte.

„Serenity", flüsterte Aaron, wie ein Gebet. Er stieß in mich und eine noch stärkere Welle der Lust durchdrang mich. Ich bewegte mich im Takt mit ihm, während die Ekstase rasch in die Höhe schnellte.

Wir passten uns den Bewegungen des anderen an und gaben gemeinsam das Tempo an. Ich wusste nicht, ob er in Bezug auf meine Rolle wirklich recht hatte, aber das hier? Diese Leidenschaft hätte für mich nicht natürlicher sein können.

Mein Adlerwandler zog mich an sich, um mich erneut zu küssen. Seine Hand kehrte zu meiner Brust zurück und streichelte sie mit jeder Bewegung seiner Hüfte. Ich ließ meine Hand über seinen Oberkörper gleiten, als ob ich so mehr von der Hitze zwischen uns ergreifen könnte. Das köstliche Brennen in mir breitete sich aus und überflutete alle meine Sinne.

Ich bewegte mich immer schneller und flog immer höher. Aaron drang noch tiefer in mich ein, und ich stürzte in die totale Glückseligkeit.

Zitternd ritt ich ihn weiter, während mein Orgasmus über mich hereinbrach, doch als sich mein Körper zusammenzog, überschritt auch er den Punkt ohne Wiederkehr. Er stieß einen Laut der Erlösung aus, als er sich in mir ergoss.

Ich schmiegte mich an ihn und genoss das Gefühl seiner heißen, schweißnassen Haut an meiner. Seinen salzigen, moschusartigen Geruch. Er legte seine Arme um mich, drückte mich an sich und küsste mich auf die Stirn.

„Wann immer du eine weitere Demonstration brauchst ...", sagte er.

Ich lachte und umarmte ihn fest. Ich war mir immer noch nicht sicher, ob ich für das, was uns erwartete, bereit war, doch wenigstens würden meine Gefährten mir beistehen.

13

Ren

Da ich bereits auf den Anwesen zwei meiner Alphas gewesen war, sollte ich eigentlich nicht nervös sein. Doch als der Privatjet am Rande des Anwesens der Katzenwandler südlich von Miami aufsetzte, zog sich mein Magen zu einem festen Knoten zusammen.

Es war nicht nur die neue Sippe, der ich gegenübertreten musste. Es war auch die Tatsache, dass unter den hochrangigen Familien ein Verräter lauerte. Und vielleicht gab es mehr als einen. Orion hatte nicht viel Zeit mit den Abtrünnigen verbracht. Es musste eine Menge geben, in das sie ihn nicht eingeweiht hatten.

Marco hatte vorab einige Sicherheitsleute seines Anwesens angewiesen, uns auf dem Flugplatz zu treffen. „Sie werden uns grünes Licht geben, nachdem sie die Umgebung gründlich überprüft haben", sagte er.

West lehnte sich in seinem Sitz zurück, seine Schultern

waren angespannt. „Und du bist dir sicher, dass wir ihnen trauen können?"

Marco musterte den Wolfswandler mit zusammengekniffenen Augen, lächelte jedoch. „Ich vertraue darauf, dass sie nicht *alle* Verräter sind und dass die, die es nicht sind, jeden schnappen werden, dem nicht zu trauen ist."

Als der Klingelton meines Handys ertönte, zuckte ich zusammen. Meine Gefährten warfen neugierige Blicke in meine Richtung. Niemand außer Kylie hatte diese Nummer. Ich zog mein Handy hervor und ging eilig ran.

„Kylie, was ist los? Stimmt etwas nicht?"

„Ganz und gar nicht!", ertönte ihre fröhliche Stimme am anderen Ende der Leitung. „Alles in bester Ordnung. Vor allem, weil ich gerade in Miami gelandet bin. Wie genau komme ich vom Flughafen zu deinem Gestaltwandler-Anwesen?"

Ich blinzelte, mein Kopf war plötzlich völlig leer. „Ähm, was?"

„Ich bin hergeflogen, um dich zu besuchen! Du sagtest doch, du würdest in der Nähe von Miami sein, und die Fluggesellschaft hatte gerade tolle Angebote. Der Flug war unglaublich günstig. Da konnte ich nicht widerstehen."

Ich öffnete und schloss meinen Mund mehrere Male, bis ich es schaffte, ein paar weitere Worte herauszubringen. „Okay. Okay, okay. Oh, mein Gott. Warte … ich rede mit den Jungs."

Die mich alle immer noch beobachteten. Marco sah amüsiert aus, Aaron neugierig, Nate besorgt, und West – nun, manchmal war es ziemlich schwer, Wests

Gesichtsausdruck zu deuten. Diesmal würde ich ihn als „grimmig" beschreiben.

Ich nahm an, dass Marco hier für die Logistik zuständig war. Ich legte meine Handfläche auf das Handy. „Kylie, ähm … Sie ist hergeflogen. Sie ist am Flughafen von Miami. Kann sie … zu uns kommen? Sie will uns besuchen."

„Ich weiß nicht, ob jetzt der beste Zeitpunkt dafür ist", meinte Aaron.

Oh. Aha. In meinem Schock hatte ich völlig vergessen, dass wir selbst auf dem Anwesen nicht unbedingt sicher waren. Und Kylie hatte keine Gestaltwandler-Superkräfte, falls die Situation brenzlig wurde. Ein Schauer lief mir über den Rücken. „Sie ist schon da. Ich weiß nicht, ob sie es sich überhaupt leisten kann, ihr Ticket umzubuchen und direkt wieder zurückzufliegen."

Marco winkte abweisend mit der Hand. „Mach dir deswegen keine Gedanken. Wir können die Kosten übernehmen."

Ich sprach wieder ins Telefon. „Eigentlich, Kylie … Wir befinden uns gerade in einer äußerst ungünstigen Lage. Wir haben herausgefunden, dass einer von Marcos Leuten den Abtrünnigen hilft, und es sieht so aus, als würden sie einen Angriff planen, während wir hier sind. Ich möchte nicht, dass du verletzt wirst, auch wenn ich dich wirklich gerne sehen würde."

Es gab eine Pause. „Du hast Angst, dass ich im Weg sein könnte", sagte Kylie. Wirklich niedergeschlagen zu klingen, lag außerhalb ihrer stimmlichen Möglichkeiten, doch ich konnte ihre Enttäuschung in der Abschwächung ihrer Begeisterung hören.

„Nein!“, sagte ich. „Aber falls es zu einer Auseinandersetzung kommt, kannst du dich nicht auf dieselbe Weise verteidigen.“

Kylie holte tief Luft. „Und wenn ich das in Kauf nehme?“, fragte sie. „Ich habe lange unter Leuten gelebt, die viel größer und zäher waren als ich. Ich werde euch nicht zur Last fallen, Ren. Vielleicht kann ich sogar helfen! Ich habe den ersten Hinweis von deiner Mutter gefunden.“ Sie hielt wieder inne. „Es sei denn, du willst mich nicht dabeihaben.“

Mir wurde schwer ums Herz. Natürlich wollte ich sie bei mir haben, mich persönlich mit ihr unterhalten anstatt über einen Handybildschirm. Sehr gerne sogar. Kylie hatte in den Jahren, die wir auf der Straße verbracht hatten, *tatsächlich* eine Menge in der Stadt durchgemacht. Womöglich hatte ich unterschätzt, wie stark und einfallsreich ein Nicht-Wandlerin sein konnte.

„Doch, natürlich“, sagte ich schnell. „Glaub mir, ich will dich dabeihaben. Du hast recht. Ich werde Marco bitten, jemanden zu schicken, der dich abholt. Sobald ich weiß, was der Plan ist, schicke ich dir alle Details.“

Als ich auflegte, zog Marco eine Augenbraue hoch. Ich sackte in meinem Sitz zusammen. „Sie hat ein sehr überzeugendes Argument vorgebracht. Und Kylie ist die zäheste Person, die ich kenne, auch wenn sie nicht so aussieht.“

„Die Entscheidung liegt bei dir, Prinzessin“, sagte Marco. „Ich kann jemanden schicken.“

Ich wartete darauf, dass einer der anderen Alphas – ich hatte auf West getippt – widersprach, doch niemand tat es. „Okay. Sag mir Bescheid, wo Kylie auf den Fahrer warten soll."

Marco nickte. Dann machte er mit seinem Arm eine ausladende Geste in Richtung unserer Gruppe. „Es kann losgehen. Mein Personal hat ein informelles Mittagessen zur Begrüßung vorbereitet. Ich würde euch ja sagen, dass ihr euch benehmen sollt, doch da meine Sippe das wahrscheinlich auch nicht tun wird, tut einfach, was ihr für richtig haltet."

Alice folgte mir, als wir zur Tür des Flugzeugs gingen. „Wenn du willst, behalte ich deine Freundin im Auge."

Meine Augen weiteten sich. „Wenn dir das Umstände bereitet–".

„Absolut nicht", sagte sie mit fester Stimme. „Freunde sind wichtig. Du brauchst, weiß Gott, so viele, wie du kriegen kannst. Außerdem sehe ich keinen Grund, warum es einen Unterschied machen sollte, wer oder was sie ist. Wenn sie dir wichtig ist, ist es mir ein Vergnügen, auf sie aufzupassen."

Gerührt lächelte ich sie an. Wie es schien, hatte ich in der kurzen Zeit bei meiner Gestaltwandler-Sippe mindestens eine weitere gute Freundin gefunden.

Marcos Anwesen lag weiter im Landesinneren als das von Aaron, und die salzige Brise verriet mir, dass es in der Nähe einen Brackwassersee gab. Ansonsten fühlte sich dieses Gelände völlig anders an als die anderen Anwesen, die ich besucht hatte. Die Vegetation war üppig und tropisch, und die Palmen schirmten uns mit ihren Wedeln ab. Die Sommerhitze war leicht feucht.

Schließlich erreichten wir ein riesiges Herrenhaus im Kolonialstil, ganz in Pfirsichfarben gehalten, mit

Ausnahme der kunstvollen weißen Verzierungen an den Fenstern und Türen. Aus dem Nordflügel ragte ein Gewächshaus heraus, das fast so groß war wie der Rest des Gebäudes und dessen Glas getönt war, damit man von außen nicht hineinschauen konnte.

Da ich schon einmal in einem der Gästehäuser des Katzenwandler-Alphas übernachtet hatte, wusste ich, was mich im Inneren der Villa erwartete: dicke Teppiche, viktorianische, antike Möbel und im Grunde überall Samt. Sobald ich durch die Tür ging, fühlte ich mich underdressed. Marco führte mich in den weitläufigen Ballsaal, wo sein „informelles Mittagessen" stattfinden sollte.

Ein paar Dutzend Katzenwandler – die auf dem Anwesen lebten, wie ich annahm – waren bereits dort versammelt und naschten Leckereien von den Platten, die auf den Tischen entlang der Wände standen. Die meisten von ihnen warfen einen Blick in unsere Richtung, doch niemand eilte herbei, um uns zu begrüßen.

Typische katzenhafte Unnahbarkeit, dachte ich und schaffte es gerade noch, mir ein Grinsen zu verkneifen. Ja, die Katzenverwandler entsprachen wirklich ihren tierischen Gegenstücken.

Doch einer der Gestaltwandler im Raum schmiedete möglicherweise gerade einen Plan, um uns alle zu stürzen. Ich musterte jeden von ihnen, als Marco mich weiter in den Raum führte.

„Alpha", sagte eine Frau aus der ersten Gruppe, der wir uns näherten. Sie senkte leicht den Kopf als Zeichen der Ehrerbietung. Ihr Geruch verriet mir, dass sie eine Löwin war. Sie sah mich mit ihren goldenen Augen an.

„Das ist also die Drachenwandlerin.“ Ihr Tonfall verriet keine klaren Gefühle, doch ich spürte, dass sie mich prüfend musterte. Instinktiv hob ich mein Kinn und wünschte mir, ich würde etwas Eleganteres als Jeans und T-Shirt tragen.

„Das ist die große Serenity höchstpersönlich“, sagte Marco, ohne jeden Anflug von Ironie. „Ich hoffe, meine Sippe wird sie willkommen heißen.“

„Natürlich“, erwiderte die Löwenwandlerin. Sie reichte mir eine elegante Hand, die ich schütteln sollte. „Coreen von den Bushnells.“

„Sehr erfreut!“, sagte ich und verkniff mir einen Kommentar über die Herzlichkeit ihrer Begrüßung – beziehungsweise deren Fehlen.

Die anderen Begrüßungen verliefen ziemlich ähnlich. Eine kryptische Bemerkung, ein kurzer Blick, eine leichte Respektsbekundung. Die Katzenwandler unterschieden sich definitiv von den anderen Gestaltwandlern, denen ich begegnet war. Zwar empfing ich von keinem von ihnen feindselige Schwingungen, doch es war wirklich schwer zu sagen, wer einfach nur unbeeindruckt und wer schlichtweg abweisend war.

„Sind die immer so?“, flüsterte ich Marco zu, als wir an einem der Tische stehengeblieben waren. „Oder beleidigen sie dich – oder mich – oder irgendjemanden?“

Er gluckste. „Prinzessin, das ist das Maximum an Begeisterung, das meine Sippe Anführern entgegenbringt. Eigentlich bin ich beeindruckt.“ Er drehte den Kopf und seufzte. „Nun, zumindest war ich das. Mach dich auf was gefasst.“

Auf was?, wollte ich fragen, doch das Problem, das er hatte kommen sehen, stand bereits neben uns.

„*Also* gut", schnurrte der Luchswandler, der rechts von mir aufgetaucht war. Ich konnte nicht erkennen, ob die silbernen Flecken in seinem gelbbraunen Haar Teil der Färbung seines Tieres waren oder sein Alter widerspiegelten, doch falls er älter als fünfunddreißig war, merkte man ihm die Jahre nicht an. Er schenkte mir ein verschmitztes Grinsen, als er mich musterte. „Ihr seid eindeutig die schönste Gestaltwandlerin, die ich je durch diese Tür kommen sehen habe. Nichts für ungut, mein Alpha."

Er zwinkerte Marco zu, der nachsichtig lächelte. „Schon gut, Silvan. Ich weiß genau, wie reizend ich bin, auch ohne, dass du mir Honig ums Maul schmierst."

„Vielleicht könnte ich diesen Schatz durch das Anwesen führen, während Ihr mit Euren Pflichten beschäftigt seid." Silvans Aufmerksamkeit richtete sich wieder auf mich. Seine Stimme triefte förmlich vor Charme. „Es gibt so *viel*, was ich Euch zeigen könnte."

Das bezweifelte ich nicht. Ich klappte meinen Mund zu und wusste nicht, ob ich lachen oder vor Empörung kotzen sollte. Hatte er mich gerade ernsthaft vor den Augen meines Gefährten angemacht?

Marco schien es egal zu sein – doch er hatte die Angewohnheit, so zu tun, als wäre ihm alles egal. Und vielleicht dachte dieser Kerl, dass er mit der Flirterei durchkommen würde, weil sein Alpha noch nicht *ganz* mein Gefährte war.

Jegliche gute Laune, die ich bei dieser Begegnung empfunden hatte, verflog. Ich sah den Luchswandler streng an. „Ich weiß das Angebot zu schätzen, aber Marco wird sich sicherlich darum kümmern." Gleichzeitig legte ich meine Hand um Marcos Ellbogen. Mein Jaguarwandler sagte nichts, doch ich spürte, wie ihn ein Anflug von Zufriedenheit durchströmte.

Silvan schien unbeeindruckt. „Nun, falls Ihr Eure Meinung ändern solltet, werdet Ihr mich sicher finden." Er schlenderte davon.

„Wow", sagte ich. „Das war … merkwürdig."

„Ich sollte dich wohl warnen, dass du wahrscheinlich noch mindestens drei ähnliche Angebote bekommen wirst, bevor der Tag zu Ende ist", sagte Marco. Er schenkte mir ein schiefes Lächeln.

Von der Tür am anderen Ende des Ballsaals drang Gemurmel herüber. Als ich mich umdrehte, fiel mein Blick auf einen Schopf neonpinker Haare. Mein Herz machte einen Sprung.

„Kylie!"

Ich flitzte durch den Raum und war plötzlich froh, dass ich nicht elegant gekleidet war, denn in Turnschuhen konnte ich deutlich schneller laufen als in High Heels. Meine beste Freundin quiekte, als sie mich sah. Wir fielen uns in die Arme, wobei ich darauf achtete, sie mit meiner neugewonnenen Drachenkraft nicht *zu* fest zu drücken. Nicht, dass Kylie ein Leichtgewicht gewesen wäre. Sie war klein, ja, aber trotzdem drahtig und zäh.

Als ich sie losließ, sah sie sich mit funkelnden Augen im Raum um. „Das ist unglaublich, Ren. Und ich dachte, Marcos Wohnung in New York wäre nobel. Das hier ist also die Hochburg der Katzenwandler?"

Ich grinste. „So ähnlich. Ich kann nicht glauben, dass du hier bist! Wie lange kannst du bleiben?"

„Ich sollte eigentlich am Dienstag wieder zur Arbeit gehen, aber ich kann mich krankmelden. Ich habe bisher noch keinen Tag gefehlt. Oh, mein Gott! Ich will zusehen, wie du dich verwandelst." Sie ergriff meine Hände, und wir hüpften aufgeregt im Kreis herum. „Wo sind denn deine Jungs?"

Ich sah auf und merkte, dass wir im Mittelpunkt der Aufmerksamkeit standen. Die Gestaltwandler im ganzen Raum starrten mich und meine beste Freundin an – nun ja, hauptsächlich meine beste Freundin. Die Nasenlöcher einer Frau blähten sich auf.

„Warum wurde eine *Menschenfrau* in unser Anwesen gelassen?", fragte sie.

Ich trat automatisch näher an Kylie heran, und meine Nackenhaare sträubten sich. Marco schritt mit einer Autorität auf mich zu, wie ich sie selten erlebt hatte. Doch es war auch das erste Mal, dass ich ihn inmitten so vieler seiner Leute sah.

„Die Menschenfrau ist die Verbündete deiner Drachenwandlerin", sagte er, wobei er seine Stimme so laut erhob, dass sie im ganzen Raum zu hören war. „Und du wirst sie mit demselben Respekt behandeln, den du einer Drachin entgegenbringen würdest. Irgendwelche Anmerkungen?" Er schenkte ihr ein scharfes Lächeln.

Einige Köpfe wandten sich ab. Andere senkten ihre Blicke. Die Frau, die sich beschwert hatte, murmelte etwas, und Marco sagte mit leiser, deutlicher Stimme: „Was war das, Livia?"

Sie presste die Lippen aufeinander, ihr Gesicht erblasste leicht. „Nichts, Sir."

Marco sah nicht überzeugt aus, ließ es jedoch auf sich beruhen. „Ein Überraschungsbesuch, aber ein willkommener", sagte er zu Kylie, als er sich zu uns gesellte.

Kylies Gesicht war etwas verkniffen. „Es ist doch kein Problem, dass ich hier bin, oder? Im anderen Gestaltwandlerdorf schienen alle so entspannt zu sein, dass ich nicht dachte, dass jemand etwas dagegen hätte."

„Die beruhigen sich schon wieder. Wir Katzenwandler sind sehr anpassungsfähig." Das Lächeln, das er ihr schenkte, war deutlich wärmer als das, das er der Menge geschenkt hatte.

„Komm schon", sagte ich und fasste Kylie am Arm. „Du bist bestimmt hungrig. Hier gibt es einfach *alles*." Ich bemühte mich um einen heiteren Tonfall, obwohl mein Herz pochte. Alice sah mich von der anderen Seite des Raumes an, und ich nickte. Ich wollte auf jeden Fall, dass sie meiner besten Freundin bei diesem Haufen den Rücken freihielt.

Wir hatten erst einen Teil des Weges zu den Tischen zurückgelegt, als eine neue Stimme durch den Raum dröhnte. „Alpha! Wenn du diesen Titel überhaupt verdienst."

Erschrocken wirbelte ich herum. Ein massiger Tigerwandler pirschte sich mit hoch erhobenem Kopf und mit bedrohlich funkelnden Augen an Marco heran. Der Kerl musste mindestens einen Kopf größer sein und fünfzig Pfund schwerer als mein Jaguarwandler.

Meine Haut kribbelte, als sich mein Körper instinktiv

darauf vorbereitete, sich zu verwandeln. Doch ich hielt mich zurück. Marco wäre nicht geholfen, wenn seine Gefährtin seine Kämpfe für ihn austrug.

„Julius", entgegnete Marco unwirsch. „Was quasselst du da?"

Der Tigerwandler kam einige Schritte von seinem Alpha entfernt zum Stehen und sah ihn finster an. „Du bist nicht stark genug, um uns anzuführen. Ein echter Alpha hätte seine Bindung mit der Drachenwandlerin bereits vollzogen und nicht zugelassen, dass die Anführer der anderen Sippe es tun, während wir weiter warten müssen. Ich könnte dich mit einem einzigen Hieb vernichten."

Meine Haut erkaltete. Die anderen Gestaltwandler waren still geworden, noch stiller als bei Kylies Ankunft. Marco verschränkte die Arme vor der Brust und legte den Kopf schief. „Ist das eine offizielle Herausforderung oder nur Geschwätz?"

„Betrachte es als Herausforderung", knurrte Julius. „Heute Abend, es sei denn, du willst dich aus der Sache herauswinden."

„Ich muss mich aus nichts herauswinden", sagte Marco leichthin. „Ich bin froh, wenn wir das heute Abend klären können. Möge der Beste gewinnen."

14

Kylie hakte sich bei mir ein, als uns ein Bediensteter den Flur entlang zu unseren Zimmern führte. Sie raunte mir zu: „Also … diese Sache mit der Herausforderung. Was genau bedeutet das für Marco?"

Ich schluckte schwer. Mein Puls hatte nicht mehr aufgehört zu rasen, seit der Tigerwandler aus dem Ballsaal stolziert war. Ich wünschte, ich hätte selbst eine bessere Vorstellung davon, was die Herausforderung zu bedeuten hatte.

„Ich weiß nicht genau", sagte ich. „Der andere Kerl will die Alpha-Position. Ich schätze, sie werden kämpfen. Heute Abend." Also in ein paar Stunden. Marco hatte keine Zeit, sich vorzubereiten.

War es *das*, was sein Dasein als Alpha die ganze Zeit für ihn bedeutet hatte? Spontane Herausforderungen? Nicht einmal eine Stunde auf seinem Anwesen verbringen zu können, ohne von irgendeinem Arschloch konfrontiert zu werden? Plötzlich fiel es mir nicht mehr schwer, zu glauben, dass er die Bemerkung, die er über die Verpflichtung, die mit der Position einherging, gemacht hatte, ernst gemeint hatte.

Doch, wenn er seine Position als Alpha aufgab, konnte er nicht mehr mein Gefährte sein. Dann würde meine Bindung auf denjenigen übergehen, der seinen Platz einnehmen würde.

Das Gleiche würde passieren, wenn er diese Herausforderung verlieren würde.

„Er wird doch klarkommen, oder?", fragte Kylie. „Ich meine, er hat sich so lange an der Spitze gehalten."

„Ja", antwortete ich. Ich wünschte, ich wäre wirklich von Marcos Sieg überzeugt. Tatsächlich sah ich in Gedanken jedoch immer wieder den Tigerwandler über ihm stehen, größer und breiter. Größe ist nicht alles, doch in einem Kampf war sie verdammt wichtig.

„Oje. Ich hatte keine Ahnung, dass die Situation so angespannt sein würde. Es tut mir leid, falls ich die Sache noch schlimmer gemacht habe."

„Hey." Ich drehte Kylie zu mir, als der Wachmann eine Tür für sie öffnete. „Ich bin froh, dass du hier bist. Wenn Marcos Sippe Ärger macht, ist das ihre Schuld, nicht deine. Danke, dass du gekommen bist. Wenn ich dich bei mir habe, ist das alles ein wenig leichter zu ertragen."

Meine beste Freundin strahlte mich an und umarmte mich erneut. „Deshalb bin ich hier."

Ich erwiderte ihre Umarmung, bevor ich mich von ihr löste. „Ich will trotzdem sichergehen, dass du in Sicherheit bist. Kannst du dich für eine Weile in dein Gästezimmer zurückziehen? Ich glaube, ich sollte mit Marco reden."

Kylie winkte ab. „Natürlich. Geh und kümmere dich um deinen Gefährten. Soweit ich sehe, habe ich hier drin genug Luxus, um mich zu beschäftigen. Falls du einen gutaussehenden, ungebundenen Gestaltwandler triffst, kannst du ihn trotzdem gerne zu mir schicken!"

Ich konnte mir ein Lachen nicht verkneifen, obwohl ich immer noch ein flaues Gefühl im Magen hatte. „Das werde ich."

Marcos Gemächer befanden sich am Ende des Flurs, direkt neben meinen. Ich klopfte. „Marco?"

„Herein", rief er. Als ich eintrat, stand er an der Chaiselongue im Wohnzimmer. Er warf mir einen amüsierten Blick zu. „Du brauchst nicht anzuklopfen, Prinzessin. Diese Gemächer gehören dir ebenso wie mir."

„Ich werde es mir merken. Geht es dir gut?"

Marco zuckte unbekümmert die Achseln, doch ich kannte ihn mittlerweile gut genug, um das wütende Funkeln in seinen indigoblauen Augen zu erkennen. „Herausforderungen kommen vor. Das war schon immer so und das wird auch immer so sein. Ich hatte nicht vor, meinen ersten Abend hier mit dir so zu verbringen, aber dann müssen wir den morgigen Abend einfach umso schöner gestalten, um das wieder gutzumachen."

Sein Grinsen wirkte ein wenig angespannt. Ich ging auf ihn zu. „Es klang so, als wäre dieser Julius schon vorher eine Nervensäge gewesen."

Marco nickte. „Er hört sich selbst gerne reden, vor allem, wenn er sich darüber beschwert, was die anderen so machen. Anscheinend hat er beschlossen, mit dem Reden aufzuhören."

„Glaubst du, er ist derjenige, der sich mit den Abtrünnigen verbündet hat?", fragte ich.

„Schon möglich. Wenn er die Herausforderung gewinnen würde, wäre das ein ziemlich direkter Weg, den Status quo zu stören. Allerdings wird er nicht gewinnen, also ist es ein relativ schlechter Plan, falls es denn einer ist."

Julius hatte eine aggressive Verachtung ausgestrahlt, doch ich hatte nicht erkennen können, ob es sich dabei um eine persönliche Meinung handelte oder ob er eine größere Absicht verfolgte. Eigentlich spielte das keine Rolle. Es änderte nichts an dem Grund, weswegen ich hierhergekommen war.

Ich berührte Marcos Gesicht und fuhr mit den Fingern die Linie seines kantigen Kiefers nach. „Ich denke, wir könnten uns auch vor morgen Abend schon etwas amüsieren."

Eine andere Art von Funkeln trat in Marcos Augen. Er neigte seinen Kopf dicht an meinen heran. „Was genau schwebt dir denn vor, meine Flammenprinzessin?"

Anstatt zu antworten, küsste ich ihn. Er gab ein leises, kehliges Brummen von sich und erwiderte meinen Kuss, wobei er in mein Haar griff. Als seine Finger über meine Kopfhaut strichen, kribbelte mein ganzer Körper erwartungsvoll.

Er neigte meinen Kopf leicht, um den Kuss zu vertiefen. Hungrig presste ich meinen Mund auf seinen. Die Verbindung in mir pulsierte vor Erregung und trieb mich an.

Ohne den Kuss zu unterbrechen, schritt ich rückwärts durch die Tür ins Schlafzimmer. Marco folgte mir. Seine

Zunge glitt in meinen Mund und kämpfte einen heißen, berauschenden Moment lang mit meiner. Dann musste ich ihn loslassen, um auf das Bett zu hüpfen.

Marco folgte mir, in seinem Blick lag nichts als Sehnsucht. Er beugte sich über mich und küsste mich erneut. Seine Finger strichen über meine Brüste, mit gerade so viel Druck, dass meine Brustwarzen sich durch den Stoff meines Oberteils drückten – allerdings nicht halb so fest, wie ich es mir wünschte. Ich krümmte mich unter seiner Berührung, und er gluckste atemlos.

„Alles zu seiner Zeit", murmelte er, bevor er mich erneut küsste.

Nein. Je mehr Zeit wir uns nahmen, desto mehr Gelegenheit hatte er, meine Beweggründe zu hinterfragen.

Ich griff nach seinem Hemd und zog es hoch. Marco verweilte ein paar Sekunden lang über mir, während ich seine schlanke Brust betrachtete. Ich ließ meine Hände über seine Muskeln gleiten, und seine Augenlider senkten sich.

„Prinzessin", knurrte er hungrig.

Ich zog mein T-Shirt aus. Marco beugte sich vor und küsste sich seitlich an meinem Hals entlang und über mein Schlüsselbein. Ich wimmerte, als er meinen BH erreichte. Zu meiner Erleichterung machte er kurzen Prozess mit diesem Hindernis. Geschickt öffnete er den Verschluss und warf ihn zur Seite. Dann fuhr er mit seiner Zunge über eine Brustwarze.

Der Rausch der Lust, der sich in meiner Brust ausbreitete, ließ mich aufkeuchen. Ja, das war genau das, was wir beide brauchten. Ich schlang einen Arm um Marcos Schultern. Der andere wanderte an meinem

Körper hinunter und öffnete meine Jeans. Dann führte ich Marcos Hand in die gleiche Richtung.

Er stöhnte, als seine Finger meinen feuchten Slip ertasteten. Ich zitterte vor Sehnsucht und der Schmerz zwischen meinen Beinen wurde stärker, als er mich dort streichelte.

„So entschlossen", sagte Marco mit tiefer, amüsierter Stimme. Dann hielt er inne und seine Hand erstarrte. Seine Augen suchten die meinen. Sein Blick war plötzlich ernst. „Prinzessin, was machst du da?"

Mist. „Dich verführen?", erwiderte ich mit aller Schüchternheit, die ich aufbringen konnte, und klimperte mit den Wimpern. „Hast du was dagegen?"

Er zog seine Hand weg und ich hätte fast aufgestöhnt. Er legte sie auf der anderen Seite meines Körpers ab und richtete sich auf, sodass er auf mich herabblickte.

„Warum jetzt?"

„Ist das wichtig? Ich will dich, du willst mich …" Ich fuhr mit meinen Fingern über seine nackte Brust bis zum Bund seiner Jeans.

Marco schloss für einen Moment die Augen, als müsste er sich bemühen, seine Fassung zu bewahren. Als er mich wieder ansah, war sein Blick streng. „Ren. Bitte. Warum *jetzt*?"

Ich konnte meinen Gefährten nicht anlügen, nicht wenn er mich so fragte. Ich schluckte schwer. „Ich will dich wirklich. Aber ich … Julius hat dich angegriffen, weil unsere Verbindung noch nicht vollzogen ist. Ich dachte, wenn die Sache zwischen uns offiziell wäre, würde er vielleicht Ruhe geben."

„Ach, Prinzessin." Marco senkte den Kopf, bis seine

Nase fast die meine streifte. „Glaubst du wirklich, ich würde gegen diesen erbärmlichen Tiger verlieren?"

„Nein", sagte ich, größtenteils ehrlich. Die Bilder, die mich verfolgten, seit Julius zum ersten Mal seine Herausforderung ausgesprochen hatte, tauchten wieder in meinem Kopf auf. All die Möglichkeiten, wie ich Marco nach dem Kampf verletzt und blutend vorfinden könnte. „Ich will nicht mitansehen, wie er dich verletzt, während du gewinnst. Wenn ich dich davor bewahren kann …"

Marco holte tief Luft. „Es ist noch nicht lange her, da dachte ich, du würdest es genießen, wenn ich eine Tracht Prügel abbekäme."

Mein Rücken versteifte sich. Der Gedanke daran, dass ich ihm diese Art von Schmerz wünschen würde, zerrte so sehr an mir, dass mir Tränen in die Augen stiegen. „Nein", stieß ich hervor. „Ich war wütend auf dich, aber ich würde niemals wollen, dass–".

Marcos Augen hatten sich geweitet. Er strich mit seinem Daumen über meine Lippen und beendete damit mein Ringen um Worte. „Es tut mir leid", sagte er. „Es war nur ein Scherz. Ein schlechter Scherz. Mir … war nicht klar, dass dir mein Wohlbefinden so viel bedeutet."

„Natürlich tut es das, du Idiot", murmelte ich. „Du bist mein Gefährte. Und du bist offensichtlich aufgewühlt wegen dieser Herausforderung. Ich dachte nur, das ist das Einzige, was ich tun kann, um dir zu helfen …"

„Serenity." Marco legte sich neben mich und zog mich an sich. Er küsste mich auf die Stirn, seine Stimme klang etwas zittrig. „Du hast keine Ahnung, wie sehr du mir schon geholfen hast, mit allem, was du bisher getan hast. Die Herausforderung beunruhigt mich nicht deswegen, weil ich Angst vor Julius habe. Konfrontationen wie diese wecken Erinnerungen, die ich lieber vergessen würde."

Ich schmiegte meinen Kopf an seine Schulter. „Zum Beispiel?"

Er zögerte. Als er wieder sprach, war seine Stimme noch leiser. „Du hast mich doch mal gefragt, woher ich diese Narbe habe." Er berührte die blasse Linie, die seine Augenbraue halbierte. „Und ich habe dir gesagt, dass sie von einer Herausforderung stammt. Ich hatte den Gestaltwandler, der mich damals herausgefordert hat, bis zu diesem Zeitpunkt für meinen Freund gehalten. Einen meiner engsten Freunde. Wir sind zusammen aufgewachsen, haben miteinander gespielt und trainiert, noch bevor ich zum nächsten Alpha ernannt wurde. Ich hätte bis auf den Tod für ihn gekämpft."

Meine Kehle war wie zugeschnürt. Oh, Gott. „Stattdessen musstest du bis zum Tod *gegen* ihn kämpfen."

„Nicht bis zum Tod. Nicht an jenem Tag. Aber ich musste gegen ihn kämpfen, ja. Ich musste mir anhören, dass er nicht glaubte, dass ich es verdiente, Alpha zu sein, dass ich nicht einmal meinen Platz in der Sippe verdiente. Und dann musste ich ihn in die Unterwerfung prügeln." Marco atmete zischend ein und hielt inne. „Es hieß er oder ich, und am Ende habe ich mich für mich entschieden."

„Du hast getan, was du tun musstest."

„Ja. Nach der Herausforderung wird der Verlierer allerdings verbannt. Ein Alpha kann nicht zulassen, dass jemand, der versucht hat, seine Autorität zu untergraben, einfach weiterhin in der Sippe bleibt. Und Devon wusste nicht, was er mit sich anfangen sollte, als er erst einmal auf sich allein gestellt war."

„Was ist passiert?", fragte ich. Aufgrund der Schwere in Marcos Stimme vermutete ich, dass es nichts Gutes war.

„Er hat sich mit einer Gruppe von Vampiren angelegt. Sie waren nicht sonderlich erfreut über das, was er gesagt und getan hat." Marco schluckte hörbar. „Als wir seine Leiche fanden, war es offensichtlich, dass sie ihn eine Weile gefoltert hatten, bevor sie ihn schließlich erledigt haben. Also nein, ich habe ihn nicht umgebracht. Aber ich habe ihn in den Tod geschickt. Und zwar die schlimmste Art von Tod, die man sich vorstellen kann."

Ich legte meinen Arm um meinen Gefährten und drückte ihn. „Du hattest keine Wahl. Du konntest nicht wissen, was mit ihm passieren würde. Du hast ihn schließlich nicht gezwungen, sich mit diesen Vampiren anzulegen."

„Das sage ich mir auch immer", sagte Marco. „Aber ich fühle mich trotzdem jedes Mal wie vor den Kopf gestoßen, wenn ich herausgefordert werde."

Ich atmete den Geruch seiner Haut ein, er roch nach würzigem Kaffee. Hörte seinen stockenden Atem. Spürte die Anspannung seiner Muskeln. Er hatte mir diese Geschichte nicht erzählen wollen. Er hatte es wochenlang vermieden. Doch schließlich hatte er es getan, damit ich ihn besser verstehen konnte.

„Deshalb warst du so erpicht darauf, die Verbindung zu vollziehen", bemerkte ich. „Deshalb war es dir so wichtig, deine Position mit allen Mitteln zu sichern."

„Ich hätte diese Dinge niemals sagen sollen", sagte Marco schnell. „Ich *wollte* nicht so über dich denken. Aber der Gedanke war da. Ich habe ihn an mich herangelassen. Du weißt, wie leid mir das tut."

„Aber jetzt–", begann ich und rieb mich an ihm.

Marco stöhnte auf, hielt meinen Oberschenkel jedoch fest. „Ren, sag mir die Wahrheit. Würdest du das jetzt tun, wenn Julius mich *nicht* herausgefordert hätte?"

Ich wollte Ja sagen, doch das Wort blieb mir in der Kehle stecken. Ich hatte keine Ahnung, was ich tun würde, wenn das Mittagessen anders verlaufen wäre … allerdings konnte ich eine Vermutung anstellen.

„Das habe ich mir gedacht", sagte Marco, als ich zögerte.

„Marco …"

Er umfasste mein Gesicht und schaute mir in die Augen. „Prinzessin, es ist in Ordnung. Wenn wir es das erste Mal tun, dann nur, weil du es willst und nicht, weil die Umstände dich dazu zwingen. Ich kann Julius problemlos besiegen, ohne ins Schwitzen zu geraten, und ich kann warten. Das ist das Mindeste, was ich tun kann."

Ich schluckte noch mal, diesmal jedoch aus einem völlig anderen Grund. Die Tatsache, dass er Nein sagte, hatte meine letzten Zweifel beseitigt. Ich könnte mich ihm jetzt bereitwillig hingeben, drohende Herausforderung hin oder her.

Doch diese Chance hatte ich für den Moment verspielt. Ich begnügte mich damit, ihn zu küssen, sanft und zärtlich, während seine Hand über mein Gesicht strich.

Mein Körper kribbelte noch immer vor Sehnsucht. Vielleicht konnte Marco das auch spüren. Mit einem verschmitzten Lächeln zog er sich ein paar Zentimeter zurück. „Ich würde mich jedoch freuen, dich auf eine andere Art und Weise zu genießen."

Bevor ich fragen konnte, was er damit meinte, war er schon dabei, meinen Körper hinunterzuwandern. Er zog mir mein Höschen aus, während er mit seinen Lippen über meine Brüste und meinen Bauch strich. Ich keuchte auf, als sich sein Mund über dem empfindlichen Knoten in meiner Mitte schloss. Jeder Teil meines Gehirns, der voller Sorgen gewesen war, wurde kurzgeschlossen, und für einen Moment empfand ich nichts als reine Glückseligkeit.

15

Ich hatte mich unter Katzenwandlern noch nie besonders wohlgefühlt. Mit Marco konnte ich umgehen, weil er sich wenigstens für etwas einsetzte. Beim Rest seiner Sippe wusste man nie, was hinter diesen verschlagenen Augen vor sich ging.

Zumindest wirkten die meisten von ihnen verschlagen. Der Tigerwandler, der Marco vor ein paar Stunden herausgefordert hatte, schien ein ziemliches Arschloch zu sein. Jedenfalls war ich zu diesem Schluss gekommen, nachdem ich ihn eine Weile beobachtet hatte. Im Moment spielte er mit ein paar anderen aus seiner Sippe im großen Unterhaltungsraum des Anwesens Billard und stieß jedes Mal, wenn er eine Kugel versenkte, einen triumphierenden Schrei aus. Das Geräusch ließ mich innerlich zusammenzucken, selbst auf der anderen Seite des Raumes. Ich verlagerte meine Position an der Wand in der Nähe der Tür.

Ich hatte mein Handy in der Hand und tat so, als ob ich voll und ganz darauf konzentriert wäre. Tatsächlich hatte ich gerade Rücksprache mit ein paar meiner Lieutenants gehalten, während Julius der Tiger prahlte und protzte. Jetzt spielte ich eine halbherzige Partie Candy Crush und verfolgte die Gespräche um mich herum mit gespitzten Ohren.

Ich hatte gerade ein Level gemeistert, als Ren an mir vorbei in den Raum schritt. Ein Hauch ihres Duftes stieg mir in die Nase: die übliche Süße, vermischt mit einem moschusartigen Geruch, der mich innerhalb von zwei Sekunden halb steif werden ließ. Ich richtete mich auf und widerstand dem Drang, mir über die Lippen zu lecken. Auch den Anflug von Eifersucht, der in meiner Brust aufstieg, versuchte ich zu ignorieren. Sie war gerade mit mindestens einem der anderen Alphas zusammen gewesen – so viel wusste ich. Und dieser Alpha hatte es ihr besorgt.

Als mir ein Hauch ihrer Erregung in die Nase stieg, war ich in Gedanken sofort wieder bei neulich Nacht in ihrem Bett. Mein Mund auf ihrer Haut, ihre Hand um meinen Schwanz–.

Ja, jetzt daran zu denken, würde mich nicht weiterbringen. Ich holte tief Luft, um meinen pochenden Puls zu beruhigen.

Unsere Drachenwandlerin war nicht meinetwegen hier. Sie marschierte quer durch den Raum und kam am Billardtisch zum Stehen, den Blick auf Julius gerichtet. Verdammt. Was zum Teufel hatte sie jetzt vor?

Ich steckte mein Handy in die Tasche und schlenderte hinüber, wobei ich versuchte, lässig auszusehen, was nicht einfach war, da mein Wolfsgeruch alle Katzenwandler in meiner Nähe aufblicken ließ. Julius drehte sich um und entdeckte Ren. Er setzte seinen Billardstock auf dem Boden ab und grinste.

„Drachenwandlerin. Seid Ihr hier, um noch ein wenig mit Eurem Gefährten zu trainieren?"

Ren hob ihr Kinn, ihre Augen blitzten. Sie sah verdammt gut aus, doch es bedeutete auch, dass sie dabei war, etwas Unüberlegtes zu tun. Sie war so verdammt entschlossen, jedes Unrecht wiedergutzumachen, und war sich dabei nicht bewusst, in welcher Gefahr sie sich befand. Mein Herz zog sich schmerzhaft zusammen, doch dieser Gerechtigkeitssinn würde niemandem etwas nützen, wenn sie dabei in Stücke gerissen wurde. Ich spannte mich an, bereit, mich zu verwandeln.

„Nein", sagte Ren, deutlich und laut genug, dass es alle im Raum hören konnten. „Ich bin gekommen, um dir anzubieten, dass du aussteigen kannst. Marco wird heute Abend gewinnen. Und selbst wenn er es nicht täte, würde ich dich niemals als Gefährten akzeptieren. Ich dachte, es wäre nur fair, das im Voraus zu erwähnen."

Die Miene des Tigerwandlers verfinsterte sich. Seine Lippen verzogen sich zu einem spöttischen Grinsen. „So tief ist unser Alpha also gesunken? Er schickt Euch, damit Ihr ihn beschützt, während er sich in seinen Gemächern verkriecht?"

Ren verdrehte die Augen. „Nein. *Er* möchte dich gerne auf die übliche Weise in die Schranken weisen. Ich hingegen möchte nicht, dass jemand aus der Sippe verbannt wird, wenn es sich vermeiden lässt. Betrachte es als Höflichkeit. Es hat keinen Sinn, eine aussichtslose Mission zu verfolgen."

Julius klopfte mit dem Ende seines Billardqueues auf den Boden. Seine Augen hatten sich zu Schlitzen verengt. „Ich glaube nicht, dass sie aussichtslos ist. Und ich denke, sobald die Bindung auf mich übergeht, wird es Euch deutlich schwerer fallen, nein zu sagen."

Ren musterte ihn mit offensichtlicher Verachtung von oben bis unten. Oh Gott, sie war wirklich darauf aus, ausgeweidet zu werden, oder?

„Glaub mir", sagte sie schnippisch. „Ich werde ganz sicher nicht in Versuchung kommen."

Julius fletschte die Zähne. „Wir werden sehen, ob Ihr nach heute Abend Eure Meinung ändert. Oder vielleicht müsst Ihr lernen, wo Euer Platz ist."

„Ich weiß, wo mein Platz ist", sagte Ren. „Nämlich zufällig sehr weit über deinem. Aber wenn du dich so verhältst, werde ich es genießen, zuzusehen, wie du heute Abend fertiggemacht wirst."

Sie machte auf dem Absatz kehrt und ging zurück zur Tür. Julius' Arm zuckte, als wolle er sich auf sie stürzen, und ich machte mich bereit, zwischen sie zu springen. Doch er hielt sich mit einem scharfen Atemzug zurück. Seine Augen folgten Ren mit einem raubtierhaften Funkeln zur Tür.

Ich wartete gerade lange genug, um mich zu vergewissern, dass er an Ort und Stelle blieb, bevor ich meiner Gefährtin folgte.

～

Ren

. . .

Mein Herz raste, als ich aus dem Spielzimmer kam, doch sobald ich die Schwelle zum Flur überschritt, verzogen sich meine Lippen zu einem Lächeln. Julius' *Blick*, als ich ihm gesagt hatte, was Sache war – daran würde ich mich noch lange erinnern.

Allerdings konnte ich meinen Sieg nicht lange genießen. Nach gerade einmal zwei Schritten legte sich eine Hand um meinen Unterarm. Der Geruch von Kiefernholz lag in der Luft. Ich wusste, dass es West war, noch bevor er mich herumwirbelte und ich ihm in die Augen sah.

„Was zum Teufel sollte das?", schnauzte er und funkelte mich wütend an. „Der Tigerwandler hätte dir fast den Kopf abgebissen."

Ich lachte. „Das hätte ich gerne gesehen. Ich hätte das Kätzchen gebraten, noch bevor er in der Lage gewesen wäre, seine Zähne wachsen zu lassen."

„Du bist immer noch dabei zu lernen, deine Verwandlungsfähigkeiten zu kontrollieren. Und du kennst diese Sippe überhaupt nicht. Du solltest keine derartigen Risiken eingehen."

„Wieso nicht? Scheint, als hätte ich es gerade getan, und die Welt ist nicht untergegangen."

West stieß einen erstickten Laut aus. Plötzlich lag seine Hand seitlich an meinem Hals und sein Daumen fuhr über meinen Kiefer, während er mich an sich zog. Er senkte seinen Kopf und sein Körper war nur Zentimeter entfernt, so nah, dass es fast eine Umarmung war. Jeder Nerv in *meinem* Körper erwachte zum Leben. Ich atmete seinen Kiefernwaldduft ein und widerstand dem Drang, mein Gesicht ein wenig zu drehen, um ihn zu küssen. Er sollte den ersten Schritt machen, wenn er wusste, was er wollte.

Sein Atem strömte heiß und rau über meine Wange. Dann lockerte sich sein Griff um meinen Arm. Einen Moment lang dachte ich, er würde mich an der Taille packen und mich an sich ziehen. Und was auch immer danach geschehen würde, ich war mir ziemlich sicher, dass ich mit an Bord sein würde.

Stattdessen spannten sich seine Schultern an. „Hör zu. Mach *nie wieder* so etwas Dummes.“

Die Anziehungskraft verflog. Ich biss die Zähne zusammen und stieß West mit meiner freien Hand zurück. „Ich war nicht *dumm*“, sagte ich mit leiser Stimme. „Aber es ist schön, zu wissen, dass du mich immer noch für einen Idioten hältst. Ich habe Julius absichtlich provoziert. Ich wollte ein besseres Gefühl für seine Einstellung und die der anderen Gestaltwandler im Raum bekommen, um herauszufinden, wer mit den Abtrünnigen verbündet sein könnte.“

West blickte ausdruckslos drein. „Was?“

„Ich kann Menschen besser einschätzen, wenn ihre Gefühle an die Oberfläche kommen“, sagte ich. „Also wollte ich ihn aufbringen. Er hat nicht einmal annähernd versucht, mich wirklich zu verletzen, das hätte ich gespürt.“

„Oh.“ West entspannte sich merklich. Seine Finger krümmten sich um meinen Arm. Er blickte auf sie hinunter. Wir standen immer noch so dicht beieinander, dass ich die Wärme spüren konnte, die von seinem Körper ausging. „Bist du dir sicher, dass deine Sinne bei Gestaltwandlern genauso gut funktionieren wie bei Menschen, Flamme? Denn du hattest nicht wirklich viel Gelegenheit zum Üben."

„Dich kann ich sehr gut lesen", raunte ich. „Und im Moment solltest du dich viel mehr schämen, als du es tatsächlich tust, nur zu deiner Information. Auch wenn ich verstehe, dass du nicht wolltest, dass ich verletzt werde."

West schnitt eine Grimasse. Dann blickte er wieder auf. In seinen Augen lag der Hauch einer Entschuldigung, doch er machte sich nicht die Mühe, sie auszusprechen. „Hast du bei deiner Provokation etwas Nützliches herausgefunden?"

„Das hängt davon ab, wie du nützlich definierst. Julius wird noch durch etwas anderes als nur die Alpha-Position motiviert. Ich hatte nicht den Eindruck, dass er auch nur eine Sekunde in Erwägung gezogen hat, einen Rückzieher zu machen. Ob er gewinnt oder nicht, ob ich ihn als Gefährten akzeptiere oder nicht. Bei der Herausforderung geht es um mehr als das. Um so viel mehr, dass alles andere unwichtig ist."

„Um mehr im Sinne von, er erwartet, dass ihm der Sieg bei seinen Plänen mit den Abtrünnigen zugutekommt?"

„Das wäre meine Vermutung." Ich runzelte die Stirn und dachte an die Schwingungen, die ich in dem Raum um mich herum gespürt hatte. „Ich glaube nicht, dass jemand anderes, der in dem Raum war, darin verwickelt ist. Die anderen Katzenwandler waren zwar neugierig, was vor sich ging, doch keiner von ihnen machte den

Eindruck, als würde er sich bedroht fühlen. Oder wütend. Sie fanden es einfach unterhaltsam. Jemand, der in ein Komplott verwickelt wäre, hätte sich wohl mehr Gedanken gemacht."

West nickte. „Diese Argumentation erscheint mir logisch." Er hob eine Augenbraue. „Vielleicht hat deine Provokation ja doch etwas gebracht."

„Vielleicht solltest du mich das nächste Mal fragen, was ich tue, bevor du mir unterstellst, dass ich dumm bin."

„Vielleicht solltest du dann aufhören, dir Pläne auszudenken, die dumm *wirken*."

Ich biss mir auf die Lippe, schluckte meine Frustration hinunter, und Wests Blick fiel auf meinen Mund. Die Hitze zwischen uns entflammte augenblicklich. Allmächtiger Gott, warum musste er sich wie ein Idiot aufführen, wenn ich wusste, dass sich hinter dieser Fassade so viel Mitgefühl – ganz zu schweigen von intensiver Leidenschaft – verbarg?

Jeder Muskel in meinem Körper drängte mich dazu, ihn zu packen und ihm eine Ohrfeige zu verpassen. Um das Verlangen hervorzulocken, von dem ich wusste, dass es tief in ihm loderte.

Doch das hatten wir schon hinter uns, und diese heftige körperliche Begegnung hatte die Sache nicht besser gemacht. Eigentlich hatte mich der Moment, den wir im Garten des Anwesens der Vogelwandler geteilt hatten, nur noch nervöser gemacht, da ich nun wusste, wie gut es mit ihm sein konnte.

Dieses Spiel, sich gegenseitig zu verhöhnen und um unsere Anziehungskraft herumzutanzen, ging mir langsam auf die Nerven. Ich war bereit, es zu beenden, so oder so.

Ich drehte meine Hand und ließ sie an seinem Arm hinabgleiten, bis sich unsere Finger verschränkten. „West", sagte ich, „ich glaube, wir sollten reden. *Wirklich* reden. So kommen wir nicht weiter. Wenn du noch Zweifel an mir hast, kannst du es mir ruhig sagen. Dann sprechen wir darüber. Ich weiß, dass ich noch viel lernen muss. Aber ich muss wissen, was das Problem ist, um es beheben zu können."

Das Gefühl, das ich daraufhin bei meinem Wolfswandler spürte, war völlig bizarr. Als ob ein Ansturm verworrener Emotionen eine Tür in ihm aufgesprengt hätte – nur um dann wieder hineingezogen zu werden, bevor die Tür zugeschlagen und zur Sicherheit auch noch verriegelt wurde.

West trat einen weiteren Schritt zurück, seine Haltung war starr. Er ließ meine Hand los. „Ich glaube nicht, dass jetzt der richtige Zeitpunkt ist, um zu plaudern, Flamme", sagte er. „Wir müssen eine Rebellion stoppen."

Und aus irgendeinem Grund bist du für mich genauso wichtig wie unsere Mission, du Schwachkopf, dachte ich, sprach es aber nicht aus. Ich hatte für heute genug von verbalem Sparring.

„Gut", sagte ich. „Wenn du wieder etwas klarer denken kannst, weißt du, wo du mich findest." Ich drehte mich um und schlenderte davon, ohne einen Blick zurückzuwerfen. Denn ich hatte Wichtigeres im Kopf. Zum Beispiel, ob einer meiner anderen Gefährten den heutigen Kampf mit allen Gliedmaßen und lebenswichtigen Organen überstehen würde.

16

Die Gästesuite, in der Kylie untergebracht war, sah meiner Unterkunft ziemlich ähnlich, nur dass ihr Bett ein normales Kingsize-Bett war und nicht breit genug, um bequem zu fünft darin schlafen zu können. Wahrscheinlich erwarteten die Gestaltwandler nicht, dass sich jemand anderes als ihre Drachenwandlerin mehrere Gefährten ins Bett holte. Oder sie müssten sich eben zusammenquetschen, falls es doch vorkommen sollte.

„Ist jetzt alles geklärt?", fragte mich Kylie und wippte auf ihren Füßen. Sie hatte es nur geschafft, etwa zehn Sekunden lang auf dem eleganten Sofa sitzen zu bleiben, bevor sie mit ihrer unbändigen Energie wieder aufgesprungen war.

„Soweit es möglich war", sagte ich. „Marco muss gegen den Kerl kämpfen. Er scheint sich allerdings sicher zu sein, dass er es mit ihm aufnehmen kann. Ich hoffe nur, er ist auf alles vorbereitet. Die Abtrünnigen werden nämlich sicherlich nicht davor zurückschrecken, schmutzig zu kämpfen."

„Aber so etwas Großes haben sie bisher noch nicht versucht, oder?", sagte Kylie. „Ich meine, da waren die drei, die uns im Dorf von Wests Leuten angegriffen haben, und dann habt ihr es in der Nähe von Nates Anwesen ohne Probleme mit ein paar weiteren aufgenommen."

Mein Herz wurde schwer unter der Last all der Dinge, die ich ihr verschwiegen hatte. Ich hätte ihr schon viel früher alles erzählen sollen. Wenn sie gewusst hätte, wie gefährlich mein Leben geworden war, hätte sie sich das mit ihrem Besuch hier vielleicht anders überlegt.

Andererseits wäre sie womöglich sonst noch früher hergekommen.

„Es gab noch ein paar weitere … Zwischenfälle", sagte ich langsam. „Als wir auf dem Weg nach Sunridge waren, hat uns auch eine Gruppe überfallen. Das war, als ich es zum ersten Mal geschafft habe, mich vollständig zu verwandeln. Und die Abtrünnigen, die Nates Anwesen überfallen haben, haben vier der Sippe getötet, bevor die Wachen sie aufhalten konnten."

„Oh!" Kylies Augen wurden groß. „Der Vorfall in Sunridge ist jetzt schon Wochen her. Warum hast du mir das nicht erzählt?"

Ich kaute auf meiner Unterlippe herum. Meine Finger begannen zu zittern, als ich einen Juckreiz verspürte, den ich seit Tagen nicht mehr empfunden hatte – der Drang, einen Gegenstand zu stehlen. Stattdessen krallte ich meine Finger in meine Handfläche. Ich war nicht mehr diese diebische Straßenratte. Ich war jetzt eine verfluchte Drachenwandlerin.

„Ich wusste, dass du dir Sorgen machen würdest“, sagte ich. „Wir haben den Hinterhalt gut überstanden, und der Angriff auf das Anwesen war vorbei, bevor ich überhaupt dort ankam.“

Kylie sah mich immer noch zögerlich an. „Ich mache mir lieber Sorgen und weiß, was wirklich bei dir los ist, als im Ungewissen zu bleiben. Das solltest du wissen, Ren.“

Das tat ich auch. Aber ich hatte sie trotzdem im Unklaren gelassen. Dafür gab es keine Rechtfertigung.

„Es tut mir leid“, sagte ich. „Es war so viel los …. Es zu verschweigen und sich auf die guten Dinge zu konzentrieren, schien mir der beste Weg, damit umzugehen. Aber jetzt verstehst du, warum ich mir Sorgen mache.“

Kylie nickte. „Ich schätze, wenn diese abtrünnigen Arschlöcher auftauchen, kannst du ihnen als Drachin die Hölle heiß machen“, sagte sie und ihre übliche Heiterkeit kehrte langsam wieder zurück.

„Das ist der Plan.“ Ich versuchte, das Thema zu wechseln, um über etwas zu sprechen, bei dem ich nicht den Drang verspürte, alles Wertvolle in diesem Gebäude einzustecken. „Marcos Leute werden uns bald zum Essen rufen. Ich sollte mir etwas Schickeres anziehen. Falls hier irgendwo Abtrünnige sind, will ich sie daran erinnern, wer hier das Sagen hat.“ Ich rang mir ein Grinsen ab. „Hilfst du mir, ein Kleid auszusuchen?“

„Darf ich?“, fragte Kylie und klatschte in die Hände. „Das will ich schon, seit du mir das Foto von dir auf Aarons Anwesen geschickt hast. Also lass uns loslegen.“

Wir gingen in den Flur und ein paar Meter weiter zu meinen Gemächern.

Ich öffnete erst einen und dann noch einen Kleiderschrank. Kylie gab ein schmatzendes Geräusch von sich, als sie die Auswahl durchstöberte. „Oh, das ist fantastisch. Du wirst wie ein Boss aussehen, ganz sicher. Vergiss die Prinzessin – du wirst die Kaiserin aller Gestaltwandler sein."

Ich lachte und streckte meine Arme nach dem ersten Kleid aus, das sie mir zuwarf. Als sie alle drei Schränke durchwühlt hatte, taten mir die Arme weh und mein Gesicht war in Seide und Satin vergraben. Ich hievte den Haufen auf das Bett. „Ähm, ich glaube, wir müssen die Auswahl ein wenig eingrenzen."

„Ja, ja." Kylie tippte sich an die Lippen. Dann zog sie ein paar Kleider aus dem Stapel. „Ich weiß nicht, was ich mir bei dem hier gedacht habe. Und jetzt, wo ich sie im Vergleich sehe, ist Schwarz definitiv zu langweilig. Den Rest musst du anprobieren."

Sie schenkte mir ein strahlendes Lächeln, während sie die aussortierten Teile wieder in den Schrank hängte. Kopfschüttelnd zog ich mein T-Shirt und meine Jeans aus. Dann schlüpfte ich in eines der Kleider vom oberen Ende des Haufens, ein einfaches blassgrünes Seidenkleid. Kylie setzte sich auf die Bettkante. Sie ließ ihren Blick über das breite Bett schweifen und zog amüsiert die Augenbrauen hoch. „Hmm, keine Ahnung, wofür du *so* ein großes Bett brauchst … Nein, warte, eigentlich weiß ich warum."

Mein Gesicht errötete bei ihrer Anspielung. Doch als sie sich wieder zu mir umdrehte, hatte sich ein Schatten auf ihr Gesicht gelegt.

„Gibt es noch etwas, was du mir in den letzten Wochen nicht erzählt hast?", fragte sie.

Verdammt. Ich betrachtete mich im Spiegel und nahm die grüne Seide in Augenschein, die meinen Körper umfloss. Sah ich aus wie eine Jungfrau oder wie ein Mädchen, das die beste Freundschaft, die sie je gehabt hatte, gründlich versaut hatte? Weder das eine noch das andere war mein Ziel. Ich machte mich daran, es wieder auszuziehen.

„Da war vielleicht die ein oder andere Sache", gab ich zu, ohne Kylie in die Augen zu sehen. „Es ist nicht so, dass ich nicht gewollt hätte, dass du es weißt. Es wäre nur schwierig gewesen, das alles in einer Nachricht zu erklären."

„Du hättest mich anrufen können", meinte Kylie.

„Ich wollte es dir einfach persönlich erzählen." Doch jetzt waren wir hier, von Angesicht zu Angesicht, und mir war noch unbehaglicher zumute. Ich schnappte mir ein weinrotes Kleid von dem Haufen. „Ich habe dir doch erzählt, dass meine Mutter auf dem Berg gestorben ist … Ich habe es gesehen. In einer Vision. Ein paar Feen haben sie getötet. Sie wollten sie daran hindern, an die Kraft zu gelangen, die sie mir geben wollte."

„Das besondere Feuer, mit dem man Leute dazu bringen kann, die Wahrheit zu sagen", ergänzte Kylie.

„Ja." Wenigstens das hatte ich ihr erzählt.

„Warum ist das für die Feen so wichtig?"

„Keine Ahnung", sagte ich ehrlich. „Das Verhältnis zwischen den Gestaltwandlern und den Feen ist etwas angespannt, aber ich bin noch dabei, die Details herauszufinden. Obwohl der Angriff nicht offiziell angeordnet war, hatte die Feenkönigin auch nicht davon abgeraten. Sie wollten wohl nicht, dass ein Gestaltwandler über diese Art von Macht verfügt."

Und fairerweise musste man sagen, dass die erste Person, bei der ich sie eingesetzt habe, ihre Königin war. Allerdings wäre das nicht notwendig gewesen, wenn sie von vornherein ehrlich zu uns gewesen wäre.

Kylie rieb sich über den Mund. „Wow. Also musst du dir auch Sorgen machen, dass die Feen hinter dir her sein könnten?"

„Nicht unbedingt. Es gibt ein Abkommen – und als wir die Feenkönigin zur Rede gestellt haben, hat sie geschworen, sich daran zu halten. Allerdings ist es trotzdem möglich, dass sie ihr Wort bricht."

Das war ein furchtbarer Gedanke. Ich würde lieber nicht weiter darüber nachdenken, solange wir die Bedrohung durch die Abtrünnigen direkt vor der Nase hatten.

„Verdammt." Kylie warf mir einen Blick zu, und ihre Augen leuchteten auf, ihr Lächeln wirkte jedoch ein wenig steif. „Und *verdammt*. Okay, vergiss die anderen. Das ist das Kleid."

Meine Lippen zuckten. Ich blickte an mir hinab und strich mit den Händen über den glänzenden Stoff. „Ja?"

„Oh, ja. Wenn sich jemand in diesem Aufzug mit dir anlegt, verlangt er regelrecht danach, gegrillt zu werden."

Ich lachte, und für eine Sekunde fühlte es sich zwischen uns fast okay an. Das war Kylie. Meine beste Freundin, meine einzig wahre Freundin. Sie hatte immer hinter mir gestanden. Wenn ich nicht einmal ihre Erwartungen erfüllen konnte, hatte ich bei den Gestaltwandlern nicht den Hauch einer Chance.

„Heiliger Strohsack", sagte Kylie, als wir in den zum Bankettsaal umfunktionierten Ballsaal traten. „Und ich dachte, hier könnte es nicht noch pompöser werden."

Marco, der zwischen uns stand und meine Hand hielt, gluckste. „Meine Sippe ist für ihre Vorliebe für Glanz und Glitzer bekannt. Ich bin da keine Ausnahme."

„Über zu wenig Glanz und Glitzer kann man sich hier definitiv nicht beschweren", sagte ich. Jeder Platz war mit silbernen, glänzenden Tellern und funkelnden Weingläsern aus Kristall gedeckt. Goldene verschlungene Stickereien zierten die Ränder der strahlend weißen Tischtücher. Die Kristallkronleuchter über den Tischen waren beleuchtet und tauchten alles und jeden in ein helles, weißes Licht.

Ich hatte das Gefühl, dass es nicht nur die Beleuchtung war, die die Katzenwandler ein wenig blass aussehen ließ. Unter dem Stimmengewirr herrschte eine surrende Spannung im Raum. Dies war nicht nur ein Abendessen. Es war nicht einmal nur ihr erstes formelles Abendessen mit ihrer neuen Drachenwandlerin. Es war das Abendessen vor der neuesten Herausforderung ihres Alphas. Eine, bei der noch mehr auf dem Spiel stand als bei allen anderen zuvor.

Ich nickte und lächelte den Katzenwandlern zu, als Marco mich zum Haupttisch führte. Die anderen Alphas saßen bereits auf ihren Plätzen neben den beiden Stühlen, die für uns reserviert waren. Ich setzte mich zwischen Marco zu meiner Linken und Aaron zu meiner Rechten. Nate beugte sich an dem Adlerwandler vorbei, um mir in die Augen zu sehen und mir ein warmes Lächeln zu schenken. Doch mein Puls hatte sich längst beschleunigt und meine Haut kribbelte vor Sorge.

Kylie setzte sich rechts von Nate, was wahrscheinlich das Beste war, was ich mir erhoffen hätte können, da sie nicht direkt neben mir sitzen konnte. Sie grinste den großen Bärenwandler an und fing sofort an zu plaudern. Ich konnte mir gut vorstellen, wie West reagiert hätte, wenn er während des Essens ihr Gesprächspartner hätte sein müssen. Stattdessen saß die stoische Alice neben ihm. Kylie hätte meinem Wolfswandler ein Ohr abgekaut, wie jedem anderen auch.

Eigentlich wäre es witzig gewesen, das zu beobachten.

Am Haupttisch gesellten sich noch einige weitere Katzenwandler aus höherrangigen Familien zu uns. Mir gegenüber saß ein Gepardenpaar. Die Frau strich sich mit dem Handrücken über die Wange, was mich an eine Hauskatze erinnerte, die sich das Gesicht wusch. Neben ihnen saß ein Löwenpaar, zu dem die Frau gehörte, die mich bei meiner Ankunft so skeptisch begrüßt hatte. Coreen. Mein Kopf wurde langsam furchtbar voll.

Zum Glück saß Julius nirgendwo in unserer Nähe. Ich entdeckte seine massige Gestalt am anderen Ende des Raumes. Wahrscheinlich hatte Marco seine Diener gebeten, ihn extra weit weg von uns unterzubringen. Und ich war nicht enttäuscht, dass Silvan ebenfalls weiter weg saß.

Marcos Sippe warf ihm während des Festmahls flüchtige Blicke zu. Selbst beim Essen sahen sie wie Katzen aus und nahmen schnelle, kleine Bissen. Coreen tupfte sich nach jedem Happen mit ihrer Serviette den Mund ab.

„Ist die Wettkampfarena schon bereit?", fragte sie nach einigen Minuten angespannten Schweigens. Es war seltsam, dass eine so bedrohliche Frage wie eine höfliche Erkundigung klingen konnte. Ihr Tonfall war derselbe, als ob sie fragen würde, was es zum Nachtisch gab.

Marco antwortete ebenso unbeeindruckt: „Mein Personal bereitet gerade alles vor. Ich nehme an, du wirst dabei sein."

„Je mehr Zeugen, desto würdiger", fügte Coreens Ehemann mit grollender Stimme hinzu.

„Interessante Philosophie", murmelte West.

Coreen warf ihm einen strengen Blick zu. Marco zuckte unter dem Tisch zusammen, und ich vermutete, dass er dem Wolfswandler gerade gegen das Schienbein getreten hatte. Sein Lächeln blieb freundlich.

„Ich bin froh, dass die Sache mit den Vampiren im Norden endlich geklärt ist", fügte der Gepardenmann hinzu. „Es hat doch nicht noch mehr Aufruhr gegeben, oder?"

„Nichts, was meine Leute da oben für erwähnenswert gehalten hätten", entgegnete Marco. „Du weißt ja, wie die Blutsauger sind. Sie interessieren sich für nichts, außer es blutet gerade."

Die Gepardenwandlerin kicherte. Mein Magen verkrampfte sich fester. „Hat unsere Begegnung mit den Vampiren in der Stadt für viel Aufruhr gesorgt?"

Mom hatte mir eine Reihe von Hinweisen hinterlassen, die zu dem Berg in Sunridge führten. Einer der Hinweise war im New Yorker U-Bahn-System verborgen. Mitten im Revier der Vampire. Sie waren über unser Eindringen nicht sonderlich erfreut gewesen.

Marco winkte mit der Hand. „Ach, nur das übliche Vampir-Geschwätz. Wir haben die Sache geregelt. Sie wollen nicht *wirklich* Tango mit den Gestaltwandlern tanzen."

Ich war mir nicht sicher, inwieweit diese Bemerkung der Wahrheit entsprach und inwieweit es sich um notwendige Angeberei für seine Sippe handelte. Im Moment musste er wahrscheinlich mehr als sonst stark und beherrscht wirken.

Aaron legte seine Hand auf meinen Oberschenkel unter dem Tisch und drückte ihn beruhigend. Er beugte sich zu mir. „Es wird alles gut gehen. Marco hat diese Situation schon mehr als einmal durchgemacht. Wir alle. Und wir sind immer noch hier."

Seine Worte wären tröstender gewesen, wenn ich nicht die Sorge gespürt hätte, die darin mitschwang. Er war auch nicht hundertprozentig zuversichtlich. Die Tatsache, dass hier irgendwo ein Abtrünniger lauerte, war ein Joker, mit dem noch keiner meiner Alphas bei einer Herausforderung konfrontiert worden war.

Die Gespräche am Tisch verstummten, als das Scharren von Stuhlbeinen ertönte. Ein Mann am anderen Ende des Tisches war aufgestanden. Mit einem Lächeln, das seltsam heiter aussah, hob er die Hände. Sein dunkelbraun und hellgrau geflecktes Haar ragte büschelweise aus seinem runden Kopf. Ich erinnerte mich nicht daran, dass er mir vorgestellt worden war, doch sein Aussehen ließ mich sofort an einen *Schneeleoparden* denken.

„Bei all der Aufregung möchte ich mich zu Wort melden und meinem Alpha meine Unterstützung aussprechen“, sagte er mit einer heiteren Stimme, die durch den Raum schallte. „Marco hat uns auf Kurs gehalten und uns durch schwierige Zeiten geführt, die kein anderer Alpha zu bewältigen hatte. Und ich weiß, dass er das auch weiterhin tun wird.“

Den Blick auf seinen Alpha gerichtet, machte er eine tiefe Verbeugung. Marco gluckste und erwiderte das Lächeln, doch mir zog sich bei dem Verhalten des Kerls der Magen zusammen. Er wirkte *zu* übereifrig. Er lobte Marco, um sich einzuschmeicheln, und nicht, weil er es ernst meinte. War dies eine Art Selbstschutz? Dachte er, Marco würde Leute bestrafen, die sich für Julius ausgesprochen hatten, nachdem er gewonnen hatte? Das schien keine typische Vorgehensweise unter den Katzenwandlern zu sein.

Marco wirkte jedoch nicht beunruhigt. „Danke für deine netten Worte, Phillipe“, sagte er und hob sein Glas, als wollte er auf den Leopardenwandler anstoßen. „Ich weiß es auch. Und in einer Stunde wird es der ganze Raum wissen.“

17

Mein Herz klopfte heftiger, als wir die Wettkampfstätte erreichten. Eigentlich war es lediglich eine Lichtung im tropischen Wald, ein Stück offene Wiese mit einem Durchmesser von vielleicht sechs Metern, umgeben von dichtem Laub. Marcos Leute hatten dort jedoch eindeutig eine Wettkampfarena vorbereitet, so wie er es angekündigt hatte.

Das Gras war platt getrampelt, als hätte man den Boden so glatt wie möglich gestampft. Ein grüner Geruch wie frisch gemähter Rasen lag in der Luft. Ein Seil hing zwischen den Bäumen rund um den Ring und trennte den Zuschauerbereich von der Kampffläche. Von einigen der Äste hingen Lampen, die den Platz in einen unheimlichen gelben Schein tauchten. Von der Lampe in unserer Nähe ging ein leises elektronisches Summen aus.

Marco ging vor mir direkt in den Ring. Kylie und ich traten zur Seite, flankiert von den anderen Alphas und

Alice. Nate legte seine Hand auf meine Schulter. „Wenn es zu schwer für dich ist, zuzusehen", begann er.

Ich schüttelte den Kopf, bevor er fortfahren konnte. „Ich bleibe hier. Ich muss Marco beistehen."

Weitere Katzenwandler versammelten sich auf der Lichtung. Es sah so aus, als wären alle, die beim Abendessen gewesen waren, gekommen. Warum auch nicht? Heute Abend könnte sich die Führung ihrer Sippe ändern.

„Wo ist der Tiger?", fragte Kylie und reckte ihren Hals. „Vielleicht kneift er in letzter Minute?"

Doch, bevor ich auch nur zu hoffen wagen konnte, kam Julius den Weg entlangstolziert. Er schlenderte gegenüber von Marco in den Ring und ließ seine massigen Arme kreisen. Marco beobachtete ihn ruhig. Lässig zog er erst sein Hemd und dann seine Hose aus und faltete seine Kleidung sorgfältig auf dem Boden am Rande der Lichtung zusammen. Julius fletschte die Zähne und begann sich ebenfalls auszuziehen. Natürlich würden sie in ihren Tiergestalten kämpfen.

Ich schaute mich in der Arena nach bekannten Gesichtern um. Coreen und ihr Mann, die Gepardenwandler vom Abendessen, Silvan und der übereifrige Schneeleopard Phillipe, andere, die ich während des Mittagessens kennengelernt hatte. Keiner von ihnen, nicht einmal Phillipe nach seiner leidenschaftlichen Rede, schien besorgt zu sein, was passieren würde. Die Stimmung in der Luft schwoll vor Erwartung an.

Waren sie sich alle sicher, dass Marco gewinnen würde, oder war es ihnen einfach egal, wer über sie herrschen würde? Nach dem, was ich bisher von dieser Sippe gesehen hatte, fiel es mir nicht schwer, zu glauben, dass Letzteres der Fall sein könnte.

Kylie musste wohl etwas Ähnliches gedacht haben. „Stell dir diesen Muskelprotz als Alpha vor", flüsterte sie mir zu. „Ich würde ihm zutrauen, dass er den ganzen Tag lang seinen eigenen Schwanz jagt."

Meine Mundwinkel zuckten. Ich war nicht so angespannt, dass meine beste Freundin mir kein Lächeln entlocken konnte. „Ohne Witz. Sie würden sofort darum betteln, Marco zurückzubekommen."

Nur wäre er nicht mehr da, um ihn als Alpha zurückzuholen, oder? Mein Puls beschleunigte sich noch mehr.

Ich hatte Marco nicht gefragt, was mit *ihm* passieren würde, wenn er verlor. Ich wollte die Möglichkeit nicht ernsthaft in Betracht ziehen. Würden sie ihn verbannen, so wie sie es mit Julius tun würden? Oder würde die Strafe im Falle einer Niederlage härter sein, da er bereits Alpha gewesen war? Der neue Alpha wollte bestimmt nicht riskieren, dass er wieder auftauchte und seine Position zurückforderte.

Ein Schauer lief mir über den Rücken. Plötzlich war ich mir sicher. Wenn Marco verlor, würde Julius ihn töten. Vielleicht war das für Julius die einzige Möglichkeit, zu gewinnen.

„Die Wachen haben immer noch ein Auge auf das Anwesen und die Umgebung, oder?", fragte ich meine Alphas.

Aaron nickte. „Ich war dabei, als Marco die Befehle erteilt hat."

Alice warf mir einen vielsagenden Blick zu. „Wenn du

noch mehr Sicherheit willst, könnte ich herumfliegen und nach Gruppen Ausschau halten, die sich in unsere Richtung bewegen."

Die Anspannung in mir löste sich ein klein wenig. „Ja", sagte ich. „Bitte. Und komm sofort zurück, wenn du etwas Verdächtiges siehst."

Sie nickte und schlüpfte zwischen den Bäumen hindurch. Ihre Kleidung raschelte, dann stieg ihre Adlergestalt zwischen den Ästen nach oben. Ich sah zu, wie sie in dem sich verdunkelnden Himmel verschwand.

„Ich weiß nicht, was sie geplant haben könnten", meinte West. „Ich habe jedoch weder den Geruch noch die Anwesenheit von Abtrünnigen in der Nähe wahrgenommen."

„Ich auch nicht", fügte Nate hinzu. „Vielleicht ist das ihr Plan. Sie setzen alles darauf, dass Julius Marco besiegt."

Ich runzelte die Stirn. „Das ergibt für mich keinen Sinn. Sie haben sich noch nie an die Regeln gehalten. Da muss mehr dahinterstecken. Aber vielleicht ist die Herausforderung ein separater Teil des Plans. Vielleicht wollte Julius das hinter sich bringen, um sich vor seiner Sippe zu beweisen, bevor er die Abtrünnigen auf uns loslässt."

Was auch immer geschehen würde, ich musste bereit sein. Zudem würde ich Kylie beschützen müssen. Ich rückte ein wenig näher an sie heran. „Falls es brenzlig wird, bleibst du bei mir, okay?"

Sie salutierte vor mir. „Verstanden, Drachenkönigin."

Wieder umspielte ein Lächeln meine Lippen. Dann blickte ich in den Ring, und jeglicher Humor erstarb.

Eine der Bediensteten des Anwesens war in die Mitte

der Lichtung zwischen Marco und Julius getreten. „Der Alpha wurde herausgefordert", sagte sie mit durchdringender Stimme. „Wenn mein Arm fällt, wird der Kampf beginnen."

Sie hob die Hand und trat rückwärts an die Seile des Rings heran. Als ihr Rücken den Ring berührte, spannte sich ihre Hand an und sie ließ sie ruckartig sinken.

Mit einem Knurren, das halb menschlich, halb animalisch war, machte Julius einen Satz nach vorne. Sein Körper verwandelte sich in den eines Tigers, als er durch die Luft auf Marco zustürzte. Doch Marco war vorbereitet. Er wich aus und schoss unter der größeren Raubkatze hindurch, drehte sich und fuhr mit seinen Krallen über den Bauch des Tigers, als dieser über ihn hinwegsprang. Julius brüllte. Vier dünne rote Linien zeichneten sich in seinem Fell ab.

„Es wird blutig!", rief jemand aus dem Publikum. Jemand anderes johlte. Ich nahm an, dass das gut für Marco war. Meine Hände umklammerten das Seil vor mir, die groben Fasern gruben sich in meine Haut.

„Wow", murmelte Kylie. „Die machen wirklich ernst."

Allerdings. Julius, der sich trotz seiner Größe überraschend flink bewegte, wirbelte herum. Mit einem mulmigen Gefühl im Bauch stellte ich fest, wie viel größer als Marco er jetzt war. Der Tiger musste mindestens doppelt so stark sein wie der Jaguar, größer und länger und kräftiger gebaut. Wenn er Marco auch nur für eine Sekunde zu fassen bekam …

Und genau das schien Julius vorzuhaben. Er sprang erneut auf Marco zu und holte mit einer Pranke nach seinem Alpha aus. Marco wich zur Seite aus, allerdings den Bruchteil einer Sekunde zu spät. Die Krallen des Tigers fuhren über sein Hinterbein. Er gab keinen Laut von sich, doch ich sah, wie er vor Schmerz die Zähne fletschte. Ich umklammerte das Seil fester.

„Also … wie weit genau geht das?", flüsterte Kylie. „Wie wird entschieden, wann jemand gewonnen hat?"

„Wenn einer von ihnen nicht mehr aufstehen kann", murmelte West.

Ich schluckte schwer. Wieder ging ein Raunen durch die Menge. Waren sie verärgert, weil Marco sich noch nicht wirklich gewehrt hatte?

Wahrscheinlich war die abwartende Haltung Teil seiner Strategie. Er studierte die Bewegungen seines Gegners, bevor er in die Offensive ging. Ehe Julius einen weiteren Angriff wagen konnte, stürzte sich Marco mit einem Jaulen auf ihn. Der Tiger stürmte nach vorne und versuchte, den Jaguar in die Knie zu zwingen, doch genau damit schien Marco gerechnet zu haben. In letzter Sekunde wich er der größeren Raubkatze aus und schlug erneut nach Julius' Bauch.

Der Tiger sprang mit zu viel Schwung vorwärts, als dass er hätte ausweichen können. Marcos Krallen rissen eine tiefe Wunde in Julius' Seite.

Ein netter Bluff. Wenn Marco hier gewinnen wollte, musste er natürlich eine Fassade bewahren und das Selbstvertrauen des größeren Gestaltwandlers ausnutzen. Das war die Gerissenheit, für die seine Sippe angeblich bekannt war. Und niemand mehr als ihr Alpha.

Es war nicht sonderlich anders als die Art und Weise, wie er vor seinesgleichen über mich gesprochen hatte. Wie er so getan hatte, als würde er mich nur als

Mittel zum Zweck sehen. Doch ich wusste mit jedem Schlag meines Herzens, dass er diese Worte auf dieselbe Weise benutzt hatte, wie er diesen verrückten Sprung gemacht hatte. Als Ablenkungsmanöver, als Machtdemonstration, um den Weg zu dem zu öffnen, was er wirklich wollte. Wenn dies die Art von Feindseligkeit war, mit der er sich Monat für Monat auseinandersetzen musste, war ich mir nicht sicher, ob ich ihm deswegen überhaupt noch einen Vorwurf machen konnte.

Julius wirbelte herum, seine gelben Augen blitzten auf. Marco sprang flink beiseite. Doch der Tiger schien sich von der Wunde an seinen Rippen nicht aufhalten zu lassen. Er stürzte sich erbittert auf den Jaguar, und Marco konnte nicht schnell genug ausweichen. Der größere Tigerwandler warf ihn zu Boden.

Ich zuckte zusammen, und mein Herz pochte so heftig, dass ich dachte, es würde mir aus der Brust springen. Ein Aufschrei blieb mir im Hals stecken. *Nein!* Nicht mein Alpha. Nicht mein Gefährte.

Nate legte seine Hand auf meine und drückte meine Finger, doch ich registrierte die Berührung kaum. Ich konnte meine Augen nicht von dem Kampf abwenden.

Marco rollte sich auf den Rücken und fuhr mit ausgefahrenen Krallen mit allen vier Pranken über das Fell des Tigers. Julius verpasste ihm einen Schlag gegen den Kopf und schnappte nach seinem Hals, doch der Jaguar wich in letzter Sekunde aus und versenkte seine Zähne in das Vorderbein des Tigers. Als Julius zusammenzuckte, schoss Marco unter ihm hervor. Er sprang gegen einen der Bäume, stieß sich vom Stamm ab und versetzte dem Tiger einen Hieb in die Seite, genau auf die Stelle, wo er ihn bereits zuvor erwischt hatte.

Julius stieß ein Knurren aus, das schmerzhaft und wütend zugleich war. Er stürmte auf Marco zu, offensichtlich mit dem Ziel, ihn erneut zu Boden zu stoßen. Marco wich ihm aus, bewegte sich jetzt jedoch nicht mehr ganz so schnell. Blut tropfte aus den Wunden an seiner Schulter und dem Lendenbereich, wo ihn die größere Raubkatze verletzt hatte.

„Verdammt", sagte Kylie mit schwacher Stimme. „Die ziehen das wirklich bis zum bitteren Ende durch, oder?"

Die Angst in ihrer Stimme zerrte an mir, genauso wie der Anblick von Marco, der übel zugerichtet und blutüberströmt war. Jeder Nerv in meinem Körper schrie danach, einzugreifen, meinen Gefährten zu schützen. Ich hielt mich mit aller Kraft zurück. Wenn ich mich einmischte, wenn ich diese Herausforderung irgendwie vermasselte, könnte der Sieg an Julius gehen.

Allerdings würde ich nicht zulassen, dass er Marco tötete, falls es so weit kommen sollte. Das wusste ich mit jeder Faser meines Seins.

Marco nahm trotz seiner Wunden wieder Fahrt auf. Er raste um Julius herum, biss und kratzte den Tiger bei jeder Gelegenheit und führte ihn in einer wirbelnden Verfolgungsjagd durch die Arena. Julius stürmte hinter ihm her. Mit jeder Drehung färbte sich sein orange-schwarzes Fell mit weiteren Blutspuren.

„In Ordnung! Lasst uns das beenden!", brüllte jemand aus der Menge. Ich wusste nicht, welchem der beiden Gestaltwandlern seine Unterstützung galt.

Einen Moment lang schien es, als würde Marco die

Oberhand gewinnen. Dann wurde er langsamer. Er biss in das Hinterbein des Tigers und wich gerade noch einem Schlag von Julius aus. Doch der Tiger setzte seinen Angriff mit gefletschten Reißzähnen fort. Als der Jaguar stolperte, stürzte sich Julius auf ihn. Marco strauchelte unter ihm.

Ein Schrei drang aus meiner Kehle. Meine Hände verkrampften sich um das Seil herum, das ich noch immer umklammerte. Aaron legte seinen Arm um mich und stützte mich, während Nate mich ebenfalls festhielt.

Marcos schwarzer Jaguar lag schlaff unter der riesigen Gestalt des Tigers. Julius hob seinen Kopf und brüllte triumphierend, doch in diesem Moment sprang der Jaguar auf. Marco packte den Tiger am Hals und versenkte seine Zähne tief in der empfindlichsten Stelle der Kehle seines Gegners. Gleichzeitig kickte er Julius' Bein unter seinem Körper weg.

All die Kratzer und Bisse und das Laufen in der Arena mussten den Tiger geschwächt haben. Die größere Raubkatze fiel zu Boden, und Marco mit ihm. Der Jaguar landete auf Julius' verletzter Brust. Er fuhr mit seinen Krallen über das helle Fell und zerrte an der Kehle des Tigers.

Julius' Augen rollten zurück. Er stemmte sich gegen den Boden, doch Marco schaffte es, ihn festzuhalten.

Ich stieß den Atem aus, den ich angehalten hatte, und Jubel erhob sich um die Arena herum. „Marco! Der Alpha gewinnt!"

Mit einem leisen, warnenden Knurren, das fast wie eine Frage klang, versenkte Marco seine Zähne noch tiefer im Hals seines Gegners. Der Kopf des Tigers schwankte, als könnte er nicht ganz den Willen aufbringen, ihn in der

Luft zu halten. Dann sackte Julius in sich zusammen, sein Körper erschlaffte und er verwandelte sich. Marco sprang von ihm herunter, als der Tiger wieder zum Menschen wurde.

Der Jubel wurde lauter, die Menge johlte und klatschte in die Hände. Einige der wartenden Diener eilten in die Arena, um die Wunden des bewusstlosen Julius zu versorgen. Und zu ihrem Alpha. Marco schwankte leicht, auf dem Gras unter seinen Pfoten war Blut – und ein großer Teil davon war sein eigenes. Er stieß sich vom Boden ab, nahm wieder seine menschliche Gestalt an und hob seine Hand als Zeichen des Siegs.

Die Anspannung in mir löste sich, Erleichterung durchströmte mich und ich stimmte in den Jubel mit ein.

18

„Wie lange machst du schon gemeinsame Sache mit den Abtrünnigen?", fragte ich und schaffte es gerade noch, ein Knurren zu unterdrücken.

Julius sackte stumm auf dem Stuhl in dem kleinen Raum zusammen. An der Stelle, wo Marco ihn gestern Abend gebissen hatte, war sein Hals noch immer gerötet. Die Wunden waren verheilt, doch es würden Narben zurückbleiben, die erst nach Monaten, wenn nicht sogar Jahren, verblassen würden. Der Tigerwandler hatte sich geweigert, nachzugeben, bis er fast gestorben wäre.

Marco, der neben mir stand, hatte ebenfalls Narben davongetragen. Selbst nach einer Nacht Ruhe waren seine Bewegungen noch etwas steif. Ich hatte mich freiwillig gemeldet, ihm bei diesem Verhör zu helfen, nachdem ich ihn beim Frühstück gesehen hatte. Und das nicht ohne Hintergedanken.

Jemand hatte die Abtrünnigen geschickt, um meine

Sippe zu korrumpieren. Ich würde nicht von hier weggehen, bevor ich wusste, wie – und an wen sie sich gewandt haben könnten.

„Wie lange?", wiederholte ich. Die anderen Alphas und Ren, die hinter uns standen und uns beobachteten, richteten sich auf. Julius fuhr sich mit der Hand über den Mund, die Ketten an seinen Armen und Beinen, klirrten. Er hatte eine hohe Meinung von sich, doch so groß und eingebildet er auch war, kam er nicht gegen mich an. Ich ragte über ihm auf und ließ ihn darüber nachdenken, wie es wohl wäre, es mit einem Tier seiner Größe aufzunehmen.

„Seit bekannt wurde, dass die Drachenwandlerin gefunden wurde", antwortete der Verräter mit zögerlicher Stimme. „Nicht lange."

„Du gibst also zu, dass du dich mit ihnen verschworen hast?", hakte Marco nach.

Der Tigerwandler legte den Kopf leicht schief.

„Du hast *ihnen* Befehle erteilt? War der Angriff auf mein Anwesen deine Idee?"

„Ich dachte, es wäre besser, wenn ihr alle tot wärt", sagte Julius. „Vielleicht habe ich ihnen ein paar Ratschläge gegeben, wie sie das anstellen könnten. Ich war jedoch die ganze Zeit über hier auf dem Anwesen."

„Du hast sie auf *meine* Sippe gehetzt", schnauzte ich. „Was hast du ihnen geraten, was sie meiner Sippe sagen sollen, um sie auf ihre Seite zu ziehen? Die Abtrünnigen hätten von sich aus keine Argumente gefunden, die überzeugend genug gewesen wäre."

„Ach, das war nicht sonderlich schwer", meinte Julius und die Hand auf seinem Schoß zuckte. Er schaute nicht zu mir auf. „Ein paar Schmeicheleien haben Wunder gewirkt. Und natürlich musste ihnen klargemacht werden, dass sie ohne einen Alpha besser dran sind."

Nein. Es musste mehr sein als das. Ich biss die Zähne zusammen. Doch vielleicht lag das nur daran, dass ich nicht zugeben wollte, dass meine Sippe so leicht zu beeinflussen war? Plötzlich war ich mir meines Urteils nicht mehr sicher.

„Und ich soll glauben, dass das alles war?", fragte ich, nun mit etwas lauterer Stimme. „Was genau sollten die Abtrünnigen meiner Sippe denn anbieten, das besser wäre als das, was sie schon haben?"

Julius zuckte mit den Schultern, den Kopf immer noch gesenkt. „Wie kommst du darauf, dass sie es im Moment gut haben?"

Das war keine Antwort. Ich sträubte mich, bevor ich mich wieder fing und einen Schritt zurücktrat, um ihn nicht zu schlagen.

Es war keine Antwort, und trotzdem irgendwie auch schon. Meine Sippe *hatte* sich beeinflussen lassen. Vielleicht war das Wie gar nicht so wichtig. Sie hatten ihre Schwächen, so ungern ich es auch zugeben wollte. Doch ich musste es zugeben, wenn ich diese Schwächen angehen und ihnen helfen wollte, die Herausforderungen zu bewältigen, die vor uns lagen.

Denn dieser Ärger war offenbar noch lange nicht vorbei.

„Wir wissen, dass du mit den Abtrünnigen etwas für unseren Besuch hier geplant hast", sagte Marco. „Willst du uns irgendwelche Details verraten oder soll deine Drachenwandlerin die Wahrheit aus dir herausbrennen?"

Ren trat neben mich und legte ihre Hand um meinen Arm. Sie schien meine Verzweiflung zu spüren. Ich wollte vor unserem Gefangenen keine Schwäche zeigen, ließ mir jedoch kurz von ihr das Haar kraulen. Der angenehme, süße Geruch meiner Gefährtin beruhigte mich.

„Ich habe ihnen nur gesagt, dass ihr herkommen würdet", sagte Julius. „Dass es ein günstiger Zeitpunkt ist, zu handeln. Das ist alles."

„Nun, *das* glaube ich dir definitiv nicht", meldete sich Marco zu Wort. Er warf Ren einen Blick zu. „Prinzessin?"

Ren sah zu mir auf, als würde sie mich um Erlaubnis bitten. Als ob sie das nötig hätte. Ich könnte mich einen Moment zurückhalten. Wahrscheinlich wäre das auch besser so. Anstatt auf die Antworten zu drängen, die ich wollte, musste ich zuhören.

Zu Orion war sie durchgedrungen. Vielleicht hatte sogar dieser elende Katzenwandler ein Fünkchen Vernunft in sich.

Ren

Ich stellte mich direkt vor Julius. Er hielt den Kopf gesenkt, als ob er hoffte, sich auf diese Weise um die Wahrheit herumdrücken zu können. Hatte er noch nicht von meinen Kräften gehört?

Doch ich würde ihm vorerst nicht in meiner Drachengestalt gegenübertreten. Er hatte während seiner ganzen Befragung ein seltsames Gefühl in mir ausgelöst. Ich wollte dieses Gefühl erst genauer erforschen.

„Sieh mich an", befahl ich. Als er sich nicht bewegte, wiederholte ich die Worte mit einem Hauch von Feuer in meiner Stimme. *„Sieh mich an."*

Der Tigerwandler schreckte auf und riss den Kopf hoch. Er blinzelte, als sich unsere Blicke begegneten. Seine hellbraunen Augen waren seltsam trüb. Es gab eigentlich keinen Grund für diese geistige Abwesenheit. Da er bisher weitestgehend gehorcht hatte, hatte Marco ihn nicht betäubt. Wenn er versuchte, sich zu verwandeln, würden die Ketten, die ihn fesselten, in seiner Tigergestalt nur noch enger sein.

„Erzähl mir genau, wo du dich mit den Abtrünnigen getroffen hast", sagte ich. „Wenn es an verschiedenen Orten war, fang beim ersten Mal an."

„Ich habe nur einmal persönlich mit ihnen gesprochen", antwortete er. „Draußen auf der Lichtung. Die anderen Male habe ich andere für mich sprechen lassen."

Ich runzelte die Stirn. Meine Sinne sagten mir, dass er die Wahrheit sprach. Doch gleichzeitig beunruhigten mich sein Verhalten und seine vagen Antworten.

„Kannst du uns die Stelle zeigen?"

„Ich weiß nicht, ob ich mich genau erinnere, wo es war", sagte er. Auch das schien wahr zu sein.

Ich fuhr mit der Zunge über meine Zähne. „Wer hat bei den anderen Malen mit ihnen gesprochen?"

„Keiner von uns. Es war ihre Idee. Ich kann dir ihre Namen nicht nennen."

„Wir können dich zwingen, sie uns zu verraten", warf

Marco ein. „Und glaub mir, ich werde es sehr genießen, zu sehen, wie dich diese Flammen verschlingen werden."

Ich machte eine Handbewegung, woraufhin er innehielt und die Stirn in Falten legte. Doch Julius machte immer noch den Eindruck, als sei er aufrichtig. Mehr würde ihm auch mein violettes Feuer nicht entlocken können.

Außerdem betrafen die wirklichen wichtigen Fragen das, was vor uns lag, und nicht das, was bereits geschehen war.

„Planen die Abtrünnigen einen Angriff auf das Anwesen der Katzenwandler?"

„Ich weiß es nicht", antwortete Julius ehrlich. Er schürzte die Lippen. Ich konnte nicht erkennen, ob er ein Lächeln oder eine Grimasse unterdrückte. Ein Schauer lief mir über den Rücken.

„Haben sie etwas geplant, wenn wir das Anwesen verlassen?"

„Ich weiß es nicht."

„Was *weißt* du über das, was die Abtrünnigen als Nächstes vorhaben?"

Der Tigerwandler senkte den Kopf und stieß einen Seufzer aus. „Ich weiß nicht, was sie als Nächstes geplant haben. Meiner Meinung nach wissen sie selbst ganz gut, wie sie euch schaden können."

„Und was glaubst du, hätten sie getan, wenn du es geschafft *hättest*, mich zu besiegen?", fragte Marco. „Sie sind gegen das ganze Alpha-System. Dachtest du wirklich, sie würden sich deinen Befehlen beugen, nachdem du das geworden bist, was sie an der Gestaltwandler-Sippe ablehnen?"

„Das wäre mir egal", sagte Julius. „Ich wollte nur, dass *du* verschwindest."

„Warum?", fragte Aaron aus dem hinteren Teil des Raumes. „Was hast du dir davon versprochen?"

Julius zögerte. Irgendetwas an dieser Frage schien ihn aus dem Konzept zu bringen. Seine Finger krümmten sich über seinen Knien. „Respekt", antwortete er. „Macht. Eine bessere Position als die, die ich jetzt habe."

Alles wahr. Ich biss mir auf die Lippe. Nichts von dem, was er uns sagte, nützte uns, egal wie ehrlich er war.

Ich nickte in Richtung Tür. Die Alphas gingen hinaus, Marco blieb stehen, um seinem Rivalen einen letzten Blick zuzuwerfen. Ich folgte ihnen. Dann schloss Marco die Tür hinter uns.

„Sollen wir ihn nach draußen bringen, damit du deine Drachenmagie an ihm anwenden kannst?", fragte West mit seiner üblichen schroffen Stimme.

Ich schüttelte den Kopf. „Das würde nichts nützen. Er lügt uns nicht an. Seine Antworten sind nicht sehr klar, und die Art, wie er antwortet, ist etwas seltsam, doch immer, wenn er behauptet hat, etwas nicht zu wissen … wusste er es wirklich nicht. Es sei denn, er ist irgendwie stark genug, um meine Sinne zu täuschen, obwohl nicht einmal ihr vier das schafft."

Marco lächelte schief. „Das dürfte wohl kaum der Fall sein."

„Nein", pflichtete ich ihm bei. „Aber was machen wir jetzt? Er hat zugegeben, dass er mit den Abtrünnigen zusammenarbeitet, auch wenn er nicht halb so sehr involviert zu sein scheint, wie Orion dachte. Er schien sich sicher zu sein, dass eine Raubkatze die Fäden in der Hand hält."

„Orion war nicht wirklich in der Lage, uns viele Details zu erzählen", erklärte West.

„Mir gefällt der Gedanke nicht, dass er frei herumläuft", sagte Nate und deutete mit dem Daumen in Richtung Tür. „Wenn du ihn einfach verbannst wie einen normalen gescheiterten Herausforderer, wird er sich natürlich direkt den Abtrünnigen anschließen. Und wer weiß, was er dann für Pläne mit ihnen schmiedet? Er kennt das Anwesen, er kennt deine Sippe. Er wird ihnen alles erzählen."

„Es gibt noch andere Möglichkeiten", sagte Aaron.

„Welche zum Beispiel?", fragte der Bärenwandler.

„Zum Beispiel, dass ich meiner Sippe von Julius' Zusammenarbeit mit den Abtrünnigen erzähle", schlug Marco vor. „Wenn ich ihn einsperre, anstatt ihn zu verbannen, muss ich es irgendwie erklären. Und vielleicht glauben sie es nicht einmal. Schließlich könnte es sein, dass ich mir im Nachhinein eine Ausrede einfallen lasse, um ihn weiter zu quälen. Das wäre nicht gerade förderlich für die Moral hier."

Ach, Mist. Daran hatte ich nicht gedacht. Ich verschränkte meine Arme vor der Brust. „Was schlägst du dann vor?"

Marco seufzte. „Ich weiß es nicht. Ich kann ihn noch ein wenig länger einsperren, ohne dass zu viele Fragen gestellt werden, allerdings muss ich bald etwas Offizielles unternehmen. Jetzt wäre ein guter Zeitpunkt, um Gebrauch von meiner Katzen-Intelligenz zu machen."

„Wir alle werden uns Gedanken machen", sagte Aaron.

Im Gegensatz zu Nates Anwesen befanden sich die Arrestzellen bei Marco nicht in einem Keller, sondern in einem separaten Gebäude neben dem Hauptgebäude. Als wir herauskamen, warteten Kylie und Alice bereits auf uns.

Kylie hüpfte an meine Seite, doch in ihrem Gesicht war immer noch ein Hauch von Anspannung zu erkennen. Seit dem gestrigen Kampf war sie ruhiger geworden. Das war einer der Gründe, warum ich wollte, dass sie hier draußen wartete, während wir die Befragung durchführten.

„Was habt ihr herausgefunden?", fragte sie, als ihr Blick zu dem Gebäude huschte, aus dem wir gekommen waren.

„Nicht viel", erwiderte ich. „Wir wissen immer noch nicht, ob die Abtrünnigen uns hier angreifen werden, und falls ja, wie."

„Hat er ihnen wirklich geholfen?"

„Sieht so aus. Er hat es zugegeben."

Kylie legte den Kopf schief. „Und was passiert jetzt mit ihm?"

Ich breitete die Arme aus. „Nach dem, was die Jungs mir erzählt haben, wird ein gescheiterter Herausforderer normalerweise verbannt. Sein Gestaltwandler-Mal wird entfernt, und er bekommt ein neues Mal auf der Stirn, damit sein neuer Status für jeden ersichtlich ist." Ich deutete auf meine Stirn. „Jede Sippe, die ihn in der Nähe ihres Territoriums sieht, hätte das Recht, ihn zu töten. Und …"

Meine Stimme stockte, als ich Kylies Gesichtsausdruck

bemerkte. Ihr Teint hatte einen leicht kränklichen Farbton angenommen, der absolut nicht zu ihrem rosafarbenen Kurzhaarschnitt passte. Sie blickte mich schweigend an und lächelte, doch ihr Mund zuckte.

Jetzt sprach ich schon darüber, dass Menschen umgebracht wurden, als wäre das nichts. Kein Wunder, dass sie sich unwohl fühlte.

„Geht es dir gut?", fragte ich. „Wenn du etwas brauchst …"

Kylie lachte unbeholfen. „Nein, nein. Ich glaube, es war einfach etwas viel Brutalität für mich. Außerdem habe ich letzte Nacht nicht gut geschlafen. Vielleicht sollte ich ein Nickerchen machen."

„Ich kann dich zu deinem Zimmer begleiten", bot Alice an. Ich wollte mich gerade zu Wort melden und sagen, dass ich das tun würde, hielt mich jedoch zurück. Womöglich brauchte Kylie von mir und den anderen Abstand.

Mit einem mulmigen Gefühl im Bauch blickte ich mich um. Meine Gefährten steuerten ebenfalls auf die Villa zu. Marco war ein wenig hinter den anderen zurückgeblieben, sein Gesichtsausdruck war untypisch ernst. Auch wenn er nicht erschöpft aussah, hatte seine übliche Schlagfertigkeit nachgelassen.

Der gestrige Kampf hatte ihm eindeutig mehr abverlangt, als er zugeben wollte.

Ich schloss zu ihm auf und hakte mich bei ihm ein. Er strahlte mich an. „Hallo, Prinzessin."

Ich legte meinen Kopf auf seine Schulter und wollte mich plötzlich nur noch in seine Wärme einhüllen. Mich an der Tatsache erfreuen, dass er noch hier war, lebte und atmete und nicht tödlich verletzt unter den Pranken des Tigerwandlers lag.

„Ich habe das Gefühl, dass wir beide nach gestern Abend ein wenig mehr Zeit brauchen, um uns zu erholen", sagte ich. „Gibt es auf dem Anwesen einen Ort, an dem wir wenigstens so tun können, als würden wir uns entspannen? Vielleicht ist es das, was du brauchst, um deine Kreativität wieder in Schwung zu bringen."

Marcos Mundwinkel bogen sich nach oben. „Da weiß ich genau den richtigen Ort."

19

Bei dem ganzen Trubel gestern hatte ich noch nicht die Gelegenheit gehabt, viel vom Haus zu erkunden. Als Marco die Tür zu dem riesigen Gewächshaus öffnete, das ich bisher nur von außen gesehen hatte, stockte mir der Atem.

„Wow." Ich betrat den Steinweg, der sich durch das dichte tropische Unterholz schlängelte. Über mir wölbten sich die Äste der Bäume wie ein Baldachin. Entlang der Wände waren hier und da künstliche Klippen in den Felsen gehauen worden, die Klettermöglichkeiten boten. Die Luft war warm und feucht, jedoch nicht drückend, und ein blumiger Duft umgab mich.

„Wie deine Kletterlandschaft in deinem Haus in New York, nur zehnmal größer", sagte ich.

„Das ist die Idee." Marco nahm meine Hand, und wir gingen nebeneinander den Weg entlang. „Das Klima hier in Florida ist zwar wärmer, doch die Winter sind trotzdem kühler, als es vielen von uns lieb ist. Hier können wir unsere Katzennatur ausleben, ohne uns Sorgen machen zu müssen, beobachtet zu werden. Ein Wolf oder ein Bär kann problemlos in den Wäldern herumlaufen. Ein Jaguar oder ein Löwe? Das würde Aufmerksamkeit erregen, wenn ein Mensch uns entdeckt."

Allerdings. „Ich nehme an, dass es auf dem Anwesen der Drachenwandlerinnen keinen *richtig* großen Raum wie diesen hier gibt?", vermutete ich. „Denn wenn eine Raubkatze auffällt ..."

Marco kicherte. „Dein Anwesen ist so abgelegen, dass du ohne Probleme in die Nähe fliegen kannst. Die Drachenwandlerinnen haben in der Umgebung viel Land erworben, um die Menschen auf Abstand zu halten."

Es hatte sich nicht allzu warm angefühlt, als wir den Raum betreten hatten, doch jetzt bildete sich ein Schweißfilm auf meiner Haut. Ich rieb mir die Arme. „Schade, dass man die Temperatur nicht niedriger stellen kann."

„Es gibt andere Möglichkeiten, sich abzukühlen", meinte Marco verschmitzt. „Die Klamotten auszuziehen ist mein Favorit."

Ich warf ihm einen scherzhaft verärgerten Blick zu. Er grinste mich an und sah wieder aus wie immer. Wenigstens dieser Teil meines Plans funktionierte.

„Ich glaube", sagte er und zog an meiner Hand, „ich weiß, wie ich dich überzeugen kann ..."

Wir bogen in einen Durchgang ein, der von einem gewölbten Busch gebildet wurde, und kamen an das Ufer eines künstlichen Teiches. Aus einem Rohr plätscherte Wasser hinein. Die Wände und der Boden waren braun gestrichen, damit sie wie Erde aussahen, und die Vegetation wuchs bis an den Rand des kristallklaren Wassers. Es sah unglaublich einladend aus.

„Hmm", sagte ich. „Das ist ein überzeugendes Argument."

„Ich gehe rein, auch wenn du es nicht tust", antwortete Marco, immer noch grinsend. Mit einer flinken Bewegung zog er sein Hemd aus und öffnete seine Hose. Verdammt. Die beiläufige Art, mit der sich die Gestaltwandler auszogen, wurde langsam normal für mich, aber es war trotzdem verdammt *heiß*. Auf die bestmögliche Art und Weise.

Und auch mir war nach wie vor heiß, auf eine nicht so angenehme Art. Außerdem war es nicht so, dass Marco mich nicht schon ein Dutzend Mal nackt gesehen hätte.

Ich zog das Baumwollkleid aus, das ich unter den ausgefalleneren Stücken in meinen Schränken gefunden hatte. Marco gab einen anerkennenden Laut von sich und sprang in den Pool. Gischt spritzte auf meine Haut, als ich mich aus meinem Höschen befreite. Die Tropfen fühlten sich so schön kühl an, dass ich mich, ohne das Wasser zu testen, einfach hinter ihm hineinstürzte.

Der Teich war so tief, dass mein Kopf untertauchte, bevor meine Füße den Boden berührten. Ich stieß mich vom Grund ab und genoss das Gefühl des Wassers auf meiner Haut. Ich war noch nie nackt baden gewesen. Jetzt war ich mir sicher, dass ich es mir zur Gewohnheit machen musste.

Ich strich mir die nassen Haare aus dem Gesicht. Marco strahlte mich an, sein Haar glänzte wie schwarze Tinte.

„Am Ufer gibt es ein paar Felsvorsprünge", sagte er. „Falls deine Beine müde werden."

„Ich glaube, meine Beine können ein bisschen Wassertreten vertragen."

„Hmm. Pass nur auf die Aale auf."

„Was?" Ich richtete mich ruckartig auf und sah mich argwöhnisch um.

Marco brach in Gelächter aus. „Ich mache nur Spaß, Prinzessin. Ich schwöre feierlich, dass das gesamte Anwesen aalfrei ist."

„Du …" Mir fehlten die Worte, um auszudrücken, was ich von diesem Witz hielt, doch das machte nichts. Ich hatte ein ganzes Becken voller Wasser, um mich zu wehren. Ich spritzte es ihm direkt ins Gesicht.

Marcos Augen funkelten. „Bist du sicher, dass du das willst? Fang keinen Kampf an, den du nicht bereit bist, zu verlieren."

„Große Worte von einer nassen Katze", erwiderte ich und spritzte ihn zur Sicherheit noch einmal voll.

Mit gespielt verärgerter Miene wischte er sich das Wasser aus dem Gesicht. „Du hast es so gewollt."

Anstatt zurückzuspritzen, stürzte er sich auf mich. Quiekend wich ich aus. Ich schaffte es, ihn noch einmal anzuspritzen, bevor er mich an der Taille packte. Mit dem anderen Arm schöpfte er einen Haufen Wasser und übergoss mich damit.

Prustend schüttelte ich den Kopf und befreite mich aus seinem Griff. Als ich mit meinen Beinen trat, bekam er einen ordentlichen Spritzer ab. Dann schnappte Marco nach meinem Knöchel. „Hey!", protestierte ich, als er mich einholte.

„Sieh mal, was ich gefangen habe“, stichelte er. „Einen seltenen Drachenfisch.“

In einem erstaunlichen Anflug von Reife streckte ich ihm die Zunge heraus und erzeugte eine weitere Welle mit meinem anderen Bein. Marco zerrte meinen Knöchel an seinem Körper vorbei und bewegte sich im selben Moment nach vorne, um meine Handgelenke zu packen. Er drückte sie sanft gegen den Rand des Beckens. „Schluss jetzt.“

Meine Füße kamen auf einem der Vorsprünge zum Stehen, von denen er vorhin gesprochen hatte. „Mit dir kann man einfach keinen Spaß haben“, sagte ich ihm.

„Oh“, sagte er, und seine Stimme wurde leiser, als er näherkam, „du hast ja keine Ahnung, wie viel Spaß man mit mir haben kann.“

Plötzlich wurde mir bewusst, dass er nur wenige Zentimeter neben mir im Wasser war. *Nackt.* Mein ebenfalls nackter Körper schmerzte vor Sehnsucht, diese letzten Zentimeter zu überbrücken. Ich hielt seinem Blick stand, erwärmt von der Hitze in seinen indigoblauen Augen.

„Ich weiß nicht“, sagte ich, und meine Stimme wurde leiser. „Ich glaube, ich habe eine ziemlich gute Vorstellung. Aber du kannst es mir gerne noch einmal zeigen.“

„Eine äußerst verlockende Einladung“, murmelte er.

Er beugte seinen Kopf, und ich neigte meinen, um seinen Kuss zu erwidern. Sein Mund war feucht und heiß und so fordernd, dass mich ein Zittern des Verlangens durchzuckte. Ich wollte ihn berühren, mit meinen Händen über diesen glatten, muskulösen Körper streichen und ihn an mich ziehen, doch er hielt mich auf Abstand, meine Handgelenke fest umklammert. Alles, worauf ich mich konzentrieren konnte, war der Kuss.

Seine Zunge glitt in meinen Mund und verschlang sich mit meiner. Ein bedürftiges Wimmern drang aus meiner Kehle, als der Kuss intensiver wurde. Ich ertrank in ihm, in seinem leicht herben Geschmack, in dem Verlangen nach mehr.

Dann ließ Marco meinen Mund los und seine Lippen wanderten meinen Hals hinunter. Meine Augenlider öffneten sich flatternd. Mein Blick blieb an einem tiefroten Kratzer hängen, der von einer Stelle hinter seinem Ohr bis zum Haaransatz verlief. Ich zuckte zusammen, mein Herz stotterte vor einer Emotion, die nichts mit Erregung zu tun hatte.

Marco zog sich zurück. „Was ist los?", fragte er mit besorgtem Blick. Sein Griff um meine Handgelenke lockerte sich.

Ich zog eine meiner Hände zurück und legte sie auf seinen Hals. Mein Daumen strich über die frische Narbe. „Ich wusste nicht, dass Julius dich hier erwischt hat." So nah an seiner Halsschlagader.

„Das ist doch nicht wichtig, oder?", sagte Marco leichthin. „Letztendlich habe ich den Sieg davongetragen."

„Ich weiß." Doch die Angst, die ich während ihres Kampfes empfunden hatte, hallte in mir nach. „Ich habe es fast nicht ertragen, euch beiden zuzusehen", gab ich mit leiser Stimme zu. „Jedes Mal, wenn er dir wehgetan hat, habe ich es auch gespürt. Du kannst dir gar nicht vorstellen, wie gerne ich dir zur Hilfe gekommen wäre und ihm den Arsch aufgerissen hätte."

Ich beendete den Satz mit einem Knurren. Marco

lächelte. „Das wäre ein toller Anblick gewesen. Vielleicht bekommst du noch eine Chance dazu, wenn es so weiter geht."

Im Moment wollte ich nicht an die Abtrünnigen und die Bedrohung, die immer noch über uns schwebte, denken. Dieses Problem würde auf uns warten, wenn wir das Gewächshaus verließen. Aber jetzt …

Ich senkte meinen Kopf und presste meine Lippen auf die Narbe. Marcos Atem ging stoßweise. Sein Herz pochte unter meiner Hand, die auf seiner Brust ruhte. Ich küsste jeden Zentimeter der rötlichen Linie, die nur eine Haaresbreite von einer tödlichen Wunde entfernt war.

Ein fast wilder Glanz schimmerte in Marcos Augen, als ich mich zurückzog. Er beugte sich vor, so nah, dass seine Nase die meine berührte. Dann sprach er langsam und mit erstickter Stimme.

„Ich meinte, was ich vorhin gesagt habe. Dass ich dich mehr will, als ich Alpha sein will. Als ich ihm gegenüberstand, war das alles, woran ich dachte. Ihn zu besiegen, damit ich dein Gefährte bleiben kann. Damit ich dich wieder küssen kann. Wieder mit dir lachen kann." Er hielt inne und zog sich erneut zurück, um mir in die Augen zu sehen. „Meine Flammenprinzessin. Meine Serenity. Meine Drachenwandlerin. Egal, was sonst noch passiert, es wird nie eine andere für mich geben. Ich liebe dich, Ren."

Ich hatte einen Kloß im Hals. Die Emotionen schwollen in meiner Brust an, hell und berauschend. „Ich liebe dich auch", sagte ich, ohne darüber nachdenken zu müssen. Es war fast eine Erleichterung, es zu sagen. Gott, warum hatte ich es nicht schon längst gesagt, zu allen

Jungs? Das sollte ich viel öfter tun. Die ganze Zeit. Bis sie es nicht mehr vergessen konnten. Denn es war die Wahrheit. Inmitten des ganzen Chaos hatte ich mich von ganzem Herzen in sie verliebt.

Und immer, wenn Marco und ich uns berührten, strömten die gleichen Gefühle in mich zurück. Er grinste mich an und bei seinem Strahlen stockte mir der Atem. Er machte Anstalten, mich erneut zu küssen, doch im selben Moment ertönten Stimmen vom anderen Ende des Gewächshauses.

„Was meinst du, Bäume oder Boden?"

„Warum nicht beides? Ich könnte etwas Bewegung gebrauchen."

Mist. Natürlich hatte die gesamte Sippe Zugang zu diesem Paradies. Ich schnitt eine Grimasse, und Marco schüttelte schmunzelnd den Kopf. Obwohl ich mich schon daran gewöhnt, hatte, dass mich alle Gestaltwandler nackt sahen, war ich nicht scharf darauf, diesen intimen Moment mit meinem Gefährten vor Publikum zu erleben.

„Wenn sie uns zusammen sehen, werden sie wahrscheinlich abhauen", murmelte Marco.

Eine verrückte Idee zündete in meinem Kopf. Eine, die zumindest das Treffen mit uns überflüssig machen würde. Und vielleicht würde sie Marcos Ruf bei seiner Sippe ein wenig mehr wiederherstellen. Ein verschmitztes Lächeln umspielte meine Lippen. Marco zog die Augenbrauen hoch, und ich drückte ihm einen Finger auf den Mund, um ihm zu bedeuten, still zu sein. Dann erhob ich meine Stimme.

„Oh, Marco! Ja, genau so. Mmm, hör nicht auf!"

Fältchen bildeten sich um Marcos Augenwinkel

herum, als er ein Lachen unterdrückte. Das Gespräch der Eindringlinge verstummte. Um auf Nummer sicher zu gehen, stieß ich ein lautes Stöhnen aus. „Oh, ja. Genau so! Du bist so gut!"

Ein kurzes Rascheln ertönte, dann wurde die Tür geschlossen. Marco legte seinen Kopf neben meinen, seine Schultern bebten, während er stumm vor sich hin lachte. Mir entwich ein Kichern und wir brachen beide in Gelächter aus.

Ich wischte mir die Lachtränen aus den Augen. „Was glaubst du, wie lange es dauert, bis sie es wieder wagen, einen Fuß hier hineinzusetzen?"

„Sie werden wahrscheinlich warten, bis ich auf der anderen Seite des Landes bin", erwiderte Marco. „Du kannst von Glück reden, dass sie nicht zufällig Voyeure sind."

„Oh, in dem Fall wäre mir sicher noch etwas anderes eingefallen."

Seine Augenbrauen schossen wieder nach oben. „Jetzt finde ich es schade, dass ich die Gelegenheit verpasst habe, das zu sehen."

„Pech für dich." Oder vielleicht auch nicht. Sein Arm war knapp unter meinen Brüsten zum Liegen gekommen. Unsere Beine waren miteinander verschlungen. Mein Herz setzte einen Schlag aus, als mich eine intensive Welle der Lust überkam. „Was meinst du? Kannst du dafür sorgen, dass ich mich wirklich so anhöre?"

Marcos Augen begannen zu glühen. „Ich denke, ich bin dieser Herausforderung gewachsen. Willst du das denn, Prinzessin?"

Ich wollte. In diesem Moment, als er mich so ansah, gab es nichts, was ich mehr wollte.

„Ich will dich", sagte ich, leise, aber deutlich. „Dich ganz und gar. Marco, willst du mich als deine Gefährtin?"

Ein kehliger Laut entwich ihm, dann küsste er mich wieder, mit so viel Begierde, dass mein Körper in Flammen stand. Ich umklammerte seine Schulter mit einer Hand, während meine andere über die Muskeln strich, die ich schon vorhin erkunden wollte. Das Wasser plätscherte um uns herum, als wir uns leidenschaftlich küssten.

Marco umfasste meine Brüste und ließ seine Handballen über meinen Brustwarzen kreisen. Das Wasser kitzelte sie zwischen jeder seiner Liebkosungen noch mehr. Ich stöhnte an seinem Mund und wölbte mich seiner Berührung entgegen. Er nutzte die Gelegenheit, um seine Zunge mit meiner zu verschlingen. Wir lieferten uns ein Duell und verschlangen uns gegenseitig. Als er meine Brustwarzen zwischen Daumen und Zeigefinger nahm, schoss ein Funke intensiver Lust direkt in mein Innerstes.

Ich keuchte und drückte meine Hüften gegen ihn. Seine harte Erektion drängte gegen meine Mitte und verstärkte mein Verlangen. Dann ließ er meine Brüste los, um meine Oberschenkel zu packen und mich an sich zu ziehen. Sein Schwanz rieb an meinem Kitzler. Ich erschauderte vor Lust, als er seine Hüften bewegte und mich mit jedem Stoß mehr erregte.

„Die Antwort lautet ja", raunte er. „Falls du Zweifel daran hattest." Dann presste er seinen Mund wieder auf meine Lippen. Ich schwelgte in der Glückseligkeit, die meinen Körper durchströmte, doch mein Geschlecht pochte noch immer vor Verlangen.

Ich griff zwischen uns hindurch, um seinen Schwanz zu umfassen. Marco brummte vor Lust, als ich sie auf und ab gleiten ließ. Ich hob meine Hüften und bot mich ihm an, während sich seine Brust wieder anspannte.

Er unterbrach unseren Kuss und sah mir in die Augen. Fragend blickte er mich an. Als ob ich mich nicht schon deutlich genug ausgedrückt hätte.

„Bitte", sagte ich und zog ihn an mich.

Er drückte mich fester gegen die Wand, während er Zentimeter für Zentimeter in mich eindrang. Ich klammerte mich an ihn und widerstand dem Drang, mich wie wild an ihn zu drücken, egal wie sehr ich ihn jetzt vollständig in mir haben wollte. Das erregende Brennen strahlte von meinem Inneren durch jeden Nerv. Er küsste meinen Kiefer, als er bis zum Anschlag in mich eindrang. Sein heißer Atem strömte in meinen Nacken.

„Oh, Gott, Prinzessin", stöhnte er. „Du bist so verdammt schön."

Ich keuchte, verloren in meinem Verlangen nach ihm. „Weniger reden, mehr ficken."

Er gluckste und begann sich zu bewegen. Mit jedem Stoß zitterte mein Körper mehr und schrie nach Erlösung. Die Verbindung zwischen uns entflammte in einem Rausch der Glückseligkeit, bei dem mir die Luft wegblieb. Ich bewegte meine Hüften im Takt mit seinem Rhythmus und wimmerte, als er noch tiefer in mich eindrang.

„Ich habe dich noch nicht dazu gebracht, meinen Namen zu schreien", flüsterte er. „Das wolltest du doch, oder?"

„So ist es gut", sagte ich keuchend. „Das ist – oh!"

Mit seinem nächsten Stoß veränderte er den Winkel meiner Hüften. Sein Schwanz drückte fest gegen die empfindliche Stelle in mir. Ich erzitterte bei dem Gefühl, Ekstase trübte meine Sicht.

Marco steigerte sein Tempo und traf die Stelle mit jedem berauschenden Stoß. Ich stöhnte auf und mein Kopf fiel nach hinten. „Gott. Genau da. Hör nicht auf."

Sein Glucksen ging in einem weiteren Stöhnen unter. Er stieß erneut in mich hinein, dann noch einmal. Das reichte, um mich aufs Neue zum Höhepunkt zu bringen. Ich schrie auf, so laut, dass es wahrscheinlich der ganze Raum hätte hören können, wenn ich vorhin nicht alle verscheucht hätte.

Marcos Lippen trafen auf meine. Ich küsste ihn, während hinter meinen Augen Funken sprühten. Er folgte mir mit einem Schaudern und ergoss sich in mir.

Seine Stöße ebbten langsam ab, doch das Nachbeben hatte meinen Körper noch immer fest im Griff. Ich umarmte ihn, zitternd vor Glückseligkeit. „Das ist meine Prinzessin", sagte er leise. Er nahm mich in die Arme.

Ich schmiegte meinen Kopf an seine Schulter, überwältigt von meinen Gefühlen, die nicht nur vom Sex herrühren konnten. „Und das ist mein Gefährte", flüsterte ich zurück.

Er küsste mich auf die Wange und strich über mein Haar. Ich kuschelte mich an ihn. Wie lange konnten wir hier noch bleiben? Ich genoss diese kleine Auszeit viel zu sehr.

Marco neigte meinen Kopf zurück und küsste mich. Der Kuss begann sanft, doch als ich ihn erwiderte, regte sich erneut Verlangen in mir. Er gab einen zustimmenden Laut von sich, als ich ihn leidenschaftlicher küsste.

Als ich gerade mit dem Gedanken an eine zweite Runde spielte, um die verlorene Zeit wieder aufzuholen, drang ein Klappern durch die Wände des Gewächshauses.

Wir erstarrten und spitzten die Ohren. Eine Sekunde lang war nichts zu hören. Dann wurde die Luft vom Knall eines Schusses zerrissen.

20

Marco und ich stiegen aus dem Becken. Wir hatten keine Zeit, uns anzuziehen. Wir hatten nicht einmal Zeit, uns abzutrocknen. Tropfen liefen mir den Rücken und die Brust hinunter, als wir zur Tür rannten. Jegliche Wärme, die noch in mir gewesen war, verflog. Alles, was ich spürte, war eine stechende Kälte mitten in meiner Brust.

Ein weiterer Schuss ertönte. Diesmal hörte es sich so an, als käme er aus dem Inneren des Hauses. Meine Muskeln verkrampften sich. Erinnerungen flackerten in meinem Hinterkopf auf. Die sauberen, hellen Flure des Anwesens der Drachenwandlerinnen, mit Blut bespritzt. Eine Schwester, ein Vater, ein anderer, der auf dem Boden lag. Das Klicken eines Gewehrs, das nachgeladen wurde.

Ich hatte einen kupferartigen Geschmack im Mund. Nein. Ich wollte nicht Zeuge eines weiteren Gemetzels werden. Die Abtrünnigen würden mir meine Alphas nicht wegnehmen. Sie würden hier keinen Gestaltwandler töten.

Doch das Klopfen meines Herzens und die Schüsse, die in meinen Ohren widerhallten, sagten mir, dass sie es wahrscheinlich schon getan hatten. Und um mitten am Tag mit Waffengewalt auf das Anwesen stürmen zu können, mussten sie Hilfe gehabt haben.

Nicht von Julius. Er war noch immer in der Arrestzelle eingesperrt.

Als wir die Tür erreichten, warf ich Marco einen Blick zu. „Es gibt noch einen Verräter in deiner Sippe", sagte ich. „Das muss der Grund sein, warum Julius so wenig wusste. Er war die Marionette von jemand anderem."

Marco riss die Tür auf. „Scheint so", sagte er mit fester Stimme. „Was bedeutet, dass noch jemand hier meine Reißzähne in seiner Halsschlagader spüren muss."

Falls er nah genug herankam, bevor er sich eine Kugel einfing. Meine Lunge zog sich zusammen. Ich fasste ihn am Arm. „Wir werden uns beeilen, aber wir können nicht einfach da reinstürmen. Sie haben Waffen. Wir nicht. Wir müssen klug vorgehen."

Marco schenkte mir ein verschmitztes Lächeln. „Ich weiß, wie man klug kämpft, Prinzessin. Mach dir keine Sorgen um mich. Hast du mich gestern Abend nicht gesehen?"

Er nahm meine Hand, drückte sie fest und wir liefen gemeinsam den Flur entlang. Weiter vorne ertönten Stimmengewirr und ein Schrei. Meine Nerven kribbelten vor Verlangen, mich zu verwandeln. Ich wollte einen wütenden Feuerregen auf jeden niederprasseln lassen, der meine Sippe bedrohte, doch ich wagte es noch nicht, nachzugeben. Ich musste mir meine Energie für den eigentlichen Kampf aufsparen.

Marco hingegen schien meine Bedenken nicht zu teilen. Er drückte meine Finger noch einmal, bevor er sie losließ. Eine Sekunde später machte er in seiner Jaguargestalt einen Sprung nach vorne. Im Handumdrehen hatte er mich überholt.

Ich konnte ihn nicht allein ins Getümmel rennen lassen. Ich zwang meine Beine dazu schneller zu laufen, und nutzte dabei die ganze Drachenkraft meines menschlichen Körpers.

Wir bogen um eine Ecke, und vor uns kam das Hauptfoyer mit seiner großen Treppe in Sicht. Am Fuß der Treppe lag ein zusammengesackter Körper. Drei weitere Gestalten rannten durch den Flur, ihre Gesichter waren weiß vor Panik. Ein Löwe sprang vor und kippte zur Seite, als ein weiter Schuss ertönte. Ein Blutfleck breitete sich auf seiner gelbbraunen Schulter aus.

„Es hat keinen Sinn zu kämpfen!", rief eine energische Stimme. Irgendetwas an ihr ließ mich aufhorchen. „Wir haben kein Problem mit der Sippe. Bringt die Alphas und die Drachenwandlerin nach vorne, der Rest von euch kann gehen."

Eine weitere Stimme drang von weiter weg an meine Ohren: Nates tiefer Bariton. „Auf eure Zimmer, Katzenwandler", brüllte er. „Schließt eure Türen ab. Wir kümmern uns darum."

Waren die anderen Alphas auch schon da? Mein Puls stotterte. Ich rannte noch schneller, die Muskeln in meinen Beinen brannten. Marco stürmte vor mir her, seine Pfoten polterten über den schweren Teppichboden.

Hinkend setzte der Löwe erneut zum Angriff an. Erneut hallten Schüsse durch die Luft. Außerhalb meiner

Sichtweite ertönte ein dumpfer Schlag, doch ich konnte mir nur zu gut vorstellen, was passiert war: Die große Raubkatze sackte in sich zusammen und verwandelte sich in ihre menschliche Gestalt. Blut sammelte sich unter dem schlaffen Körper.

Eine weitere Erinnerung schoss mir durch den Kopf, so scharf und deutlich, dass ich die Umgebung um mich herum nicht mehr wahrnahm. Ich war fünf und klammerte mich an den Arm meines Wolfswandlervaters. Ich schluchzte so heftig, dass mein Bauch wehtat. Blut klebte an meinen Händen. Das Klicken des Gewehrs. Meine Mutter, die mich am Arm packte und mich auf die Beine zerrte.

Weg. Weg.

Ich stolperte und war plötzlich im Foyer. Die Leiche, die ich mir vorgestellt hatte, lag nur wenige Meter von meinen Füßen entfernt – Coreens Ehemann, sein Blick war leer. Ich sank gegen die Wand.

Rund um die Treppe herum herrschte Chaos. Die Katzenwandler hatten Nates Anweisung nicht befolgt, zumindest die meisten nicht. Selbst in einer Krise waren sie offenbar nicht bereit, auf einen Bären zu hören. Panther und Tiger, Löwen und Luchse stürzten sich knurrend auf tierische Feinde aller Art. Mehrere weitere Körper waren im Schatten der Treppe zusammengesackt. Ich konnte nicht erkennen, welche von ihnen unsere Leute und welche Abtrünnige waren. Hunderte Feinde schienen gegen uns zu kämpfen.

Meine Alphas waren mitten im Getümmel. Nates Bär und Wests Wolf sahen aus, als würden sie versuchen, die anderen Gestaltwandler in den Hauptgang zu treiben, während sie die Abtrünnigen abwehrten. Aarons Adler flog einen Bogen um die Treppe herum, um ein Wiesel zu erledigen, das sich von oben auf die anderen stürzen wollte.

Alice war auch da – in ihrer menschlichen Gestalt. Sie stand in einer Ecke und drängte Kylie hinter sich. Mein Herz schlug heftig. Ich wusste nicht, wie sie in dem Raum gelandet waren, doch sie saßen in der Falle. Der einzige Ausweg führte mitten durch die Kämpfe hindurch. Meine beste Freundin drückte sich mit dem Rücken an die Wand, die Arme fest um ihren Körper geschlungen. Ihre großen Augen waren auf die Gestalten am anderen Ende des Foyers gerichtet.

Die Abtrünnigen, die noch in ihrer menschlichen Gestalt waren, standen auf der anderen Seite des dicken Teppichs neben der Doppeltür des Hauses. Zwei hielten Pistolen und drei andere Gewehre. Sie hatten mehr Waffen dabei als die anderen Gruppen bei den früheren Angriffen. Bei diesem Anblick drehte sich mir der Magen um und mir wurde übel, als ich ein vertrautes Gesicht in ihrer Mitte entdeckte, während sie vorwärts marschierten.

Ich hatte falsch gezählt. Es waren drei Pistolen, doch der Kerl, der die dritte hielt, war kein Abtrünniger. Es war Phillipe, der lückenhaft behaarte Schneeleopardenwandler, der gestern Abend so viel Aufhebens um Marco gemacht hatte.

Als hätte er meinen Blick auf sich gespürt, huschten seine Augen zur Seite und fanden mich. Die Frau neben ihm hob ihr Gewehr, um auf Aaron zu schießen, und traf ihn am Flügel. Phillipe lächelte dünn und wandte sich an die anderen.

„Da ist unsere Drachenwandlerin", sagte er, und ein grausamer Unterton schlich sich in seine heitere Stimme. „Tötet sie."

Drei Gewehre richteten sich auf mich. Ich stürzte auf eine offene Tür am Ende des Flurs zu. Im selben Moment stürmte Marco los.

Der Jaguar prallte gegen eine Abtrünnige und warf sie um, als sie gerade schoss. Der Kerl neben ihm zuckte zusammen, sein Schuss ging daneben. Phillipe fluchte und richtete seine Pistole auf Marco.

„Nein!" Ich schnellte wieder vorwärts und stieß mich dabei vom Boden ab. Mein Körper verwandelte sich schneller als je zuvor. Meine Muskeln schrien, und meine Haut brannte. Ein stechender Schmerz schoss durch meine Knochen. Dann stürzte ich mich mit einem drakonischen Brüllen auf Phillipe, bevor er den Abzug betätigen konnte.

Aaron sauste auf einen anderen bewaffneten Abtrünnigen herab. Nate stürmte durch das Schlachtfeld auf uns zu, und West wirbelte herum, um uns zu folgen. Die Abtrünnige, die Marco angegriffen hatte, knallte ihm ihre Waffe seitlich gegen den Kopf und schaffte es, sich unter ihm wegzurollen. Er erwischte ihr Handgelenk mit seinem Kiefer. Ein knackendes Geräusch ertönte und sie keuchte auf. Die Pistole fiel klappernd zu Boden.

Phillipe hatte das Gleichgewicht verloren, als ich mich auf ihn gestürzt hatte. Er verwandelte sich und sprang beiseite. Ich schmolz seine Waffe mit einem Strahl aus Drachenfeuer, bevor ich herumwirbelte, um ihn zu verfolgen. Wo war Kylie? Ich musste sicherstellen, dass es ihr gut ging. Ich musste dafür sorgen, dass es *allen* hier gut ging.

Der Schneeleopard stellte sich Nate in den Weg, und der Grizzly stieß ihn zur Seite. Um uns herum tobte der Kampf weiter. Einer der verbliebenen menschlichen Abtrünnigen feuerte ein paar weitere Schüsse ab, von denen einer Nate in die Hüfte traf. Blut spritzte über die polierten Dielen. Fell flog durch die Gegend und Tierstimmen kreischten. Ich konnte kaum erkennen, welche der lebenden Körper zu meinen Sippen gehörten und welche zu den Abtrünnigen.

In diesem Augenblick manifestierte sich eine harte Gewissheit in mir. Es war mir egal, ob Nates Sippe oder Marcos Sippe an meiner Fähigkeit, sie zu führen, zweifelten. Es war mir egal, was die Abtrünnigen ihnen als Alternative angeboten hatten. Die Tatsache war, dass die Abtrünnigen für *das hier* verantwortlich waren. Gewalt, Schmerz, Chaos.

Vielleicht wusste ich nicht, wie gut ich als Anführerin sein würde, doch ich konnte meiner Sippe auf jeden Fall etwas Besseres bieten als das hier.

Mit der Kraft dieser Entschlossenheit, die sich in meinem Bauch zusammenzog, spie ich einen kräftigen Strahl Drachenfeuer auf den Abtrünnigen, der auf Nate geschossen hatte. Er kreischte und sackte zusammen. Die Abtrünnige, deren Handgelenk Marco gebrochen hatte, bemühte sich, ihre Waffe mit der schwächeren Hand zu halten. Ich verbrannte sie zu Asche, bevor sie ihre Waffe richtig zu fassen bekam.

West hatte sich auf einen Kerl gestürzt, der ein Gewehr in der Hand hielt. Der Wolf schnappte nach den

Beinen des Abtrünnigen, während der Kerl versuchte, zu zielen. Er hatte bereits einen Schuss abbekommen – ein dunkelroter Streifen durchzog das rötlich-silberne Fell auf Wests Rücken, wo eine Kugel ihn gestreift und nur knapp seine Wirbelsäule verfehlt hatte.

Wut flammte hinter meinen Augen auf. Ich konnte den Abtrünnigen nicht grillen, ohne gleichzeitig auch meinen Gefährten zu versengen. Allerdings hatte ich auch Zähne und Klauen.

Ich verpasste dem Kerl einen Tritt gegen den Kopf. Einen Sekundenbruchteil später schlug West seine Zähne in die Kehle des Abtrünnigen und trat ihm das Gewehr aus der Hand. Ich spuckte eine weißglühende Flamme darauf und verwandelte es in eine blubbernde Masse aus Metall.

Ein Gedanke schoss mir durch den Kopf: Mama hätte mit den Abtrünnigen, die ihre Familie vor sechzehn Jahren angegriffen hatten, kurzen Prozess gemacht, wenn sie so hätte kämpfen können. Hätte sie nicht ihre drei Töchter beschützen müssen, die sich noch nicht verwandeln konnten.

Die Menschen, die wir liebten, die schwächer waren als wir selbst, machten uns verwundbar.

Panik überkam mich. Kylie! Ich sprang über die Treppe und machte mich auf die Suche nach ihr. Und auf die Suche nach dem Schneeleoparden, der es geschafft hatte, sich einen Weg durch das Getümmel zu bahnen.

Ich fand sie beide. Phillipe stand Alice gegenüber, die noch immer in ihrer menschlichen Gestalt, deswegen jedoch nicht weniger gefährlich war. Er stürzte sich auf sie, und sie rammte ihm ihren Ellbogen in die Schläfe. Durch den Schlag geriet er ins Taumeln. Kylie keuchte. Sie tastete nach einem Gemälde, das direkt neben ihr hing, hob es vom Haken und schleuderte es auf ihren Angreifer.

Die Ecke des schweren Rahmens traf Phillipe genau gegen den Kopf. Ich spuckte einen Feuerstrahl auf den Schneeleoparden, der jedoch in letzter Sekunde beiseite sprang. Der Schmerzensschrei, den er ausstieß, verriet mir, dass ich ihn zumindest angesengt hatte. Er flüchtete unter die Treppe.

Brüllend stürzte ich mich wieder in den Kampf. Meine Klauen erwischten hier einen Schakal, dort einen abtrünnigen Bären und ein paar weitere Eindringlinge. Die Katzenwandler, die nicht zu schwer verletzt waren, um weiterzukämpfen, kreisten die schwindende Zahl der verbliebenen Abtrünnigen ein. Das war auch gut so, denn die Strapazen der langen Verwandlung holten mich ein, und zwar mit einem noch heftigeren Schmerz als sonst. Vielleicht, weil ich mich so schnell verwandelt hatte?

Das muss ich Aaron fragen, dachte ich vage, während ich einen letzten Abtrünnigen gegen die Wand schleuderte. Meine Muskeln verkrampften sich, egal wie sehr ich mich bemühte, durchzuhalten. Ich brach auf dem Boden zusammen. Meine menschlichen Hände knallten auf den Boden, meine Knie schlugen auf dem polierten Dielenboden auf.

Ich holte tief Luft und rappelte mich auf. Mein Blick blieb an einer gebeugten Gestalt unter der Treppe hängen.

Phillipe. Der Schneeleopard saß zusammengekauert da. Sein linkes Vorderbein und der größte Teil seiner Schulter waren schwarz verkohlt. Er fletschte die Zähne und hechelte. Ein winziger Hauch von Mitgefühl stieg in mir auf.

Er war schuld daran, dass heute all das Blut hier vergossen wurde. Und warum? Damit er sich von niemandem sagen lassen musste, was er zu tun hatte? Weil er dachte, er würde unter den Abtrünnigen eine Art Ruhm erlangen?

Doch seine Gründe waren mir scheißegal. Das Einzige, was zählte, war, dass er keine Chance bekam, so etwas noch einmal zu tun.

Ich schritt zu ihm hinüber und wurde langsamer, als ich mich näherte. Phillipe knurrte, schien allerdings nicht in der Lage zu sein, sich wirklich zu wehren.

Eine Katzenwandlerin, ein Puma, trat neben mich. „Holt ihn da raus", sagte ich zu ihr. „Bringt ihn irgendwohin, wo ihn jeder sehen kann."

Der Schneeleopard knurrte, konnte jedoch nicht mehr tun, als sich zu winden und zu zucken, als die Pumafrau ihn am Genick packte. Die größere Katze zerrte ihn ins Licht, wo die Mittagssonne durch die offenen Türen strömte. Ich biss die Zähne zusammen und folgte ihnen.

Die Pumafrau ließ von Phillipe ab und wich einen Schritt zurück. Ich stellte mich über den Schneeleoparden und blickte in seine gelbgrünen Augen. Dutzende von Katzenaugen waren auf mich gerichtet. Und ein Paar Menschenaugen. Kylie starrte mich an, ihr Gesicht war immer noch blass.

Der Gedanke daran, was sie jetzt von mir denken musste, versetzte mir einen Stich in die Brust. Doch ich konnte mich von diesen Sorgen nicht ablenken lassen. Was ich hier tat, war verdammt wichtig.

Also sollte ich es besser gut machen.

„Phillipe", sagte ich und erhob meine Stimme. „Du warst ein Gestaltwandler und hast deine Sippe verraten. Du hast all diese Zerstörung über das Anwesen deines Alphas gebracht, über deine Sippe." Ich wies mit dem Arm auf das gesamte Foyer. „Doch ich werde dir eine Chance geben. Denn ich bin nicht hier, um zu zerstören, wenn es sich vermeiden lässt. So viel von unserer Gemeinschaft wurde von den Abtrünnigen und Verrätern wie dir zerstört. Wirst du uns helfen, es wieder aufzubauen? Oder geht es dir nur darum, Dinge kaputtzumachen?"

Phillipe klammerte sich an seine Leopardengestalt, seine Augen verengten sich. Die Muskeln in seinen Hüften spannten sich an. Ich wappnete mich, als ich seine Absicht spürte. Wenn er die Sache auf diese Weise beenden wollte, sollten alle zusehen, wie er seine Entscheidung traf.

Mit letzter Kraft stieß er sich vom Boden ab, sein Kiefer weit aufgerissen, als wollte er mich ganz verschlingen.

Meine Hand kribbelte, als ich meine Finger verwandelte. Mit dem sauren Atem des Schneeleoparden im Gesicht schlitzte ich ihm mit meinen Drachenkrallen den Hals auf und durchtrennte seine Kehle.

21

Der Verräter, Phillipe, sackte zu Rens Füßen zusammen, Blut strömte über seine Brust. Meine Drachenwandlerin wich zurück und schüttelte ihre Hand, um ihre Krallen zurückzuziehen. Als der Schneeleopard sich wieder in Phillipes sehnige menschliche Gestalt verwandelte, drehte sie sich um. Unsere Blicke begegneten sich und ich sah, dass ihre Augen vor Sorge schimmerten.

Und warum? Weil sie einen aus meiner Sippe getötet hatte? Gut, dass wir dieses Stück Mist los sind. Sie war verdammt umwerfend gewesen.

Ich verwandelte mich in meine menschliche Gestalt, wobei ich die Schmerzen und die Stellen, an denen ich morgen neue Narben haben würde, ignorierte. Dann führte ich meine Hände zusammen und begann zu klatschen.

Im ganzen Raum wichen meine Sippe und die anderen

Alphas langsam zurück. Die meisten von ihnen stimmten in meinen Applaus mit ein. Ren drehte ihren Kopf, während sie unsere Reaktion zur Kenntnis nahm. Erst sah sie erschrocken aus, doch dann hob sie ihr Kinn und mein Herz schwoll vor Zuneigung an, als sie ihre Rolle annahm. Sie war keine Flammenprinzessin. Die Frau vor mir war durch und durch eine Königin.

Ich ging auf sie zu und nahm ihre Hand. „Er hat bekommen, was er verdient hat", sagte ich mit leiser Stimme. „Du warst unglaublich, Ren."

Ich beugte mich vor, um sie zu küssen, und jemand in der Menge stieß einen erschöpften, aber dennoch freudigen Schrei aus. Alle aus meiner Sippe mussten jetzt spüren, dass die Bindung zu meiner Gefährtin vollzogen war, dass ihr eigenes Verlangen ihnen nach all den Jahren neue Katzenkinder bescheren konnte. Doch das war nicht der einzige Grund zum Feiern.

Ren erwiderte meinen Kuss, als würde sie durch das Aufeinandertreffen unserer Lippen neue Kraft schöpfen. Ich war bereit, ihr alles zu geben, was sie brauchte. Sie berührte meine Wange und bemerkte den Kratzer direkt unter meinem Auge, der noch nicht verheilt war. Ich schüttelte den Kopf, um ihr zu verstehen zu geben, dass sie sich deswegen keine Gedanken machen musste. Die Wunde brannte nur noch ganz leicht.

Dann drehte ich mich zu meiner Sippe um und hob unsere ineinander verschränkten Hände triumphierend in die Luft. „Wir haben die Abtrünnigen und Verräter in unserer Sippe besiegt. Dies ist die Sicherheit, die uns eine Drachenwandlerin bietet. Uns steht ein neues Zeitalter bevor. Ein Zeitalter, in dem wir Gestaltwandler gemeinsam gegen unsere Feinde vorgehen und ohne den Schatten der Gewalt über uns leben und lieben werden."

„Hoch lebe die Drachenwandlerin!", rief jemand – Silvan, wie ich glaubte – aus dem Publikum.

„Hoch lebe die Drachenwandlerin!", stimmten mehrere Stimmen ein. Einige scheu, andere hinkend, aber alle mit strahlenden Augen. Ein paar Mitglieder meiner Sippe schlichen sich heran, um Ren ihren Respekt zu erweisen, als hätten sie sie gerade erst kennengelernt.

Besser spät als nie. Ein Lächeln schlich sich in mein Gesicht, als ich beobachtete, wie sie eifrig nickten, ihr die Hände schüttelten und Worte der Dankbarkeit und Ermutigung murmelten. Niemand hier hatte jemals zuvor eine Schlacht wie diese auf unserem heimischen Boden gesehen. Und niemand hier hatte je einen Drachenkampf gesehen, wie ihn Ren gerade abgeliefert hatte.

Selbst Katzenwandler wussten die Stärke, die sie gezeigt hatte, zu schätzen – und die Gnade.

Mein Blick wanderte von ihr zu denen, die wir trotz des Mutes meiner Gefährtin und all unserer Bemühungen verloren hatten. Coreens Mann, Raoul, hatte eine tödliche Kugel in die Brust bekommen. Und auch ein paar anderen hatten die Abtrünnigen im Kampf tödliche Schläge versetzt. Einige meiner Diener, die zu Hilfe geeilt waren, waren gefallen und nicht mehr aufgestanden. Und manche der Gestaltwandler, die noch lebten, waren durch ihre Wunden zu geschwächt, um aufzustehen.

Nachdem sich das Chaos gelegt hatte, waren einige weitere Bedienstete in den Raum geschlichen. Ich winkte sie herbei. „Bringt unsere Verletzten schnell ins Ärztezimmer. Und wir müssen ein Begräbnis für die Toten organisieren." Ich hielt inne. Nicht für alle Toten. Phillipe hatte das Recht auf diese Ehrerbietung verloren, und die Abtrünnigen verdienten sie ohnehin nicht. „Die Abtrünnigen werden woanders verbrannt."

Sie nickten und liefen los, um meinen Anweisungen zu folgen. Coreen kniete mit hängenden Schultern neben ihren Mann und legte ihm eine Hand auf die Stirn. „Ich werde mich um ihn kümmern", teilte sie den Dienern, die zu ihr geeilt waren, mit rauer Stimme mit. Ihr Blick fand den meinen.

„Es tut mir leid", sagte ich.

Ihr Mund verzog sich. „Er hat gut gekämpft. Zurückhaltung lag nicht in seiner Natur." Sie blickte über meine Schulter zu Ren und dann wieder zu mir. „Danke", fügte sie hinzu. „Vielleicht hatten wir schon zu lange keine Drachenwandlerin mehr."

„Und ich habe nicht die Absicht, diese hier zu verlieren", sagte ich, woraufhin sie sich ein schwaches Lächeln abrang.

Ich machte mich auf den Weg zurück zu Ren. Einige meiner Katzenwandler standen noch immer um sie herum und himmelten sie an. Sie stand aufrecht da und antwortete ihnen allen freundlich, doch ich konnte ihre Erschöpfung spüren. Meine Gefährtin hatte in den letzten Wochen zu viele Schlachten geschlagen.

Ich schlang meine Arme von hinten um sie. Trotz der Schmerzen, die meine Wunden mir bereiteten, war das Gefühl ihrer nackten Haut an meiner himmlisch. Ich drückte ihr einen Kuss auf die Schulter und flüsterte ihr ins Ohr: „Soll ich dich in deine Gemächer begleiten? Nach alldem brauchst du bestimmt eine Pause."

Rens Lippen zuckten. Sie lehnte sich einen Moment lang in meine Umarmung. Doch ihr Blick wanderte durch den Raum zu ihrer Menschenfreundin.

„Ich glaube, es gibt ein paar Dinge, um die ich mich kümmern muss, bevor ich mich ausruhen kann", sagte sie.

Ren

Zögernd ging ich zu Kylie, wobei ich auf Zeichen von ihr achtete, dass sie nicht wollte, dass ich mich ihr näherte. Sie hatte mich noch nie in meiner Drachengestalt gesehen, und gleich beim ersten Mal hatte ich Abtrünnige verprügelt und zu Asche verbrannt. Und dann einem Kerl direkt vor ihren Augen die Kehle aufgeschlitzt.

Sie hatte ohnehin schon Schwierigkeiten, mit der Gewalt fertig zu werden, mit der sie konfrontiert worden war. Und jetzt war ich mittendrin. Vielleicht wollte sie einfach nur nach Hause und nie wieder mit mir sprechen.

Meine beste Freundin sah mich kommen und ging auf mich zu. Ich blieb stehen und ließ sie das Tempo bestimmen. Zu meiner Überraschung schlang sie sofort ihre Arme um mich, ohne sich darum zu scheren, dass ich nackt und voller Blut war.

„Oh mein Gott, Ren", sagte sie. „Ich hatte solche

Angst um dich. Aber du warst unglaublich! Heilige Scheiße, diese Abtrünnigen wussten gar nicht, wie ihnen geschah, oder? Verdammte Arschlöcher."

Ich erwiderte ihre Umarmung und lachte leise. „Du hattest Angst um *mich*? Ich hatte Angst, dass einer von ihnen dir wehtun würde."

„Ach, meine Adler-Leibwächterin hat gut auf mich aufgepasst. Das war kein Problem. Und ich habe selbst auch ein paar Treffer gelandet." Sie erschauderte kurz, bevor sie tief Luft holte und mit ruhiger Stimme fortfuhr. „Ich meine es ernst. Du warst großartig."

Mein Herz fühlte sich an, als würde es gleich zerspringen und meine Atemzüge glichen einem Schluchzen. Kylie zog sich zurück und starrte mir ins Gesicht. „Was ist los?"

„Ich – vielleicht war es einfach dumm. Ich habe mir solche Sorgen gemacht, dass diese ganze … na ja, dass das alles zu viel für dich sein würde." Ich wies auf die Überreste des Kampfes um uns herum. „So ist die Gestaltwandler-Gemeinschaft normalerweise nicht. Zumindest haben mir das die Jungs erzählt. Im Moment ist alles so ein Durcheinander. Ich will nicht kämpfen müssen, doch ich muss es. Menschen sterben … Du solltest dich nicht mit all dem befassen müssen."

„Hey", sagte meine beste Freundin mit fester Stimme. Sie fasste mich an der Schulter, bis ich ihr in die Augen sah. „Ich muss nicht. Aber ich möchte es. Du bist meine beste Freundin, und wie oft sind wir schon in irgendwelchen Mist hineingeraten und wieder herausgekommen, als wir in New York waren? Die Dinge, in die du jetzt verwickelt bist, sind etwas beängstigender, aber gut. Vielleicht muss ich manchmal einen Schritt zurücktreten, trotzdem werde ich dir immer beistehen." Ein Grinsen breitete sich auf ihrem Gesicht aus. „Meine beste Freundin ist eine *Drachin*. Wie viele Menschen können das von sich behaupten?"

Jetzt musste ich wirklich lachen und umarmte sie erneut. „Du bist die Beste, Kylie. Es tut mir leid, dass ich dich ausgeschlossen habe."

„Ich versteh schon warum", erwiderte Kylie sanft. „Tu es nur nie wieder, hörst du?"

Ich ließ sie los und wir gingen zur Tür. Kylies Blick schweifte über die Trümmer. „Also ... wir müssen uns keine Sorgen machen, dass noch mehr von diesen Idioten auftauchen, oder?"

„Ich glaube nicht. Nach allem, was wir gehört haben, war das ihr letzter verzweifelter Versuch, uns auszuschalten. Sonst hätte Phillipe sich nicht offenbart."

Und wir hatten sie besiegt. Die Abtrünnigen waren jetzt deutlich geschwächt – zumindest diejenigen, die mich und meine Alphas tot sehen wollten.

Plötzlich fühlten sich meine Beine schwach an und ich wäre fast nach hinten gegen die Wand gekippt, hätte nicht eine große Hand meinen Arm festgehalten.

„Hey", sagte Nate und beugte sich vor, um meine Schläfe zu küssen. „Die Verwandlung und der Kampf haben dich ganz schön mitgenommen." Er warf einen Blick auf Kylie. „Macht es dir was aus, wenn ich sie mir ausleihe und dafür sorge, dass sie sich etwas ausruht?"

„Nur zu", sagte Kylie mit einer ausladenden Geste. Sie schenkte mir ein Grinsen und zwinkerte mir zu, als der Bärenwandler mich wegführte.

Die anderen Alphas warteten im Korridor. „Was ist mit dem Rest deiner Sippe?", fragte ich Marco.

„Ach, die kommen ganz gut allein klar", antwortete er in seinem üblichen trägen Ton. „Ich habe eine nette kleine Rede gehalten und ein paar Befehle erteilt. Das sollte sie zumindest für ein paar Stunden ruhigstellen." Seine Miene wurde ernster. „Die Beisetzungen werden morgen stattfinden."

„Und hoffentlich ist danach für lange Zeit Schluss", bemerkte Aaron. Er nahm meine Hand, als wir zu meinem Zimmer gingen.

Die vier Jungs folgten mir hinein. Ich legte mich sofort ins Bett, und sie kuschelten sich zu mir. Die Anstrengungen des Vormittags holten mich ein. Gähnend legte ich meinen Kopf auf das Kissen, versank in ihrer Wärme, und einfach so war ich weg.

Als ich aufwachte, war ich etwas benommen und hatte Muskelkater, fühlte mich jedoch viel lebendiger als zuvor. Durch das Fenster fiel das Licht der späten Nachmittagssonne. Ich streckte mich auf dem Bett, und auch meine Gefährten begannen sich zu rühren. Ich sah an mir hinab und verzog das Gesicht.

„Okay, ich glaube, vor dem Abendessen ist ein Bad angebracht."

Marco rutschte mit einem Kichern vom Bett. „So gern ich dir dabei Gesellschaft leisten würde, ich glaube, ich muss nach meiner Sippe sehen. Aber wir sehen uns beim Abendessen … und danach?"

Bei dem leicht beschwingten Unterton, der sich in seine Stimme schlich, durchzuckte mich eine Welle der Begierde. Ich richtete mich auf und zog ihn an mich, um ihn zu küssen. „Natürlich ‚und danach'."

Ich hatte mir bereits die Badewanne angesehen. Wie das Bett war auch die runde Wanne groß genug für fünf Personen. Vier Leute sollten problemlos hineinpassen. Ich drehte an den Wasserhähnen, bis das Wasser in einem dampfenden Strahl heraussprudelte. Dann noch eine Handvoll Meersalz, um es angenehm und belebend zu machen – perfekt!

„Ich nehme an, wir sind alle eingeladen?", fragte Nate und folgte mir.

„Je mehr, desto besser. Ich betrachte dieses Bad als einen großen, nassen Neustart meines Besuchs. Auf Wiedersehen, Abtrünnige! Hallo, was auch immer die Gestaltwandler normalerweise so tun!"

„Du hast noch viel Zeit, alles zu lernen", sagte Aaron. Er legte seinen Arm um mich und drückte seine Lippen auf meine Schulter. „Und ich freue mich darauf, dich auf deinem Weg zu begleiten."

„Hmm. Ich mich auch", schnurrte ich und wackelte anzüglich mit den Augenbrauen, was ihn zum Lachen brachte.

Als ich mich ins heiße Wasser gleiten ließ, kam West endlich aus dem Schlafzimmer. Er warf einen Blick auf mich, wie ich unter die Wasseroberfläche tauchte, und auf die anderen Alphas, die jetzt ebenfalls in die Wanne stiegen. „Warum nicht?", meinte er achselzuckend.

Nun, auf mehr Enthusiasmus konnte ich bei meinem Wolfswandler nicht hoffen.

Das Flüstern des Wassers auf meiner Haut brachte die Erinnerung an die angenehmeren Aktivitäten zurück, die ich heute Morgen unternommen hatte. Mein kleines Intermezzo im Teich mit Marco. All der Spaß, den man im Wasser so haben konnte. Ich leckte mir über die Lippen und sah mich nach meinen Gefährten um. Dann füllte sich mein Herz mit einem intensiven Bedürfnis.

Ich hätte heute jeden von ihnen verlieren können. Wenn einer von ihnen an der falschen Stelle von einer Kugel erwischt worden wäre, wie Coreens Mann … Allein der Gedanken daran brach mir das Herz.

Sie sollten wissen, wie viel sie mir bedeuten.

Ich glitt durch das Wasser zu Aaron hinüber. Er lächelte und strich mir über die Wange. Ich ließ mich auf seinen Schoß sinken und beugte mich vor, um ihn zu küssen. Seine andere Hand legte sich auf meine Taille, sein Daumen strich über meine Seite, während sich unsere glitschigen Münder aufeinanderpressten. Als ich mich zurückzog, war ich bereits erregt. Ich blickte in seine strahlend blauen Augen.

„Ich liebe dich", sagte ich, und das Gefühl durchströmte mich, als hätte das Aussprechen dieser Worte eine neue Flasche Liebe entkorkt.

Aarons Gesicht hellte sich auf. Er küsste mich erneut, dieses Mal noch leidenschaftlicher. Dann sagte er, seine Lippen nur wenige Zentimeter von meinen entfernt: „Ich liebe dich, Serenity. Für immer."

Ich ließ mich von ihm zu Nate treiben. Der Bärenwandler nahm mich in seine Arme und grinste bereits. Ich schmiegte mich in seine Umarmung und küsste ihn innig, um ihn spüren zu lassen, wie viel mir das bedeutete. Er brummte und seine Finger streichelten meinen Rücken. Ich berührte sein Gesicht, als ich mich von ihm löste, um seinem warmen braunen Blick zu begegnen.

„Ich liebe dich.“

„Ich liebe dich auch“, antwortete er. „Zweifle nie daran.“

Wieder presste ich meine Lippen auf seine. Dann drehte ich mich um. West beobachtete mich von der gegenüberliegenden Seite der Wanne aus. Sein Körper war angespannt, doch seine dunkelgrünen Augen wirkten weicher als sonst.

„Komm her, Flamme“, sagte er. „Ich will auch einen Kuss.“

Dachte er, er bekäme keinen? Nun, vielleicht war ich mir selbst auch nicht ganz sicher. Bei all dem Hin und Her zwischen uns fiel es mir schwer, mir über meine eigenen Gefühle klar zu werden. Wenn er mir einen Kuss anbot, schien er jedoch zu glauben, dass ich ihn annehmen würde.

Ich glitt zu ihm hinüber und erwartete fast, dass er seine Meinung ändern würde. Oder dass er mich packen und mich so hungrig küssen würde, dass mir schwindelig wurde.

Er legte seine Finger um mein Handgelenk, um mich ein wenig näher zu sich zu ziehen. Mit der anderen Hand fuhr er durch mein Haar. Wir sahen uns einen Moment lang in die Augen, er musterte mich prüfend. Meine Brust flatterte. Dann zog er mich schließlich ganz zu sich heran.

Er küsste mich mit einer Zärtlichkeit, auf die ich nicht vorbereitet war. Seine Lippen drückten meine sanft auseinander, um den Kuss zu vertiefen, und einfach so verlor ich mich in ihm. Verlor mich in der sanften Leidenschaft seiner Umarmung, in dem Geruch seiner Haut, als hätte er die Wälder seiner Heimat mit hierhergebracht.

Das war der Mann, von dem ich gewusst hatte, dass er in meinem Gefährten steckte. Der, auf den ich in den seltenen Momenten, in denen er mich durch seine Schutzmauern durchließ, einen flüchtigen Blick erhascht hatte.

Mir war *tatsächlich* schwindlig, als er seine Lippen von meinen löste. Ich starrte ihn eine Sekunde lang an, schnappte nach Luft, und mein ganzer Körper brannte sowohl vor Lust als auch vor einer tieferen Sehnsucht. Ich holte tief Luft, um die Worte zu sagen, die ich den anderen gesagt hatte und was sich jetzt unbestreitbar wahr anfühlte – doch in diesem Moment klopfte es an der Tür.

Als ich mich umdrehte, kam Marco herein. Seine Stirn war gerunzelt und seine Augen dunkel vor Sorge.

„Ein paar der Abtrünnigen sind entkommen", sagte er. „Nicht so viele, dass wir uns ihretwegen Sorgen machen müssten, allerdings haben sie sich den Berichten meiner Leute zufolge auf den Weg nach Norden gemacht. Geradewegs zu einer Gruppe von Vampiren, die mein Anwesen in New York übernommen hat und nun von dort aus weiterzieht. So wie es aussieht, haben die Abtrünnigen mehr Verbündete, als wir dachten. Und sie haben gerade einen regelrechten paranormalen Krieg vom Zaun gebrochen."

Ich stöhnte und ließ meinen Kopf nach hinten gegen die Wasseroberfläche sinken. So viel zum Thema

Ausruhen. Doch die Entschlossenheit, die ich während des Kampfes gespürt hatte, verstärkte sich nur noch in mir.

„Gut", sagte ich. „Sie haben keine Ahnung, worauf sie sich einlassen, wenn sie sich mit einer Drachin anlegen. Es ist an der Zeit, *all* unseren Feinden ein für alle Mal zu zeigen, was für eine schlechte Idee das ist."